KB072552

수선경

허담 新무협 판타지 소설

FANTASTIC ORIENTAL HEROES

수선경 8

허담 新무협 판타지 소설

초판 1쇄 찍은 날 § 2014년 2월 7일
초판 1쇄 펴낸 날 § 2014년 2월 14일

지은이 § 허담
펴낸이 § 서경석

편집부장 § 권태완
편집책임 § 박가연

펴낸곳 § 도서출판 청어람
등록번호 § 제1081-1-89호
등록일자 § 1999. 5. 31
어람번호 § 제2-2461호

주소 § 경기도 부천시 원미구 부일로 483번길 40 서경B/D 3F (우) 420-822
전화 § 032-656-4452 팩스 § 032-656-4453
http://www.chungeoram.com
E-mail § chungeorambook@daum.net

ISBN 978-89-251-3711-7 04810
ISBN 978-89-251-3391-1 (세트)

허담 新무협 판타지 소설

FANTASTIC ORIENTAL HEROES

水仙經

수선경

8

[절대마검]

청어람

第一章 운명

수선
경

청풍은 그가 누구인지 이미 알고 있었다. 그는 자신의 입으로 단 한 번도 정체를 밝히지 않았지만 청풍은 알 수 있었다. 그가 어쩌면 태어나는 순간부터 정해져 있던 자신의 스승이라는 사실을. 친부 청담은 고민 끝에 아들 청풍이 그에게 가는 것을 포기했고, 양부 타유는 청풍에게 선택할 수 있는 기회를 주었으나 청풍이 그 길을 포기했었다.

　그러나 그 두 번의 어긋난 인연에도 불구하고 결국 청풍은 그를 만나게 되었다. 그러니 운명은 피할 수 없는 것인가 싶었다.

　쿠웅!

　파도가 벼락처럼 배를 때렸다. 배가 가랑잎처럼 흔들린다.

그러나 노승은 미동도 하지 않았다. 그저 배가 뒤집히지 않도록 바다에 담근 노를 능숙하게 움직여 배의 흔들림을 조절할 뿐이었다. 해류의 흐름을 읽지 않으면 불가능한 기술이다. 노승은 어떤 노련한 뱃사람보다도 능숙한 노꾼이었다.

"날씨가 참 얄궂어."

노승이 고개를 들어 먹구름이 가득 낀 하늘을 보며 중얼거렸다.

"얼마나 더 가야 합니까?"

청풍이 물었다.

"거의 다 왔다. 이제 곧 섬들이 보일거야. 그럼 바다도 좀 잔잔해지겠지. 조금만 참거라."

"어디로 가는 거죠?"

다시 청풍이 물었다.

"백두로 간다."

"전… 돌아가 봐야 합니다."

"언젠가는……."

"제겐 시간이 없습니다. 아버님이 걱정하실 겁니다."

"아버님? 죽은 아이가 무슨 걱정을 하겠는고?"

그러고 보니 청풍은 아직 노승에게 타유에 대해선 말하지 않고 있었다. 이상한 것은 노승도 마찬가지였다. 청풍을 구한 이후 노승은 그가 지금껏 어떻게 살아왔는지 묻지 않았다. 오직 청풍 자신을 만난 것만이 중요한 사람처럼. 그러니 자연히 타유의 존재를 알 리 없었다.

"절 키워준 분이 계세요."

"응? 양부가 있다는 말이냐? 하긴 생각해 보니 그렇군. 어린 네가 혼자 컸을 리는 없겠고… 그런데 칼을 맞은 것을 보니 무인으로 살아온 것 같은데 네 양부라는 사람이 무인이더냐?"

"선승께서도 아는 사람일 겁니다."

청풍의 말에 노승 묵철이 호기심 어린 표정을 짓는다. 그 표정이 어린애 같다고 청풍은 생각했다.

"내가 아는 사람이라고? 그 말인 즉 나와 인연이 있는 사람이란 말인데… 누구지?"

묵철은 살면서 인연을 많이 만들지 않은 사람이다. 그러니 중원, 그것도 서쪽의 변방 사천에 자신과 인연이 있는 사람이 있다는 것은 흥미로운 일이었다.

"혹시 타유라는 분을 기억하시나요?"

"타유!"

묵철이 놀란 표정을 짓는다. 청풍은 선승 묵철을 만난 이후 그가 감정의 변화를 이렇게 크게 얼굴에 드러내는 것을 처음 보았다.

"기억하시는군요."

"음… 그가 네 양부더냐?"

"그렇습니다."

"보자… 그가 고려를 떠날 때 선왕을 호위하는 일을 부탁했었지. 당시 청담도 그 행렬에 동행했으니 두 사람이 친분을 쌓았던 거군. 그런데 이상하군. 둘은 잘 어울리지 않는 사람들인

데. 한 사람은 고지식한 편이고 한 사람은 독심을 지닌 살수
라… 어울리지 않는데 사귀었다는 것은 둘 사이에 통하는 점
이 있었다는 말이구나. 둘 다 버려진 사람이라 그러한가?'

"그 이유는 모르겠지만 어쨌든 두 분은 무척 절친한 사이였
다고 하더군요."

"그가 이십여 년 전 금석촌의 혈사에서 널 구한 거냐?"

"네."

"그럼 그는 지금 어디 있느냐?'

묵철의 물음에 청풍은 선뜻 대답을 하지 못했다. 믿을 수 있
는 사람이라는 건 알고 있지만 그렇다고 타유와 자신이 해온
일을 모두 말하기에는 뭔가 불편한 점이 있었다. 그런 청풍의
내심을 읽었을까. 묵철은 더 이상 타유의 행적을 묻지는 않았
다. 대신 그는 회상하듯 눈을 가늘게 뜨고 타유에 대한 기억을
털어났다.

"그는 대단한 살수였지."

"스님을 암살하려했다는 말은 들었습니다."

"음, 그랬지. 그러나 그는 당시 내가 어떤 사람인지 정확히
알지 못했어. 버려지는 패로 이용된 건데 그러기에는 너무 아
까운 사람이었지. 내가 그의 주인이었다면 절대 그를 그렇게
버리지는 않았을 거다."

묵철의 말에 청풍이 나직하게 대답했다.

"본래 주인보다 뛰어난 재주를 가진 사람은 오래 살기 힘들
죠."

"하하, 그런 건가? 네 식견이 나보다 낫구나. 아무튼 그는 아주 독특한 기도를 지닌 사람이었지. 살수로 살아왔지만 비굴함이 없었다. 마치… 젊은 때 나를 보는 것 같았다. 그래서 난 그에게 나도 모르게 무공을 전수했다. 물론 신공은 아니었지만 그 몇 달의 가르침으로도 그는 아마도 세상에 존재하지 않는 자신만의 무공을 완성해 가고 있을 것이다."

"아버지도 그런 말씀을 하셨어요. 살검을 수련한 당신께서 스님의 가르침으로 제대로 된 무인이 되셨다고요. 그리고 요즘에 들어서는 저도 아버님의 경지를 가늠하기 어려운 상태였죠."

"음… 그러하리라. 그는 재주가 무척 뛰어난 사람이었다. 만약 그가 살수의 업을 살아오지 않았다면 난 굳이 다른 사람을 찾으려 하지 않고 그를 내 제자로, 신검의 주인으로 선택했을 것이다. 그러나 그는 이미 피에 물들어 있었고, 그 자국을 걷어내는 것은 요원해 보였다. 물론 할 수도 있었겠지만 내겐 시간이 그리 많지 않았다. 그래서 네 아비와 함께 강호로 내보낸 것이다. 이제 생각해 보면 잘된 일이구나. 그가 널 구했으니. 그가 널 구하지 않았다면 오늘날 내가 널 만날 수 없었겠지. 세상의 인연이란 참으로 알 수가 없어. 아무리 발버둥을 쳐도 천연을 벗어날 수가 없거든."

"여전히 제게 돌아가지 말라고 말씀하실 건가요?"

청풍이 물었다. 그러자 묵철이 희미한 미소를 짓는다.

"총명하구나. 네 친부는 우직한 면이 강했는데… 음, 그건 아마도 네 친모가 무척 활달한 성정의 사람이라는 것이겠지. 아무튼 네 말은 틀리지 않다. 내가 널 구할 수 있었던 것도 천운이다. 그러니 하늘이 네게 준 운명을 거부할 생각은 말아라. 넌 나와 함께 백두로 간다."

묵철이 강압적으로 말했다.

"제가 싫다면요?"

"그래도 가야 한다. 왜냐하면 이대로 돌아가면 넌 죽으니까."

"누가 날 죽인다는 거죠? 설마 스님이요?"

"하하, 아무리 내가 땡중이라도 사람의 목숨을 어찌 함부로 취하랴. 네가 죽는 것은 그 누구 때문도 아닌 바로 너 자신 때문이다. 아니, 정확하게 말하면 널 공격한 그 흑룡문의 살수들 때문이겠지."

"그게 무슨 말씀이죠? 그들이 우릴 추격해 온다는 건가요?"

청풍이 이해할 수 없다는 듯 물었다. 그도 그럴 것이 선승 묵철이 그를 구한 것은 오직 두 사람만이 아는 일이었다. 아니, 그 사실을 알고 있는 또 다른 두 사람이 있다. 당대의 패경주와 그녀에게 구함을 받은 조명이 바로 그들이었다. 그러나 그들이 청풍의 생사를 흑룡문에 전할 리는 없었다.

"넌 아직 독에서 벗어난 것이 아니야."

"그게 무슨 말씀이죠? 독의 기운은 없는데……."

청풍이 이해가 가지 않는다는 표정으로 두 손을 들어 올리며 물었다.

"운기를 해 단전을 살펴보거라."

묵철의 말에 청풍이 얼른 등천심공을 끌어올렸다. 그러다가 눈을 크게 뜨고는 급히 운기를 멈췄다.

"이게 어떻게 된 거죠?"

"그 독은 사실 해약을 구하기가 무척 어려운 독인 듯싶더라. 나로서도 해약을 구할 수 없을뿐더러 그럴 시간도 없었다. 그래서 내 진기로써 네 몸의 독을 단전 뒤쪽으로 몰아넣고 봉인을 한 것이다. 그러나 사람이 어찌 몸속의 사정을 완전하게 통제할 수 있겠느냐? 아무리 내가 기공에 통달한 사람이라 해도 어려운 일이지. 그 독이 언제든 널 다시 위험에 빠뜨릴 것이다. 그러니 해약이 없이는……."

"백두에 가야 해약을 구할 수 있다는 건가요?"

"해약은 없지만 그 독을 없앨 수는 있다."

"어떻게 말입니까? 스님께서도 없애지 못한 독을……?"

청풍의 의심스런 눈으로 물었다.

"그라면 가능한 일이지. 천하에 오직 그만이 너에게서 그 극독들을 완전히 제거할 수 있다. 이크! 조심하거라!"

쿠웅!

다시 집채만 한 파도가 배를 때렸다. 배가 태산처럼 일어나는 파도 위에 위태롭게 올라섰다. 그러다가 미끄러지듯 그 파도를 타고 다시 앞으로 전진했다.

"어지러우면 좀 더 자두거라."

배를 몰려 묵철이 소리쳤다. 그러자 청풍이 무슨 말인가를 하려다가 입을 닫고 눈을 감았다. 거친 바다를 벗어날 때까지는 차라리 자는 것이 좋을 것 같았기 때문이었다.

철썩철썩!

뱃전을 때리는 요란한 파도 소리에 청풍이 다시 잠에서 깨어났다. 기이한 일이다. 그 거친 바다를 건너면서도 청풍은 잠을 잤다. 한순간이라도 방심하면 배가 뒤집힐 터인데 이상하게도 청풍은 그 요란한 바다가 전혀 위험하게 느껴지지 않았다.

물론 청풍은 어렴풋이 그 이유를 짐작하고 있었다. 이유는 단 하나, 여전히 그의 앞에서 노를 잡고 있는 선승 묵철 때문이었다.

온화한 듯 보이는 선승 묵철의 존재감은 기실 청풍이 지금껏 만나본 사람들과는 비교할 수 없을 정도로 뛰어났다. 밀문의 주인 밀황이든, 혹은 흑룡문의 문주 홍암이든, 아니, 어쩌면 그가 세상에서 가장 단단한 사람으로 생각하고 있는 타유조차도 선승의 존재감에 비할 바가 아니었다.

선승의 곁에 있으면 아무리 강한 태풍이 몰려와도 무사할 것 같다는 안도감이 들었다. 그 안도감이 청풍을 거친 바다 위에서도 편히 잠들 수 있게 해주는 것이었다.

"뭍인가요?"

문득 배의 난간 위로 검은 그림자들이 시야에 들어왔다.

"그렇구나. 첫 섬이다."

묵철이 대답했다.

"죄송해요. 저만……."

"괜찮다. 믿을지 모르겠지만 난 이렇게도 쉴 수 있단다."

믿을 수 없는 말이지만 왠지 모르게 믿음이 생긴다. 선승 묵철에게는 불가능한 일이 없어 보였다. 청풍이 몸을 일으켰다. 그러자 섬의 군락들이 눈에 들어온다. 그를 깨운 파도를 마지막으로 더 이상 거친 파도도 일지 않는다. 외해의 바람이 내해까지는 이어지지 않는 모양이었다.

"여기가 어디쯤이죠?"

"조금 위로 올라가면 압록 하구가 나온다."

"고려군요."

"그렇다."

묵철의 대답에 청풍이 새삼스런 눈으로 섬과 바다를 그리고 저 멀리 이어진 육지의 땅을 바라본다. 한 번도 와본 적이 없지만 이 땅이 자신의 뿌리임을 모르지 않는 청풍이다. 그래서 그런지 왠지 모르게 정이 가는 풍경이다.

"육로로 갈 거다."

묵철의 말에 청풍이 의아한 표정으로 묵철을 바라봤다. 비록 와본 적은 없지만 백두로 가자면 압록을 거슬러 오르는 것이 가장 쉬운 길임을 모르지 않는 청풍이다. 그런데 굳이 쉬운 뱃길을 두고 육로로 갈 이유가 있을까?

"들를 곳이 있다."

묵철이 다시 말했다.

"어디죠?"

"들러보면 안다."

묵철이 대답을 하고는 힘차게 노를 젓기 시작했다. 그러자 배가 섬과 섬 사이를 미끄러지듯 달리더니 이내 더 이상 나갈 수 없는 지점, 뭍에 닿았다.

*　　　*　　　*

"훠이훠이!"

백발의 노인이 힘겹게 손을 들어 뜰에 펼쳐 놓은 나락에 내려앉은 새들을 쫓았다. 그러나 노인의 손짓이 그리 위협적이지 않은지 새들은 쉽사리 다른 곳으로 가지 않았다. 그러자 노인이 씁쓸한 미소를 지으며 중얼거렸다.

"이런 망할 녀석들을 보았나. 내가 그래도 세상에서 가장 무서운 사람 중에 하나인데 그런 나를 이렇게 망신을 주다니. 흐흐흐, 이 녀석들! 예전 같았으면 모두 잡아서 구워 먹었을 것인데……. 이젠 그도 귀찮아 살려두는 줄 알아라. 하긴 네놈들도 먹을 수 있을 때 한껏 먹어둬야 추운 겨울을 이기지."

노인이 나락을 쪼아대는 새들이 알아듣기라도 하는 듯 정감 있게 말을 하고는 지팡이를 짚고 일어났다. 그러자 노인의 모습이 금세 변했다. 초가의 마루에 앉아 새들을 쫓을 때는 초라하기 이를 데 없었던 노인이었는데 일단 자리에서 일어나자 그의 몸 주위로 기이한 기운들이 모여들어 인간세를 벗어난 선인 같은 모습으로 변하는 것이었다.

노인이 지팡이를 들고 마당으로 내려섰다. 그럼에도 불구하고 새들은 다른 곳으로 날아가지 않았다. 노인이 자신들에게 어떤 위협도 되지 않는다는 것을 알고 있는 듯 보였다.

노인이 새들을 놀래키지 않으려는 듯 널어놓은 나락을 지나 초가의 오른쪽에 흐르는 작은 개울을 넘었다. 그러자 그의 눈앞에 신비로운 자작나무 숲이 모습을 드러냈다. 그리고 자작나무 숲 사이로 외로운 길 하나가 나 있었다.

노인은 개울을 넘자마자 그 길 위에 서서 마치 누군가를 기다리는 것처럼 서성이기 시작했다. 그러기를 얼마, 과연 숲 저쪽에서 인기척이 나타났다. 그러자 노인이 빙그레 미소를 지었다.

"과연 내 꿈이 아직은 신통력을 잃지 않았구나. 내 오늘 반드시 선승이 오실 줄 알았지."

노인의 얼굴에 마치 오래전에 헤어진 정인을 만나는 듯한 표정이 떠올랐다. 그러면서 그가 서둘러 자작나무 숲으로 걸어 들어갔다.

청풍은 자신과 선승 묵철을 향해 다가오는 노인을 보고는 큰 충격을 받았다. 노인에게선 희미한 광채 같은 것이 나는 듯 보였는데, 어쩌면 눈부신 자작나무가 내는 빛 때문일지도 모를 그 광채가 노인을 사람이 아닌 듯 보이게 만들었다.

"저분은 누구세요?"

청풍이 재빨리 묵철에게 물었다.

"널 온전히 고쳐줄 사람이다."

"해독을 해줄 수 있다는 그분이요?"

"그렇단다. 세상에는 죽은 사람으로 되어 있는 분이지. 그런 분을 번거롭게 해드리는 것이니 예의를 갖춰야 한다."

"알겠습니다."

청풍의 대답이 끝나는 순간 노인이 청풍과 묵철 앞에 도착했다.

"선승, 어서 오시오. 내 그렇잖아도 간밤에 선승의 꿈을 꾸었다오. 그래서 오늘 오실 줄 알고 기다리고 있었소."

노인의 말에 묵철이 공손하게 합장을 해 보이며 말했다.

"이렇게 불쑥 찾아와 죄송합니다."

묵철 역시 나이를 짐작하기 어렵게 늙은 몸이지만 그는 노인에게 무척 공손했다. 그의 행동으로 노인의 나이가 묵철보다 많다는 것을 쉽게 짐작할 수 있었다.

"무슨 소리. 비록 세상이 이 늙은이를 죽은 사람으로 생각하길 원하지만 오직 한 사람, 선승께서만은 이 늙은이가 살아 있음을 기억해 주길 바라고 있다는 것을 알고 계시지 않소이까? 자, 갑시다. 아, 그런데 이 젊은 친구는 누구신가?"

노인이 초가로 걸음을 옮기려다 말고 문득 청풍에게 관심을 보였다. 그러자 묵철이 대답했다.

"노사의 도움이 필요한 아입니다. 그래서 염치불구하고 데리고 왔습니다."

"음… 선승의 힘으로도 해결하지 못한 일이라면… 독인가 보구려."

"그렇습니다."

묵철이 고개를 끄덕였다. 그러자 노인이 청풍을 찬찬히 살 피다가 조금 굳은 얼굴로 묵철을 보며 물었다.

"이 아이가 그 아이요?"

"그렇습니다."

"음……!"

노인이 나직하게 침음성을 흘렸다. 그런 노인을 묵철이 의 아한 눈으로 바라봤으나 노인에게 더 이상 말을 건네지 않았 다.

"앉거라."

노인이 청풍에게 마당 한쪽에 만들어놓은 평상을 가리켰다. 그러자 청풍이 고개를 숙이고는 노인 앞에 가부좌를 틀고 앉 았다.

"단전에 모아둔 독을 풀어낼 수는 있겠느냐?"

노인이 물었다.

"그렇습니다."

"좋아. 그럼 지금부터 그 독을 모두 풀어 운기하거라."

"그리하면……."

청풍이 자신도 모르게 노인을 바라봤다. 그러자 노인이 빙 그레 웃으며 말했다.

"걱정 말거라. 널 살리자고 하는 일이니. 네가 독을 풀어놓으면 내가 네 몸에서 그 독기를 흡수할 것이다. 오래 걸리진 않을 게다. 대략 이각 정도……. 그러나 독기를 흡수하자면 약간이라도 너의 내력이 손실될 것이니 독기의 흡수가 끝나면 넌 한 시진 정도 운기를 하여 손실된 내기를 보충하도록 하거라. 하면 네 몸에 깃든 독은 완전히 소멸될 것이다."

만약 선승 묵철이 아니었다면 청풍은 노인의 말에 절대로 따르지 않았을 것이다. 내기를 내어준다니… 그건 곧 자신의 목숨을 내어주는 것이나 마찬가지였다. 더군다나 노인의 말처럼 그가 자신의 몸에 풀린 독을 흡수하지 못한다면 청풍은 오히려 자신의 내기와 섞인 독의 기운으로 치명적인 위험에 빠질 터였다. 그러나 노인은 묵철이 보증하는 사람이니 아니 믿을 수도 없었다.

청풍이 숨을 크게 들이쉬고는 이내 운기를 시작했다. 노인의 말처럼 먼저 묵철이 단전 한쪽에 몰아넣은 독을 풀어내 등천심공의 운기법에 따라 온몸에 흘려보내기 시작했다. 그러자 극독의 기운을 먼저 알아챈 청풍의 피부가 검게 변하기 시작했다. 그 순간 노인이 청풍의 등에 두 손을 가져다 댔다.

청풍은 자신의 몸을 태울 것 같던 독기운이 한순간 그의 등을 통해 빠져나가는 느낌을 받았다. 처음에는 아주 조금씩 빠져나가는 듯하더니 어느 순간부터는 봇물처럼 독기운이 흘러나갔다. 더불어 그의 단천에서 일어난 등천심공의 기운들도 독과 함께 그의 몸에서 빠져나가기 시작했다.

'이건 마치 흡정공 같구나……'

진기가 크게 소실되면서 아득해지는 정신을 바로잡으며 청풍이 생각했다. 정신을 바로잡은 청풍이 등천심공을 더욱 강렬하게 끌어올렸다. 그럴수록 그의 몸에 있던 독들이 허공에 흩어지는 연기처럼 몸속에서 사라져 갔다.

그렇게 이각이 지나자 청풍의 등에서 노인의 손이 떨어졌다. 그리고는 부드러운 말이 청풍의 귀에 들려온다.

"독은 모두 제거되었다. 그러나 워낙 극독이어서 네 몸의 공력도 적지 아니 소실되었다. 충분히 운기하도록 하거라."

청풍의 귀에 노인이 물러나는 소리가 들린다. 순간 청풍이 다시 정신을 바로잡고 본격적인 운기에 들어갔다.

"음……."

노인이 운기하는 청풍을 보며 살짝 침음성을 발했다. 그의 손에서 매캐한 독의 냄새가 풍긴다. 그러다가 한순간 노인이 손을 떨어내자 독의 기운들이 그의 손에서 거짓말처럼 자취를 감췄다.

"어떻습니까?"

노인이 청풍에게서 멀어지자 묵철이 다가서며 물었다.

"독은 제거되었소이다."

노인이 말했다. 그러면서도 여전히 표정이 밝지는 않다. 그러자 묵철이 처음부터 궁금해하던 것을 물었다.

"자질이 부족해 보이십니까?"

"아니오. 차고 넘치는 재능이오."

"한데 왜……?"

청풍을 만났을 때부터 노인의 표정이 밝지 않은 것을 의아하게 생각한 묵철이 물었다.

"너무 어린 것이 아닌가 하여……."

"무슨 말씀이신지?"

"천기를 보니 때가 이르렀는데 과연 저 아이에게 신검을 들 힘을 길러줄 시간이 있겠소?"

노인의 말에 그제야 묵철이 고개를 끄덕였다.

"저 역시 시간이 촉박하다는 것은 알고 있습니다. 그러나 다행히 저 아이가 어려서부터 등천심공을 수련했다고 하니 조금만 도와준다면 가능하지 않겠습니까?"

"음, 등천심공의 기운이 제법 강하다는 것을 느끼기는 했소. 그런데 어떻게 저 아이가 등천심공을 수련한 것이오? 혹, 선승께서 오래전부터 보살피던 아이였소이까?"

"그건 아닙니다. 혹, 담을 기억하시는지요?"

"음, 아까운 인재였지요. 그 아이를 택하지 않은 선승의 욕심이 과하다고 생각했을 정도로 말이오. 나로선 그 아이가 신검의 주인으로 가장 적당한 재능이었다고 지금도 생각하고 있소."

"저 역시 그 아이가 아깝기는 했지요. 그러나… 너무 무거운 성정을 가지고 있어서……."

"음, 패경이거나 정경이라면 대성했을 수 있지만 선경에는 어울리지 않았다?"

"그렇습니다."

"선경주께서 그리 판단하셨다면 틀리지 않았을 것이오. 그런데 왜 갑자기 담, 그 사람의 이야기를 하는 거요?"

"저 아이가 그의 아들입니다."

"아!"

노인이 놀란 표정으로 운기에 들어간 청풍을 바라봤다. 그리고는 천천히 고개를 끄떡인다.

"그러고 보니 닮은 것 같기도 하군. 그래서 등천심공을 알고 있었구려."

"그렇습니다. 담, 그 친구도 저 아이의 재주가 제가 찾던 바로 그 재능이란 것을 알았던 모양입니다. 어려서… 고민을 많이 했다고 하더군요. 내게 보낼지……."

"조화신검의 주인 자리를 망설였다라. 역시 청담이군. 아무튼 지금으로썬 대안이 없는 상태라는 것이구려."

"그렇습니다."

"음… 그럼 나도 힘을 좀 써야겠군."

"그래주시면 고맙지요."

묵철이 반가운 기색으로 고개를 끄떡인다. 그러자 노인이 말했다.

"이곳에서 저 아이를 지켜주시오. 내 잠시 다녀올 곳이 있으니……."

노인이 묵철에게 말을 하고는 훌쩍 신형을 날렸다. 그러자 노인의 신형이 나는 새처럼 장내를 벗어나 초가 뒤쪽, 우거진 숲 속으로 사라졌다.

"여전히 정정하시군. 아마도 인세에 다시는 저런 분이 나오기 힘들 것이다. 저분이 아니었다면 어찌 조화신검을 만들 생각조차 했겠는가?"

묵철이 탄복한 표정으로 중얼거렸다.

청풍이 운기를 끝내고 눈을 떴을 때 노인은 마당 한구석에 쭈그리고 앉아 약을 달이고 있었고, 묵철의 모습은 보이지 않았다.

"운기는 마쳤느냐?"

"예, 덕분에……."

"독기는 남아 있지 않지?"

"말끔합니다."

"좋아. 이리 오너라."

노인의 말에 청풍이 자석에 끌리듯 노인에게로 다가갔다. 그리고는 주위를 돌아보며 물었다.

"선승께서는……?"

"잠시 산에 가셨다."

"무슨 일로……?"

"삼이 필요해서. 내가 뜯어 온 약초들을 보더니 삼이 더 필요할 것 같다며 산으로 갔구나. 나야 이것들이면 족하다 싶은데……."

노인이 약탕기의 불을 가볍게 불며 대답했다. 그러자 청풍이 잠시 노인의 모습을 지켜보다가 물었다.

"누구의 약을 달이시는 겁니까?"

"네 약이다."

노인의 대답에 청풍이 의아한 표정을 짓는다.

"독이 완전히 해독된 것이 아닌가요? 운기로는 느낄 수 없는데……."

"독이야 해독되었지. 그러나 넌 아직 신검을 들 힘이 없다."

"신검이라뇨?"

"응? 아직 선승께서 말해주지 않았느냐?"

"그저 백두로 가야 한다고만 하셨지요. 전 그리로 가야 할지 아직 결정하지 못했고요."

"그렇구나. 그럼 그 이야기는 나도 더 이상 할 수 없다. 나중에 선승께 들어라. 그러거나 말거나 어쨌든 이 약은 널 위해 준비하는 것이다. 정확히 말하면 약이 아니라 독이지만."

노인의 말에 청풍이 놀란 눈으로 노인이 달이고 있는 약탕기를 바라본다. 그러나 약탕기에서는 노인의 말을 믿을 수 없게 독의 내음이 아니라 구수한 약의 냄새가 난다.

"무슨 독이지요? 냄새로 보면……."

"극독은 아니다. 그러나 사람이 죽을 정도는 되지."

"그 독을 제가 먹어야 하나요?"

"그렇다."

"기이한 약이군요."

청풍이 고개를 내밀어 약탕기에서 졸여지고 있는 독을 살폈다. 그러자 노인이 깊은 눈으로 청풍을 보며 물었다.

"두렵지 않느냐? 독을 먹어야 한다는데."

"두 분이 계시니 독은 독이 아니라 약이겠지요. 그래서 애초에 약이라고 하신 것 아닌가요?"

"하하, 그렇군. 이런 정도에 두려워할 사람이면 선승께서 데려오지도 않으셨겠지."

노인의 호탕한 웃음을 터뜨리자 청풍이 아예 노인 옆에 쭈그리고 앉으면서 물었다.

"신검이 뭐죠?"

"말 그대로 신검이지."

"어떤 검이죠?"

그러자 노인이 잠시 생각에 잠겼다가 입을 열었다.

"이건 선승께서 말해줘야 하는 것인데… 뭐, 어차피 알게 될 일! 신검을 굳이 설명하자면 만물의 기운이 깃든 검이라고 할 수 있을 것이다. 아주 오래전 한 분의 신인께서 오행의 기운을 나누어 다섯 개의 동경에 담았다. 본래는 하나의 기운이었던 것을 다섯으로 나누어 담았지만 그 동경 하나하나의 기운이 천하를 압도할 만했다. 아마도 선인께서 그 힘들을 다섯으로 나눈 것은 후인이 그 힘을 제대로 제어하지 못하고 세상을 공멸시킬지도 모른다는 우려 때문이었을 것이다. 선승과 나는 그분의 후인이고 이제 다시 나뉘어졌던 다섯 개의 힘을 하나로 모으려고 한다."

"그렇게 만들어진 것이 바로 신검이란 거군요."

"그렇다."

"그리고 제가 그 검을 들 사람이라는 것인가요?"

"그렇지."

노인이 고개를 끄떡였다. 그러자 청풍이 정색을 한 표정으로 물었다.

"그 검으로 전 누굴 베어야 하나요? 검이란 결국 누굴 베기 위한 도구가 아닌가요?"

"음… 그렇기도 하지."

노인이 어색한 표정으로 고개를 끄떡인다.

"누굴 베어야 하나요?"

청풍이 추궁하듯 물었다. 그러나 노인이 애꿎은 불씨만 주억거리다가 입을 열었다.

"그건… 선승께 물어보거라. 이 모든 일은 그의 주도하에 이뤄지고 있는 일이니 난 더 이상 할 말이 없구나."

그런데 그때였다. 두 사람의 뒤쪽에서 문득 선승 묵철의 목소리가 들린다.

"노사께서 그리 말씀하시면 제가 조금 섭섭하지요. 애초에 이 일의 단초가 된 것은 노사의 조부이신 허소산 조사님에 의해서가 아닙니까?"

"아이쿠, 어느새 돌아오셨소? 후후, 내 선승께 무거운 짐을 넘기려다가 그만 들키고 말았구려."

노인이 겸연쩍은 표정을 하며 묵철을 바라봤다. 그러자 묵철이 사람 좋은 미소를 지으며 청풍을 보며 물었다.

"괜찮으냐?"

"독은 모두 배출되었어요."

"음, 다행이다. 그래, 어르신께 감사는 드렸느냐?"

묵철의 말에 청풍은 그제야 자신이 노인에게 독을 해독한 것에 대한 감사를 표현하지 않은 것을 깨달았다. 청풍이 자리에서 일어나 정중하게 노인에게 고개를 숙여 보였다.

"목숨을 구해주신 은혜에 감사드립니다."

"피장파장이지."

"……?"

"원하는 게 있어서 살렸으니 하는 말이야. 그러니 너무 고마워할 필요 없다. 선승, 삼은 구해오셨소?"

노인의 말에 묵철이 빙그레 웃으며 대답했다.

"마침 노사께서 한 뿌리를 남겨두셨더군요."

묵철이 품속에서 제법 큰 삼을 꺼내 들며 말했다. 그러자 노인이 묵철에게서 삼을 받아 들고는 자세히 살피다가 탄식을 했다.

"이런 놈이 어디 있었지? 내 눈을 피해 살아남았다니 대견하군."

"이 일을 위해 남겨두신 것은 아니시고요?"

묵철이 물었다.

"하하하, 선경주께선 내가 독경주임을 잊으셨소? 나는 약초에 대해선 그리 너그러운 사람이 아니외다. 아무튼 모든 준비가 끝났군. 그럼 이제 네 공력을 보충해 보자."

노인이 청풍을 보며 말했다. 그러자 청풍이 잠시 생각에 잠겼다가 묵철에게 물었다.

"이렇게 되면 결국 전 선사께서 정하신 길로 가야 하는 건가요?"

"그래주면 좋겠구나."

묵철이 미안한 기색으로 말한다. 그러자 청풍이 가볍게 한숨을 쉬었다.

"이 일은… 정말 어쩔 수 없군요. 생명의 빚을 졌으니 일단은 따를 수밖에. 그러나, 신검을 통해 어르신들께서 하시고자 하는 일이 끝나면 그때는 제 일을 할 겁니다."

그러자 묵철이 고개를 끄떡였다.

"그러려무나. 그 이후의 삶에 대해선 나도 상관 않겠다. 그런데… 아마도 네가 신검의 주인으로서 해야 할 일과 네가 청담의 아들로서 해야 하는 일이 크게 다르지는 않을 것 같구나."

"그게 무슨 말씀이시죠?"

"두고 보면 안다. 일단 네 힘을 좀 키워보자꾸나."

묵철이 청풍에게 말을 하고는 노인에게 고개를 끄떡여 보였다. 그러자 노인이 약탕기를 들고 초가로 향했다.

차가운 한기와 뜨거운 열기가 공존하는 약이다. 마시는 순간 뇌성폭우가 몸속에서 일어나는 듯했다. 견딜 수 없는 답답함이 찾아오더니 곧이라도 몸 안에서 거대한 폭발이 일어날 것 같았다. 고통은 아니다. 살을 베고 뼈를 깎는 고통과는 다른 성질의 통증이다.

'벗어나고 싶다!'

청풍이 이를 악물며 생각했다. 사방에서 밀려드는 거대한 압력, 혹은 더 이상 그의 몸으로는 견딜 수 없는 내부의 열기가 그를 압박하고 있었다.

옆에서 보자면 청풍의 몸 반쪽은 붉게, 다른 반쪽은 창백하게 변해가고 있었다. 극양과 극음의 기운이 한 몸에 깃들어 있으니 사람의 몸으로 그것을 버텨내는 것은 불가능한 일이었다.

"정말 좋은 재질이오."

청풍이 견딜 수 없는 답답함에 힘들어하는데 문득 노인이 입을 열었다.

"그렇지요?"

"지천독을 반 시진 이상 견뎌내다니. 이건 사람의 인내심이나 무공으로 가능한 일이 아니오. 오직 수기와 화기를 견뎌낼 수 있는 체질을 타고 나야 할 수 있는 일인데…… 왜 선승께서 청담이 아니라 저 아이를 신검의 주인으로 정했는지 알 것 같소. 신검의 그 거대한 기운은 사람의 노력으로 통제할 수 있는 것이 아니니 오직 하늘이 내려준 재질을 가진 자만이 가능한 일이겠지요."

"맞습니다. 더군다나 저 아이는 심성이 순후하니……."

"악인의 길을 간다면 신검 스스로 주인을 거부할 것이오."

"그렇기도 하지요."

"자… 이젠 삼을 먹입시다. 견딜 만큼 견딘 것 같소. 더 이상은 아무리 천부적인 재질을 타고난 아이라도 버틸 수 없소. 지천독은 시간이 갈수록 강해지는 독이니."

"그러지요."

묵철이 가사 자락을 툭 털어내고는 작은 탕기를 들고 청풍 앞으로 다가갔다. 그리고는 청풍에게 말했다.

"힘겨움은 여기까지다. 삼을 먹으면 다른 경지에 들어설 것이다. 그러나 그 즐거움에 빠져 운기를 잊는다면 그 기운은 한순간의 꿈처럼 사라지고 말 것이다. 그러니 등천심공의 끈을 놓치지 말거라."

묵철의 당부와 함께 청풍의 입에 청량한 기운이 느껴진다. 청풍이 자신도 모르게 입을 벌려 입술에 닿은 그릇에서 삼의 진액을 빨아들였다.

한순간 청풍은 자신의 몸속으로 감로수가 들어오는 듯한 느낌을 받았다. 맛은 쓰지만 그 청량한 기운은 지금까지 그를 옭죄고 있던 한기와 열기를 한 번에 날려 버리는 듯했다.

몸이 가벼워지고 앉아 있지만 허공에 떠오르는 느낌이 들었다. 눈을 감고 있지만 천상천하가 모두 보이는 것 같고, 아늑함은 먼 옛날 그를 품어주었던 어머니의 품과 같다.

그대로 깊은 잠에 빠져들고 싶은 충동이 자신도 모르는 사이에 일어난다. 그러나 다음 순간, 청풍은 정신을 차렸다. 삼을 복용하기 전 묵철이 한 당부를 잊지 않고 있는 청풍이었다.

청풍의 몸이 움찔하더니 이내 흐트러지던 자세가 바로 세워졌다. 그러자 그의 몸에 서렸던 열기와 한기들이 서서히 그 흔적을 지우기 시작했다.

"총명하기까지 하군."

물끄러미 청풍을 지켜보던 노인이 말했다.

"총명하기는 청담을 능가하는 것 같더군요."

"음… 무겁기는 부족하고……."

"가벼운 것이 꼭 나쁜 것은 아니지요. 자유롭다는 의미도 되니까요."

묵철이 신중한 표정으로 말했다.

"선경주의 입장에서 하는 말이시오?"

노인이 물었다.

"그렇습니다."

"독경의 주인으로서 보자면 그 면에서 조금 아쉽소. 독은 본래 위험한 물건이라 오히려 청담과 같은 진중한 성정의 사람이 대성하기 쉽지. 그러나 신검은 결국 선검이라. 선경주께서 고른 재목이 맞을 거요."

"그리 생각해 주시면 고맙지요."

"또 두어 시진 걸릴 테니, 나갑시다."

"더 지켜보지 않아도 될까요?"

"괜찮소이다. 사실 지천독은 독성 자체는 그리 위험한 것이 아니오. 그 기운이 위험한 것이지. 그런데 이 아이는 이미 삼을 복용해 그 기운을 중화시켰으니 뭐, 더 이상 위험할 일은 없소. 단지 녀석이 잠이 들면 지천독과 삼의 기운을 모두 얻지 못하는 점이 걱정이었는데 저리 멀쩡하니…… 운기를 하다 자면 그야 자기 팔자고."

"그렇군요. 나가시죠."

묵철이 고개를 끄덕이고는 자신이 먼저 방문을 열고 나섰다.

청풍이 독경주라 불리는 노인의 초가에 머문 시간은 정확히 보름이었다. 그 보름 동안 청풍은 그가 생각지 못했던 기이한 세계를 경험했다. 그건 비단 그의 몸에 새롭게 자리를 잡기 시작한 그 기운들 때문만은 아니었다. 오히려 그의 몸에 일어난 변화보다 그의 눈앞에 있는 두 사람, 선경주 묵철과 허씨 성에 염이라는 이름을 쓰는 독경주 그들 자체가 청풍에게는 경이였다.

묵철이 뛰어난 사람이라는 것은 오래전부터 타유에게 들어 알고 있었지만 직접 자신의 눈으로 보는 선경주 묵철은 그가 생각했던 것보다 훨씬 신비한 사람이었다.

그리고 독경주 허염 역시 선경주 묵철에 못지않게 신비하고 놀라운 사람이었다.

어느 날, 청풍이 운기를 마치고 나왔을 때 두 사람이 산 아래 작은 연못으로 산보를 나가는 것이 보였다. 그런데 두 사람은 연못에 도착하자 마치 땅 위를 걷듯 십여 장의 물 위를 이동해 연못 안쪽에 있는 바위에 올라 담소를 나누는 것이었다.

물론 강호에 십여 장의 거리를 날아 넘어 물 위의 바위에 오를 수 있는 사람은 수도 없이 많다. 공력과 신법을 수련하여 일정한 경지에 오른 자라면 누구라도 할 수 있는 일이기 때문이었다.

그럼에도 청풍은 두 사람이 연못 가운데 있는 바위에 오르는 것을 보며 그 자신이 얼마나 초라한 무공을 가졌는가 하는 자괴감에 빠지고 말았다.

청풍이라면 호흡을 고르고 땅을 박차 올라 바위로 날아갔겠지만 두 사람은 그렇지 않았다. 두 사람은 그저 평지를 걷듯, 물이 곧 땅이라도 되는 것처럼 자연스럽게 걸음을 옮겨 바위에 올랐다. 물에 발이 닿았는지는 거리가 너무 멀어 알 수 없었지만 적어도 그들이 날아오른 것이 아니라 걸어서 물 위를 이동했던 것은 분명했다.

그 옛날 달마가 갈대를 타고 강을 건넜다는 말이 전설처럼 전해지고 있지만 선경주 묵철과 독경주 허염의 무공 역시 그 달마의 전설에 버금가는 것이었다.

그래서 청풍은 한 가지 사실을 분명히 깨닫게 되었다. 그건 선승 묵철과 그의 독을 해독한 독경주 허염 모두 그 자신이 겨우 몇 개월 혹은 몇 년의 수련으로는 따라 잡을 수 없는 고수라는 사실이었다. 그렇다면 지금까지 그에게 일어났던 일들을 다시 생각해 볼 필요가 있었다. 그건 왜 이들이 스스로 조화신검을 들고 강호로 나가지 않고 자신을 신검의 주인으로 만들려는 것인가 하는 것이었다.

검을 들 능력으로 보자면 그들은 이미 충분히 그 능력이 갖춰진 사람이었다. 반면 청풍은 영약까지 동원해 그 능력을 키워야 하는 애송이였다. 그런데 그들은 왜 스스로 신검의 주인이 되려 하지 않는 것일까. 그 이유를 알기 전에는 신검을 잡을 수 없다는 생각이 드는 청풍이다. 그리하여 두 사람이 산보를 마치고 돌아왔을 때 청풍이 정색을 하고 두 사람에게 물었다.

"왜 어르신들이 아닌 제가 신검을 잡아야 하는 겁니까? 제 판단으로 두 분은 신검의 주인이 되실 충분한 능력을 지니고 계십니다. 그런데 왜 아직 많은 것이 부족한 제가 신검의 주인이 되어야 하는 건지요?"

기분 좋게 산보를 마치고 돌아온 묵철과 허염은 청풍의 표정이 심상치 않은 것을 보고는 그를 마당에 있는 평상에 끌어앉혔다.

"갑자기 왜 그렇게 심각해진 거지? 이미 설명하지 않았느냐? 신검의 주인이 되려면 하늘이 내린 특별한 체질을 가지고 있어야 한다고. 네가 바로 그런 사람이라고 말이다."

묵철이 대답했다. 그러자 청풍이 고개를 저었다.

"신검은 사람이 아니지요. 아무리 신검이라도 결국은 하나의 검일뿐입니다. 신검이 스스로 특별한 기운을 지니고 있다고 해도 어르신들 같은 분이라면 충분히 그 기운을 다스릴 수 있을 것입니다. 그런데도 왜 모든 면에서 불완전한 제가 그 검을 들고 강호로 나가야 하는 것입니까? 혹… 어르신들께서 세속의 일에 관여하시기 싫어 손에 피를 묻힐 다른 사람이 필요하신 것입니까?"

"만약 그렇다면?"

이번에는 빙그레 미소를 지으며 허염이 물었다. 그러자 청풍이 잠시 생각에 잠겼다가 대답했다.

"만약 그렇다면 전 이 길로 중원으로 돌아가겠습니다. 꼭 제가 아니더라도 어르신들의 일을 대신할 사람은 존재할 테니까요. 더군다나 그것이 반드시 필요한 일이라면 어르신들께서 직접 나서실 수도 있겠지요."

"음… 네 말이 하나도 틀린 것이 없다."

허염이 순순히 고개를 끄떡였다. 반면 묵철은 시종일관 무거운 표정으로 먼 산을 바라보고 있었다.

"이제 이유를 말씀해 주시지요. 왜 직접 신검의 주인이 되지 않으시는 겁니까?"

그러자 허염이 대답했다.

"이유는 두 가지다. 그 하나는 우리 중 누구도 신검의 주인이 되고 싶지 않은 사람이 없기 때문이고, 다른 하나는 우리 중 누구도 신검의 주인이 되어서는 안 되기 때문이다."

모호한 대답이다. 그러나 청풍은 허염이 자신을 놀리거나 혹은 핑계를 둘러대기 위해 하는 말이 아니라는 것을 알고 있었다.

허염의 대답이 끝나자 이번에는 여전히 먼 곳을 바라보고 있던 선승 묵철이 입을 열었다.

"이것은 아주 오래된 이야기다. 사람들 사이에선 전설로, 우리 오경주에게는 역사로 전해지는 이야기지. 오경에 대해 들어보았느냐?"

묵철이 물었다. 그러자 청풍이 고개를 저었다.

"알지 못합니다."

"하긴 청담에게 그 이야기를 듣기에는 너무 어린 나이였겠지. 그럼 지금부터 한 명의 신인과 그의 후예들에 대한 이야기를 들려주마. 이 이야기를 듣는다면 너도 우리가 조화신검을 만드는 이유와 널 조화신검의 주인으로 선택한 이유를 알게 될 것이다."

"기다리고 있던 이야깁니다."

청풍이 대답했다. 그러자 묵철이 허염에게 시선을 주었다. 묵철의 시선을 받은 허염이 이야기를 시작했다.

"아주 오래전 무림에 한 명의 기인이 등장했다. 그의 이름은 도명, 무림에서 그를 아는 사람들은 그를 신인 도명이라고 불렀다. 이유는 하나, 사람의 몸으로 태어났으되 그 능력이 신의 경지에 이르렀기 때문이었다. 그는 홀로 강호에 나서 무림의 지배자가 되었다. 믿을 수 있겠느냐? 단 혼자의 힘으로 무림을 지배했다는 것을……?"

"그게 가능한 일인가요?"

"솔직히 나도 모르겠다. 나로서는 아무리 강력한 무공을 지닌 사람이라 해도 홀로 무림을 정복했다는 것은 믿을 수 없다. 온갖 사람이 뒤엉켜 사는 세상에서 어찌 단 한 명의 힘으로 세상을 정복할까. 그러나 어쨌든 전설은 그걸 사실이라고 말하고 있다."

그러자 곁에 있던 묵철이 허염의 말을 거들었다.

"어쩌면 그게 가능했던 것은 신인께서 오히려 무림의 권력에 큰 욕심이 없으셨기 때문일지도 모른다. 전해지는 이야기에 따르면 그분은 무림을 정복하셨으되 지배하지 않으셨다고 한다. 무림의 모든 종파가 그분께 복종했지만 스스로 그 권력을 버리셨다는 것이지. 이후 그분은 무림을 떠나 은거를 하셨는데 그때부터 우리의 역사가 시작된다."

청풍은 신중하면서도 흥미롭게 묵철과 허염의 이야기를 듣고 있었다. 무림비사는 비단 무림인뿐만 아니라 저자의 아이들도 귀를 쫑긋하고 관심을 기울이게 마련이어서 청풍 역시 신인으로 불렸던 한 무인에 대한 이야기에 깊이 빠져들고 있었다.

"그 신인 도명이란 분이 바로 우리 오경주의 조사시다. 그분께서는 강호에서 은거하신 후 다섯 명의 제자를 들여 각기 그 자질에 맞는 무공을 전수하셨다. 그것이 바로 오경의 시작이다. 조사께서 본신의 무공을 한 사람에게 전수하지 않으시고 다섯 명에게 나눠 전수하신 이유는 온전히 조사의 무공을 이어받을 자질을 가진 사람이 없었기 때문일 것이다. 그리고 또 다른 이유는 한 사람이 소유하기에는 조사의 무공이 너무 무서운 것이기 때문이었지."

묵철이 한참 이야기를 하다 말고 품속에서 다섯 개의 동경을 꺼냈다. 일단 세상 밖으로 나오자 햇살을 받은 동경들이 눈부시게 빛나기 시작했다. 그 빛은 구리에서 나오는 빛이라고 생각하기에는 너무 오묘해서 어떤 것은 청색을, 어떤 것은 붉은빛을, 또 어떤 것은 투명하게 검은빛을 내기도 했다.

"신인께서는 이 다섯 개의 동경에 당신의 무공을 나누어 새겼다. 그리고 제자 다섯에게 하나씩의 동경을 맡겼지. 이후 한 가지 당부를 하셨다. 이 다섯 개의 동경을 하나로 모으는 자가 없다면 절대 오경의 주인은 강호에 나오면 안 된다는……. 그 유훈은 오경의 주인들에게는 수백 년에 걸친 족쇄가 되었다. 물론 강호무림에는 큰 홍복이 되었다. 너도 보았다시피 우리와 같은 자가 다섯 명이나 강호에 출도한다는 것은 참으로 불행한 일이기 때문이다. 더군다나 오경의 주인들은 각기 그 성품이 달라 시대에 따라 마인도 있었고, 사특한 인물도 있었으며, 패도적인 사람도 있었지. 조사의 유훈이 아니라면 무림은 오경의 주인들에 의해 혈난이 멈추지 않았을 것이다."

그러자 허염이 눈살을 찌푸리며 말했다.

"그 문제에 대해선 우리 오경주들 사이에서 의견이 다르지. 사실 오경주가 아니더라도 무림은 충분히 혼란스럽거든. 오경주가 강호에 나서지 않는다고 해서 세상이 평화로운 것이 아니라는 말이지. 더군다나… 오경주가 무림의 전면에 나서지

않았다 뿐이지 어둠속에서는 항상 세상일에 관여해 왔으니까. 그렇지 않소이까, 선승?'

허염이 묵철에게 물었다. 그러자 묵철이 고개를 끄떡인다.

"부인할 수 없는 사실이지요. 그러나 그럼에도 전 오경주가 무림의 전면에 나서지 않은 것이 다행이라고 생각합니다. 오경주가 세력을 일구고 그 무공을 문도들에게 전수했다면 세상이 어찌 변했을지 알 수 없지요."

"음… 그도 그렇기는 하오."

이번에는 허염도 묵철의 말에 동의했다. 그러자 묵철이 다시 입을 열었다.

"조사께서 말씀하시길 오경이 하나로 모이면 당신의 최후 거처인 조화성을 열 수 있다고 하셨다. 오경의 경주들은 그 조화성에 오경의 무공을 능가하는 신인 도명 조사의 최후의 심득이 있을 거라고 생각했지. 그리하여 수십 년을 주기로 오경의 경주들은 조화성에 모여 무공을 겨뤘다. 그 승부는 수백 년 동안 결론이 나지 않았는데 수백 년 전 그 싸움에서 승리한 사람이 있었다."

"……!"

청풍이 놀란 표정으로 묵철을 바라본다. 오경의 경주 간의 싸움에서 승리한 자라면 제이의 신인 도명이라고 할 수 있었다. 그러자 갑자기 의문이 생겼다. 청풍이 아는 이상 수백 년 내 무림사에서 신인 도명과 같이 절대적인 존재로 군림한 사람은 없었다. 더군다나 다섯 개의 동경은 하나로 모이지 않고 여전히 다섯 명의 경주가 가지고 있지 않았던가.

"그런데 그때 열린 조화성에는 기실 아무것도 존재하지 않았다. 결국 조화성은 도명 조사께서 오경의 경주들이 함부로 강호에 나가는 것을 막기 위해 만들어놓은 허상과 같은 것이었지."

"그런데 어째서 그 이후에도 오경주들은 강호에 나서지 않은 것이죠?"

"음… 그건 당시 오경주의 싸움에서 승리한 화마경주께서 강호에 뜻이 없으셨기 때문이었다. 더군다나 당시 그분은 화마경을 제외한 다른 동경들에 대해서도 욕심을 내지 않으셨지. 그래서 오경은 사람의 손길이 닿지 않는 곳으로 뿔뿔이 흩어졌다. 사람의 손에 남은 동경은 오직 화마경과 수선경뿐이었다."

"생각해 보면 이 모든 것이 하늘의 뜻이 아닌가 싶기도 하오."

문득 허염이 묵철을 보며 말했다. 그러자 묵철이 고개를 끄떡였다.

"저도 가끔 그리 생각합니다. 그렇게 땅속에 묻혔어야 할 오경이 다시 주인을 찾아 오늘날 이렇게 우리가 또다시 신인 도명의 유훈을 이야기하고 있으니 말입니다."

"사라진 오경들은 어떻게 다시 세상에 나온 거죠?"

청풍이 물었다. 그러자 묵철이 고개를 저으며 대답했다.

"그 자세한 사정은 우리도 모른다. 여기 허 노사의 선조들께서 얻으신 독경은 어느 토굴에서 발견되었다고 하고, 패경과 정경은 수백 년 전 계림의 부활을 꿈꾸던 강호의 절대가문 금문의 손에 우연히 들어갔다가 다시 금문 밖으로 나왔다."

"그런데 지금은 그 동경을 모두 선승께서 가지고 계시는군요."

이제야 이야기는 중심에 이르고 있었다. 그렇게 나뉘어진 다섯 개의 동경이 다시 한 사람의 손에 들어와 있다. 그것도 싸움이나 비무를 통해 얻어낸 것 같지는 않았다.

"음… 이 일은 결국 독경주께서 말씀해 주셔야겠습니다. 결국 이 일의 시작은 허소산 조사님으로부터가 아닙니까?"

묵철이 허염을 보며 말했다. 그러자 허염이 고개를 끄떡이며 입을 열었다.

"그럽시다. 내가 이 일에 대해서는 제일 자세히 알고 있으니…… . 이백여 년 전 독경이 다시 세상에 나오게 된 것은 나의 조부이신 허소산이라는 분에 의해서다. 그분은 어린 시절 독경을 얻은 후 젊으실 때는 한때 무림의 일에 관여하기도 하셨다. 그러나 이십대 이후에는 강호의 일에는 일절 관여를 하지 않았지. 아마도 그 즈음부터 조화오경에 대한 자세한 사정을 아시기 시작한 것 같더구나. 이후 조부께서는 평생 조화오경의 역사를 자세히 알아내는 것으로 여생을 보내셨다. 그러다가 말년에 하나의 중요한 사실을 알아내셨다."

"그게 뭔가요?"

청풍이 얼른 물었다. 그러자 허염이 심각한 표정으로 대답했다.

"조부께서 조화성이 있었던 백두의 한 봉우리를 답사하실 때였다. 조화성의 흔적이라야 과거 화마경주 송추월 경주께서 조화성을 폐허로 만들었기에 남아 있는 것은 별로 없었고, 또 이미 수백 년 전에 그 의미가 사라진 곳이라 다른 경주들은 그 곳을 찾지 않았지만 조부께서는 그래도 오경의 뿌리가 있는 곳이니 자주 들르시곤 했었지. 그런데 그곳에서 부서진 조화성의 잔해를 살피시던 중 조부께서는 한 가지 중요한 사실을 알게 되셨다. 물론 당시까지는 그것이 그리 중요한 문제가 아닐 수도 있었지만……."

그러자 문득 선승 묵철이 탄식을 흘렸다.

"하! 어쩌면 허소산 조사께서 그것을 발견하지 못하시는 것이 더 좋았을 수도 있었지요."

"글쎄올시다. 난 그 일로 묵경의 존재가 세상에 알려졌다고는 생각지 않소. 세상이 알든 모르든 묵경은 여전히 존재했을 테고 그 아이가 아니더라도 누군가는 결국 그걸 발견하게 될 것이었소. 그러니 오히려 그 존재를 알고 그에 대한 대비를 할 수 있는 기회를 얻었다는 면에선 조부께서 묵경의 존재를 알아내신 게 잘된 일이라고 보오."

그러자 묵철이 금세 허염의 말에 동의했다.

"그렇군요. 노사의 말씀이 옳습니다. 나로서는 그저… 그 아이가 관련된 일이라……."

뜻 모를 말들을 묵철과 허염이 나누었다. 청풍은 두 사람의 대화를 방해하지 않고 무던히 다음 말을 기다렸다. 그러자 허염이 다시 이야기를 이어갔다.

"조부께서 발견하신 것은 신인 도명 조사께서 오경의 후인들에게 남긴 당부의 글 중에 있었다. 조화성의 석벽에 새겨져 있던 그 그들은 오경주의 쟁투 중에 여러 조각으로 부서졌는데 그중 한 부분을 찾아내신 것이지. 거기에 묵경에 대한 이야기가 있었다."

"하면 오경 말고 다른 신경이 존재한다는 건가요?"

"그렇다. 도명 조사께서는 오경을 만들면서 다른 한 가지 신경을 더 만드셨다. 그것이 바로 묵경인데 이 묵경으로 말할 것 같으면 세상의 모든 무공을 잠들게 할 수 있는 암흑의 무공이라고 칭하셨다. 그런데 조사께서는 마지막에 이 묵경을 완성시키지 않으셨다. 본래 묵경을 만든 이유는 오경의 경주들이 혹시나 조사의 유훈을 따르지 않고 혈난을 일으킬 때를 대비하기 위함이었다. 그러니 오경에 실린 무공들의 약점이 모두 고려되어 있었지."

"그런데 왜 완성을 하지 않으신 거죠?"

"조사께서 남긴 말씀을 전하자면 정확히 이러하다. '난 한 순간 깨달았다. 강(强)을 강(强)으로, 힘을 힘으로 제압하고 나면 결국 남는 것은 더 강한 힘이라는 것을. 묵경의 주인이 오경의 주인을 제압하고 나면 그가 천하에 욕심을 내지 않을 것이라고 누가 장담할 수 있겠는가. 애초에 묵경을 만든 것은 오경 경주들을 믿지 못하기 때문인데 이제 다시 묵경의 경주를 어찌 믿을 것인가. 결국 세상사는 인간의 마음에 달린 것이지. 더 강한 무공을 만든다고 해결될 문제가 아니다. 그러니 묵경을 만듦은 곧 세상에 또 다른 혈난의 불씨를 남기는 것이리라. 그리하여 난 묵경의 완성하지 않고 기린산을 떠났다' 여기까지가 조부께서 찾으신 글의 전부다."

"그렇다면 결국 아무 문제가 될 것이 없지 않나요?"

"그렇지. 묵경이 세상에 전해지지 않았으니 문제가 될 것이 없다는 것이 당시 조부님의 생각이었다. 그런데… 문제가 생겨났다. 불씨는 다른 곳이 아니라 우리 내부에서 타오르고 있었다."

허엽이 눈을 지그시 감으며 말을 끝냈다. 그러자 그때까지 허엽의 말을 묵묵히 듣고 있던 묵철이 괴로운 표정을 지으며 입을 열었다.

"이 일은 결국 내 입으로 말할 수밖에 없겠군요. 음… 풍아, 내게는 산문에 들기 전 얻은 아들이 한 명 있었다."

"예?"

청풍이 놀란 표정으로 묵철을 바라봤다. 청풍으로서는 놀라지 않을 수 없었다. 청풍은 묵철이 아주 어려서부터 불가에 들어 수도를 하며 살아온 사람으로 알고 있었던 것이다.

"어린 시절 나의 과거는… 네 의부 타유와 다르지 않았다."

"그 말씀은……?"

"그래. 어린 시절 난 살수였다. 아니, 살수가 아니라 백정이라고 해야 할까? 아주 고약한 과거지. 스승의 눈에 들어 산문에 들어오면서 그 과거를 모두 털어버리려 했지만 단 하나 사라지지 않는 과거가 있었다. 바로 내가 낳은 혈육이다."

청풍으로선 놀라지 않을 수 없는 일들이다. 속세를 벗어 난 듯 보이는 선경주 묵철에게 그런 과거가 있다는 것은 상상조차 하지 못한 일이었다.

"나로서는 세상에 남겨진 나의 혈육… 그 아이의 어미는 불행히도 일찍 죽었지. 그래서 그 아이가 홀로 남겨졌다는 걸 알았을 때 거두지 않을 수가 없었다. 스승께서도 그 아이를 거두는 것을 허락하셨다. 그래서 난 그 아이를 산문에서 키웠다."

"그분은 지금 어디 계시죠?"

묵철이 어린 시절 본 아들이라면 묵철의 나이를 생각했을 때 그 역시 지금은 백발의 노인이 되어 있을 터였다.

"애초에 스승과 나는 그 아이를 나를 이을 선경의 후계자로 생각하고 있었다. 그러나 세월이 흐르면서 우리는 그 아이가 선경주의 재목이 아니라는 사실을 알게 되었다. 재능은 차고 넘쳤다. 그 아이… 너와 비견될 정도로 천부적인 재능을 타고 태어났었다. 그런데 그 아이에게는 치명적인 약점이 있었다. 그건 바로 탐욕이다. 어미 없이 자라서일까? 아니면 타고난 천성일까? 그 아이는 지나친 호승심과 세상의 권력에 대한 탐욕을 가지고 있었다. 그걸 버려야만 선경주가 될 수 있음을 알면서도 그 아이는 결코 그 탐욕을 버리지 못했다."

"그래서 떠났군요."

"그래. 나와 스승이 자신에게 선경을 물려주지 않을 것임을 아는 순간 그 아이는 미련 없이 산문을 떠났다. 물론 그때조차도 그 아이는 대단한 고수였다. 등천심공의 비결 중 두 가지 구결을 알고 있었고, 천부적인 재능을 가지고 있었으니 무공으로는 동년배에선 따라올 자가 없었다. 하지만 나와 스승은 그 아이가 산문을 떠나는 것을 그리 걱정하지 않았다. 세상에 대한 욕심은 많아도 크게 사악한 아이는 아니라고 생각했기 때문이다. 그런데……."

묵철이 잠시 말꼬리를 흐렸다. 그의 얼굴에 괴로움이 나타났다. 묵철이 길게 한숨을 쉬며 말을 이었다.

"그런데 우리가 잘못 생각한 것이 있었다. 그건 바로 사람의 욕심이란 절제될 수 없다는 사실이다. 산문을 떠난 그 아이는 거짓말처럼 세상에서 증발했다. 우린 모두 그 아이의 소식이 궁금했지만 어디서도 그 아이의 흔적을 찾을 수 없었다. 그러다가 결국 그 아이의 흔적을 여기 독경주께서 발견하셨는데 그곳이 바로 기린산이었다."

"아! 묵경!"

청풍이 나직하게 탄식을 흘렸다. 그러자 이번에는 허염이 입을 열었다.

"조부께서는 오경의 주인들과 두루 친하셨다. 그중에서도 전대 선경주님과 가장 친하셨기에 나도 여기 선승과 자연스레 친분을 갖게 되었지. 그래서 그 아이의 얼굴은 몇 번 본 적이 있었다. 그래서 어느 때인가 내가 재미삼아 과거의 기록을 살펴 기린산의 위치를 추정하고 그곳을 방문했을 때 그 아이를 단번에 알아보았지. 그런데 기이하게도 그 아이는 날 반가워하지 않고 그날로 기린산을 떠나 버렸다. 직후에 난 그 이유를 알게 되었는데 그 아이는 그곳에서 신인 도명 조사께서 완성시키지 않고 묻어두었던 묵경의 무공을 연구하고 있었다. 안타깝게도 기린산의 비동에는 신인 도명 조사께서 묵경을 만드시던 흔적이 석벽에 남아 있었고, 그를 토대로 그 아이는 묵경을 완성해 가고 있었던 것이다."

"하지만 아무리 그분이 뛰어난 자질을 가지고 있다고 해도 과거의 흔적만으로 묵경을 완성한다는 것은……."

"물론 불가능하지. 그러나 적어도 그 아이가 우리 오경주를 능가하는 경지까지 도달할 가능성은 분명히 존재했다. 그리고 이십 년 전 그 일이 있었지."

"……?"

청풍이 의문을 담은 눈으로 허염을 바라봤다. 그러자 이번에는 묵철이 입을 열었다.

"네 의부가 관여한 일이다."

"그… 암습을 말하시는 건가요?"

"그래. 네 의부인 타유, 그 사람이 날 암습하는 사이 그의 동료들이 내 방에서 한 가지 물건을 훔쳐갔다. 그 물건이 바로 선경의 구결을 풀이해 놓은 무서(武書)다."

"아……!"

청풍이 그제야 그 옛날 타유가 천살문주로부터 버림받은 이유를 알게 되었다.

"천살문이라고 했지? 네 아비가 속했던 살문."

"그렇습니다."

"그들은 아마도 내 아들의 사주를 받아서 그 일을 한 것일 게다. 왜냐하면 내가 선경의 구결을 풀어 무서로 만든 것을 아는 사람은 돌아가신 스승님과 그 아이뿐이었으니까."

"그렇겠군요."

청풍이 고개를 끄떡였다. 그러자 묵철이 다시 한숨을 쉬며 말했다.

"그 아이가 그 물건을 가져갈 것이라고는 꿈에도 생각지 못했다. 적어도 그런 아이는 아니었으니까. 오만할 정도로 도도한 그 호승심이 문제였지만 그 호승심이 오히려 도둑질과는 어울리지 않는 아이를 만들었지. 그럼에도 그 아이가 그 물건을 가져간 것은 오직 하나… 묵경의 무공을 완성하는 데 선경의 구결이 필요했기 때문일 것이다."

"그럼 그가… 아니, 그분이 묵경의 무공을 완성했을 거라는 말인가요?"

"그렇지는 않다. 그 아이가 한 가지 모르는 게 있었어. 그건 바로 그 무서는 내가 선경의 구결 중 풀어내지 못한 구결들을 참구하기 위해 만든 것이라는 거다. 그러니 그곳에 있는 구결과 풀이들은 사실 완전한 것도 아니고, 외려 무공을 수련하는 사람에겐 위험한 것일 수도 있다. 이런저런 생각을 늘어놓았으니 그 풀이들의 진위를 구분하기도 힘들고 간혹은 수련자의 몸을 망칠 수도 있는 구절도 있다. 그러니 그 아이가 그 무서로 얼마나 큰 도움을 얻었는지는 알 수 없으나 묵공을 완성하지는 못했을 것이다. 그러나 문제는 묵공의 완성 여부에 있는 것이 아니라 그 아이가 나에게서 그 무서를 훔쳐 갔다는 사실 그 자체다. 그것도 살수들을 동원해서……."

"……?"

"그건 곧 그 아이의 야망이 스스로 통제할 수 없는 지경에 이르렀다는 의미지. 그리하여 우린 그 일에 대비하지 않을 수 없었다. 묵경을 수련한 신인 도명의 후예가 세상에 나타났을 때 세상이 어찌 변할지 두려운 일이 아닐 수 없었으니까. 해서 우리 다섯 명의 경주는 조화신검을 만들기로 했다. 만약의 경우 그 아이가 묵경을 완성했다면, 아니, 얼추 묵경의 무공을 얽어 맞췄다면 우리 각자의 무공으로는 절대 그 아이를 상대할 수 없으니까."

"하지만 다섯 분이 함께 출도하시면 그가 묵경의 무공을 완성하기 전에 충분히 제압하실 수 있었을 텐데요."

청풍이 물었다. 그러자 이번에는 허염이 대답했다.

"물론 그럴 수도 있었지. 그러나 거기에는 두 가지 문제가 있었다. 하난 그 아이의 행적을 어디서도 찾을 수 없었다는 것이고, 둘째는 나와 선경주, 그리고 화마경주를 제외하고 다른 두 명의 경주를 당시에는 찾을 수가 없었다는 것이다. 그리하여 우리는 조화신검을 만들어 그를 상대할 준비하는 것 외에는 사실 다른 대책을 세울 수 없었던 것이다. 물론 우리 셋이 하산을 해서 그 아이를 찾을 수도 있었지만… 우리가 과연 그 아이를 벨 수 있었을까? 선승에게는 아들이요, 내게는 조카와 같은 아이를 말이다. 그리고 사실 우린 오경의 전설에 무료함을 느끼고 있었지. 다시 말해 오경의 전설을 그만 끝내야 하는 것이 아닌가 그런 생각을 하던 차였기에 신검을 만들기로 결정하는 것은 쉬운 일이었다."

허염의 말이 끝나자 청풍은 조화신검이 만들어진 이유를 이해할 수 있었다. 그러나 여전히 의문은 남는다. 왜 자신인가 하는 의문은 여전했다. 그 의문을 짐작하고 있었는지 허염이 다시 입을 열었다.

"조화신검을 만드는 일은 간단한 것이 아니다. 지금 그 일을 하고 있는 아이 역시 아주 어려서부터 오직 조화신검을 만들기 위한 삶을 살아왔다. 그 아이의 마음을 잡는 것도 쉬운 일은 아니었지. 그리고 이젠 네 마음을 잡아야 하는구나. 검을 쓸 사람의 마음을 말이야."

"왜 저입니까?"

청풍이 가장 처음에 던졌던 질문을 다시 던졌다. 그러자 허염이 처음에 했던 대답을 다시 했다.

"말했듯이 우리 중 누구도 신검의 주인이 되고 싶지 않은 사람이 없기 때문이고, 또한 우리 중 누구도 신검의 주인이 되어서는 안 되기 때문이다. 오경의 경주들은 지금까지도 서로를 믿지 못한다. 그중 누군가의 손에 신검이 들어가는 것을 용납

할 수 없다는 말이다. 조화신검은 다섯 개의 동경을 녹여 그 정기를 천하에서 가장 강한 쇠로 만든 검에 흡수시키는 것으로 만들어진다. 오경주 각자에게 가장 소중한 물건을 모아 만들어지는 것이지. 그런데 오경주는 수백 년간 서로 경쟁해 왔다. 이런 상황에서 우리 다섯 사람 중 누가 신검의 주인이 될 수 있겠느냐? 또한 경주 중 누군가가 신검의 주인이 되는 것을 다른 사람들이 용납하겠느냐?"

허염이 물었다. 그러자 청풍이 살짝 아미를 모은다.

"결국 오경주도 사람이라는 말이군요."

"네 말이 정확하다. 오경주가 인간의 능력을 벗어난 무공을 지니고 있다지만 결국 그들도 신은 아니다. 그들 역시 사람이다. 그러니 욕망도 있고, 시기도 있고, 또한 분노와 적의도 있다. 그러므로 우리 오경주는 누구나 신검의 주인이 되길 원하지만 또한 누구도 신검의 주인이 될 수 없는 것이다. 그러나 신검을 무공으로써 다스리려면 우리 오경주의 경지에 오른 자가 필요한데 그런 사람을 찾을 수 없으니 결국 하늘의 재능을 타고난 네게 신검을 맡기려는 것이다."

"제가 신검을 다룰 수 있을까요?"

"솔직히 말하자면 나도 모르겠다. 우린 가능성을 보고 이 일을 시도할 뿐이다."

그러자 곁에서 묵철이 다시 입을 열었다.

"그리고 아직은 네가 신검의 주인이 되는 것에 모든 경주가 동의한 것도 아니다. 패경주의 생각은 아직 다를 수도 있다."

"그분이 조 소저를 데려갔다고 하지 않았나요?"

"그래. 그녀가 데려갔지. 그리고 일 년 후에 백두로 올 것이다. 그녀는… 화산의 그 조 소저와 너를 비교하고 싶어 할 것이다. 앞으로 일 년 동안 패경주는 조 소저를 신검의 주인으로 만들기 위해, 아니, 신검의 주인이 될 너를 시험하기 위한 존재로 만들 테니까."

그러자 청풍이 고개를 저으며 말했다.

"조 소저와 제가 도검을 맞대는 일은 없을 겁니다."

"응? 특별한 사이였나?"

지금까지 청풍은 묵철에게 조명이 자신에게 특별한 사람임을 말하지 않았다. 그래서 묵철은 두 사람이 우연히 함께 강에 빠지게 된 것으로 알고 있었다.

"우리 두 사람은 서로에게 검을 겨누라면 차라리 목숨을 내놓을 겁니다."

"이런… 제법 깊은 인연이었군. 뭐, 그러면 나로서야 좋은 일이지. 패경주가 그녀를 내세워 널 시험할 수 없을 테니 말이다. 아무튼… 이제 네가 신검의 주인이 되어야 한다는 것을 받아들이겠느냐?"

묵철이 물었다. 그러자 청풍이 잠시 생각에 잠겼다가 대답했다.

"세상에서 가장 강한 검을 가지라는 데 싫어할 사람은 없지요."

"하하하, 그만큼 져야 할 무게도 많다."

허염이 호탕하게 웃음을 터뜨렸다. 그러자 청풍이 정색을
하며 물었다.

"그는 어디 있죠?"

"누구 말이냐?"

허염이 되물었다.

"그… 선승님의 아들이라는…….'

청풍이 되묻자 허염이 시선을 묵철에게 주며 물었다.

"이번 중원행에서 그를 보셨소?"

"보지는 못했습니다. 다만… 결국은 혈막의 뒤에 숨어 있겠
지요."

"혈막! 지금 혈막오류를 말씀하시는 건가요?"

청풍이 놀란 표정으로 물었다. 그러자 묵철이 고개를 끄떡
였다.

"그래. 그는 혈막의 그늘에 숨어 있다."

"아… 혈막이라니."

"그래서 더욱 그 아이가 두려운 것이다. 묵경의 무공을 완성
하고, 혈막을 손에 넣으면… 세상이 어찌 될지."

묵철이 우울한 표정으로 중얼거렸다. 결국 그는 이 모든 것
이 자신으로부터 시작된 일이라고 생각하고 있었다.

"그의 이름이 뭐죠?"

혹시 혈막오류의 고수 중 자신이 알고 있는 사람일 수도 있
었다.

"그 아이의 이름은 왕함보라 한다."

"왕함보!"

청풍이 화들짝 놀라 묵철을 바라봤다. 그러자 묵철이 고개를 끄떡였다.

"그래. 바로 그다. 혈막의 총사. 어둠속의 그림자라 불리는 그가 바로 나의 아들 함보다!"

자신의 아들을 상대하기 위해 검을 만드는 사람의 심정은 어떠할까. 어쩌면 묵철이 조화신검을 만드는 것은 그가 할 수 있는 최선의 선택일지도 모른다. 그에게 왕함보를 제거할 힘이 있다고 한들 어찌 혈육을 제 손으로 죽일 수 있겠는가. 더군다나 그는 이미 산문에 든 사람이니 더더욱 어려운 일이다. 그래서 그는 조화신검을 만들고 청풍을 불러 왕함보를 상대하려 하고 있는 것이다.

청풍은 부쩍 묵철의 등이 늙어 보인다고 생각했다. 허염의 초가를 떠난 지 닷새, 묵철은 청풍을 데리고 깊고 깊은 백두의 산속으로 들어가고 있었다. 그 산행에서 묵철은 지금까지와 달리 부쩍 힘겨운 모습을 보였다. 누가 보면 곧 죽을 사람처럼 느끼질 정도였다.

그러나 청풍은 알고 있었다. 묵철이 지친 것은 몸이 아니라 마음이라는 것을. 아마도 청풍에게 혈막의 숨은 그림자라는 총사 왕함보에 대한 이야기를 하며 그의 마음이 무척 힘겨워진 듯 보였다.

"쉬었다가 가시죠?"

청풍이 더 이상 지친 묵철의 등이 보기 싫어 말했다. 그러자 묵철이 고개를 돌려 청풍을 보며 물었다.

"힘이 드느냐?"

"조금 힘드네요."

"후후, 내 사정을 보아주려는 게지?"

"뭐… 좋을 대로 생각하세요."

"오냐. 좀 쉬자."

묵철이 산비탈에 위태롭게 올라앉은 바위 위에 엉덩이를 걸치고 앉았다. 그러자 청풍이 조심스레 그의 곁에 다가와 앉는다.

"내가 불쌍하게 느껴지느냐?"

"세상에 선사님을 불쌍하게 생각하는 사람이 있겠어요? 세상에서 제일 강한 분인데……."

"후후, 그렇지. 난 참으로 복이 많은 사람이다. 과거의 죄업이 하늘에 닿았건만 이렇게 선승 소리를 듣고 살고 있으니 말이다. 음……."

"한 가지 궁금한 게 있어요."

"뭐냐?"

"제가 죽은 것으로 알고 계셨다고 하셨죠?"

"그랬지. 돌아오지 않는 청담 그 친구의 흔적을 찾아 금석촌에 갔을 때 너희 부자가 모두 죽었다고 들었으니까."

"그럼 만약 절 만나지 않으셨다면 어쩌실 생각이셨어요?"

"조화신검 말이냐?"

"예."

청풍이 고개를 끄떡이자 묵철이 잠시 생각에 잠겼다가 입을 열었다.

"지금까지 신검을 만들리라 결심한 이후 신검의 주인으로 내 눈에 들어온 사람은 너를 제외하면 모두 셋이었다."

"그렇게나 많아요?"

"왜? 실망했느냐?"

"전 또 오직 하늘 아래 저만이 신검의 주인이 될 수 있는 줄 알았죠."

청풍이 장난스레 말했다. 그러자 묵철이 무거운 표정을 걷어내고 미소를 짓는다.

"후후, 녀석. 날 위해 안하던 농을 다 하는구나. 그러나 한 가지 확실한 것은 있다. 네가 지금까지 만난 그 누구보다도 완벽한 신검의 주인이 될 거라는 것이다. 내가 널 만나기 전 신검의 주인으로 고려했던 세 사람은 바로 두 명의 네 아버지와 지금 신검을 만들고 있는 아이다."

"아버지를요?"

청풍이 놀란 표정으로 되물었다. 청담은 충분히 예상한 이름이다. 비록 묵철은 좀 더 완벽한 신검의 주인을 찾으라고 청담을 강호로 내려보냈으나 마땅한 사람을 찾지 못했다면 결국 청담에게 신검을 맡길 생각이었다. 그러나 설마 그가 타유를 신검의 주인으로 생각했을 줄은 전혀 예상치 못한 청풍이었다.

"그래. 타유, 네 양부도 그중 하나였다."

"왜……?"

"두 가지 이유에서다. 그 첫째는 역시 무공에 대한 천부적인 자질이지. 날 암습했을 때 그의 무공은 사실 우리 오경주의 입장에서 보자면 보잘 것 없는 것이었다. 그런데 그 무공으로 그는 나를 제법 곤란하게 만들었다. 그건 곧 그가 싸우는 법을 본능적으로 알고 있는 사람이라는 거지. 그런 사람은 흔치 않다. 더군다나 나 역시 살수로 어린 시절을 보냈기에 그에게 더욱 관심이 갔다. 그래서 그를 제압한 후 곁에 두면서 무공에 관한 훈수를 두게 된 것이지."

"그런데 왜 아버지를 택하지 않으신 거죠?"

"짐작하겠지만 역시 그 이유는 그가 살수였기 때문이다. 사람의 귀천을 구별하는 것은 어리석은 일이지만 그래도 신검을 살수의 손에 맡긴다는 것은… 물론 네가 나타나지 않았다면 난 그를 찾아갔을지도 모른다."

"아버지가 대단한 분이긴 해요."

청풍이 고개를 끄떡였다.

"그와 같은 사람은 칼 한 자루 쥐어주고 전장에 세워놓으면 어떻게든 살아남아 스스로 자신의 무공을 성취할 것이다. 애초에 살수문에 든 것이 그에게는 불행이었던 거지."

묵철의 말에 청풍이 고개를 저었다.

"전 그분이 불행하다고 생각해 본 적이 없어요."

"응?"

"그분은 누구보다 행복한 삶을 사셨어요. 스스로 살수의 업을 벗어나셨고, 누구보다 좋은 아내를 얻었지요. 그리고… 저도 괜찮은 아들이었고요."

"하하, 그러고 보니 그렇구나."

묵철이 겸연쩍은 표정으로 웃음을 흘린다.

"그분은 비록 지금 복수의 길에 있지만 제가 아니라면 언제라도 그 복수를 그만두실 분이에요. 그러나 지금은… 아! 지금은 무척 힘드실 거예요."

"음, 그렇겠지. 네가 죽었다고 생각할 테니까."

"두려워요."

청풍이 어두운 안색으로 말했다.

"뭐가 말이냐? 그가 경거망동을 할 것 같아서? 그건 걱정 마라. 그는 살수의 업을 산 사람이다. 어떤 경우에라도 냉정함을 잃지 않을 거야."

묵철이 위로하듯 말했다. 그러자 청풍이 고개를 저었다.

"제가 두려운 것은 그것이 아니에요."

"그럼 뭐가 두려운 거냐?"

"아버지의 분노를 받아내야 할 세상이 두려운 거죠."

"음…….."

"아버지를 보셨다니 아실 거예요."

"…그렇구나. 내 미처 그 생각을 하지 못했다. 사정이 이러하니 너나 나나 서둘러야겠다. 네 아버지가 세상을 도륙 내는 것을 보고 싶지 않고, 마찬가지로 내 아들이 세상을 피에 잠기게 만드는 것도 보고 싶지 않다. 가자꾸나."

　당장은 아무리 서둘러도 당장은 할 수 있는 일이 없다는 것을 묵철도 알고 있었다. 그러나 그는 급한 마음에서 잠시의 휴식을 끝내서 서둘러 길을 나섰다.

第二章 그 깊은 어둠

수선경

서늘한 검기가 허공을 갈랐다. 그러자 최홍이 급히 도를 들어 검을 막았다.

　서걱!

　도가 맥없이 검기에 잘려 나갔다. 이미 여러 번 본 광경이다. 그러나 그 일이 최홍 자신에게 일어날 것이라고는 미처 생각지 못했었다.

　슥!

　잘린 도를 들고 서 있는 그를 향해 그가 다가왔다. 무심한 눈, 어떤 투기나 살기도 지니고 있지 않다. 그러나 최홍은 지난 수십 일 동안 이 눈이 얼마나 많은 사람을 죽였는지 잘 알고 있었다. 왜냐하면 죽은 자들이 하나같이 자신과 생사고락을 같이하던 동료이기 때문이었다.

그리고 이 사신(死神)같은 자가 왜 이렇게 살검을 휘두르고 다니는지도 알고 있었다. 한순간 후회가 밀려온다. 그때의 그 결정이 이렇게 커다란 위험이 되어 돌아올 줄은 미처 생각지 못했었다.

검의 주인은 얼마 전 의천맹과의 싸움에 우연히 끼어들어 죽임을 당한 애송이의 아비라고 했다. 그때 화산의 여제자 조명과 그녀를 보호하는 애송이를 주살하라고 명한 것이 바로 최홍 자신이었다. 그러니 결국 이 살겁은 자신으로 인해 일어난 것인데 솔직히 그도 그 일이 온전히 자신의 책임이라고는 생각하고 싶지 않았다. 그 누구라도 당시에는 두 젊은 남녀에 대해 주살의 명을 내렸을 것이기 때문이었다.

"네 주인은 어디로 갔느냐?"

검의 주인이 물었다.

"나도 모르오."

최홍이 반만 남은 도로 가슴을 가리며 대답했다. 그러자 검의 주인이 잠시 최홍의 눈을 응시했다. 마치 최홍이 거짓말을 하는지 아닌지를 가늠하려는 것처럼. 그러다가 다시 물었다.

"살막주가 나왔다지?"

"그, 그렇소."

"그는 어디쯤 있나?"

"하, 하룻길 거리에 있소."

평소라면 살막주의 행적을 발설하는 것은 상상도 할 수 없

는 일이다. 그러나 오늘은 다르다. 더군다나 이자라면 자신이
아니더라도 살막주의 행적을 쉽게 알아낼 수 있을 것이다. 그
가 누군가. 밀문 삼왕이 아니던가.

"어느 방향이지?"

"북쪽에서 내려오고 계시오."

"좋아. 대가로 고통 없이 보내주겠다."

"난… 그 일은 모두 문주가 명한 일이오."

"구차하군."

"우리 모두 혈막의 형제들이오. 그러니… 컥!"

한순간 최홍은 서늘한 기운이 자신의 심장을 뚫고 지나가는
것을 느꼈다. 그리고 그것이 죽음의 기운이라는 것을 느꼈을
때 이미 그의 혼은 그의 몸을 빠져나가고 있었다.

검의 주인, 타유가 천천히 단천마검을 최홍의 몸에서 빼냈
다. 그때 문득 한줄기 바람이 이는 듯하더니 그의 뒤에 일사자
포상이 나타났다.

"최홍을 따르던 자는 모두 주살했습니다."

"좋소. 혈시를 챙기시오."

타유가 말했다. 그러자 포상이 흘깃 죽은 최홍을 살피더니
이내 망설이지 않고 그의 품을 뒤져 작은 목함을 찾아냈다. 그
리고 뒤이어 최홍의 소매깃에 수놓아진 혈시 문양을 잡아 뜯
었다.

"회수했습니다."

"북쪽으로 갈 것이오. 살막의 막주가 나왔다니 그자는 북쪽

으로 도주하고 있을 거요."

"그것이……."

포상이 타유를 보며 무슨 말인가를 하려다가 침을 꿀꺽 삼켰다. 타유에 대한 두려움이 그의 말을 막은 것이다.

"무슨 일이오?"

"밀황께서 전서를 보내셨습니다. 자칫 적의 함정에 빠질 수도 있으니 적당한 선에서 물러나라는……. 밀황님의 명이 일왕과 이왕께도 전해졌으니 그쪽에서도 철수 준비를 하고 있을 것입니다."

삼전의 고수들도 이쯤에서 물러나자는 말이다. 그러자 타유가 무심하게 말했다.

"정확히 여섯 시진 동안 더 추격하시오. 이후에도 그를 잡지 못하면 철수하겠소."

"그러나……."

"살막의 막주가 하루 거리에 있으니 여섯 시진은 괜찮소. 명이오!"

타유가 차갑게 말했다. 그러자 포상이 얼른 고개를 숙여 보였다.

"명대로 시행하겠습니다."

대답을 한 포상의 신형이 순식간에 사라졌다. 그러자 타유가 단천마검을 들어 시린 검날을 들여다보며 중얼거렸다.

"서둘지는 않겠다. 그러나… 이 일에 한 줌 인연이라도 있는 자는 모두 죽이겠다."

어둠 속에서 그의 눈이 감기듯 가늘어졌다. 그리고는 늙은 몸을 바위에 기댔다. 그의 앞에서 이런 그의 모습을 처음 대하는 수하들이 당황하거나 혹은 두려운 눈빛으로 그를 바라보고 있었다.

"몇이나 남았느냐?"

"이제 채 열이 안 됩니다. 모두 죽거나 흩어졌습니다."

그의 물음에 수하들이 대답했다.

"막주에게서 연락은?"

다시 그가 물었다.

"오십 리 밖에서 기다리고 계신답니다."

"후후후, 오십 리라. 독한 사람!"

"아예 빈손으로 오라는 말이에요."

홍연이 차갑게 말했다. 그러자 바위에 기댔던 홍암이 다시 허리를 꼿꼿이 세웠다.

"그렇게라도 가야 할까?"

"차라리 그를 찾아가세요."

홍연이 냉정하게 말했다.

"그? 누구? 왕 대인?"

"어디 있는지도 모르는 왕 대인을 어찌 찾아요. 그가 아니라 타유요!"

"스스로 머리를 숙이란 말이냐?"

"이 모든 일이 그에 의해서 벌어지는 것이란 걸 모르세요?

우리가 살 수 있는 길은 오직 하나예요. 그의 용서를 받는 것 말이에요."

"흐흐흐, 홍연 넌 아직 어리구나. 아니면 녀석에 대한 감정이 아직 남아 있든지."

"그게 무슨 말이에요? 이건 그에 대한 내 감정과는 아무런 상관이 없는 일이에요. 살기 위한 최선의 방책이라고요."

"아니. 그는 절대 날 살려두지 않을 게다. 그리고 흑룡문도 마찬가지지. 아니, 어쩌면 녀석의 분노가 나와 살막을 넘어 이 혈막오류 전체로 향할지도 모른다. 그의 몸이 산산이 부서진다 해도, 녀석에게 한 올의 힘이 남아 있을 때까지 혈막을 용서하지 않을 거야. 녀석의 눈빛을 보았다. 아무런 감정이 없는 눈빛이었어. 오직 죽음만이 깃든 눈빛이었다. 아주 오래전 내가 원했던 완벽한 살수의 눈이랄까. 그래서 더 두려운 거다. 그 눈은 버릴 수 없는 분노를 담고 있다는 뜻이니까. 그 젊은 녀석, 놈의 아들이란 녀석이 죽는 순간 그는 더 이상 통제할 수 없는 살수가 되어버렸다."

홍암이 고개를 젓는다. 그러자 홍연이 벌컥 화를 냈다.

"그럼 어쩌시겠다는 거예요?"

"글쎄… 어떻게 죽을까를 고민해야 할 것 같구나."

홍암이 나직하게 탄식했다. 그런데 그때 문득 그의 귀에 한 사람의 목소리가 들려왔다.

"여기서 죽는다면 그건 너무 아쉬운 일이 아니오?"

순간 홍암의 눈빛이 번쩍였다. 그의 눈에 생기가 돈다.

"왕 대인이시오?"

홍암이 자리에서 일어났다. 그러자 그의 눈앞에 선풍도골의 노인 한 명이 나타났다. 순간 홍암의 얼굴에 안도의 기색이 엿보인다.

"와주셨군요."

홍암이 마치 모시는 주인이라도 만난 듯 깊게 포권을 해 노인을 맞이했다. 그러자 노인이 말했다.

"사정이 아주 좋지 않구려."

"그렇지요… 흑룡문은 아예 절단이 났습니다. 애써 키운 이십사룡은 채 열도 남지 않았고… 호법들은 어디로 떠났는지. 사귀와 육기의 기주들 역시 모두 행방이 묘연하지요. 그들 중 몇이나 살아 있을지……."

"아마도 거의 모두 죽었을 거요."

노인이 단정하듯 말했다.

"주변을 살피셨군요."

"무서운 자더군."

"그를 보셨습니까?"

홍암의 물음에 노인이 고개를 끄떡였다. 그러면서 혼잣말로 중얼거렸다.

"아까운 일이오. 그런 자를 놓치고 있었다니."

순간 홍암이 소름이 돋는 표정으로 노인을 바라봤다.

"그에게 욕심이 나십니까?"

"그만한 자를 지금껏 본 적이 없소."

"대인!"

홍암이 처음으로 노인 앞에서 노기를 드러낸다. 그러자 노인이 희미한 웃음을 던지며 말했다.

"그를 얻으려면 흑룡문주 그대가 필요할 것 같던데……."

"제길!"

홍암이 번개처럼 신형을 날렸다. 그러자 노인이 홍암을 향해 유령처럼 다가들었다.

"막앗!"

홍암이 거칠게 소리쳤다. 그러자 살아남은 수하들이 재빨리 홍암과 노인의 사이로 뛰어들었다.

퍼퍼퍽!

노인의 두 손이 어지럽게 허공을 갈랐다. 그러자 둔탁한 소리가 연이어 터져 나오면서 노인의 앞을 막던 흑룡문의 고수들이 낙엽처럼 허공으로 날아갔다.

"윽!"

"큭!"

천하에 베지 못할 자가 없을 거라 자부하던 홍암의 심복들이다. 그러나 노인 앞에서는 그야말로 갈대와 같은 신세였다. 노인의 손이 한 번 움직일 때마다 홍암의 수하들이 처참하게 꺾여 나갔다. 노인의 무공은 사람의 것이 아닌 듯 보였다. 도검도 들지 않고 펼치는 그의 수공은 거짓말처럼 간단하게 홍암의 수하 여섯을 주살했다. 살아남은 사람들조차 공포에 질려 두 다리를 움직이지 못했다.

"주인을 잘못 만나 너희가 고생이구나. 자질이 좋으니 내가 거둬주지. 망출, 망적!"

"예, 대인!"

어둠 속에서 두 명의 장년인이 모습을 드러낸다.

"이들을 거둬라!"

"알겠습니다."

"그나저나 역시 천하제일의 살수답군. 어느새 사라졌어."

노인이 주위를 두리번거리며 홍암을 찾았다. 그러나 홍암과 홍연의 모습은 어디서도 찾을 수 없었다. 그러자 장년인 중 하나가 입을 열었다.

"그자가 숨자고 마음먹으면 찾기 어려울 겁니다. 사실 그는 오직 대인께서만이 상대할 수 있는 자지요."

"호? 망출, 자네에게서 그런 말이 나올 줄은 몰랐군."

"간교한 자지만 뛰어난 것은 분명하니까요."

"좋아. 적을 경시하지 않는 것은 칭찬받을 일이다. 그러나… 그렇다고 그를 살려두는 것도 곤란한 일이야. 이미 내 속을 드러냈으니 그는 이제 내게 무척 위험한 적이 될 것이야."

"하면……?"

"막아를 불러라."

"이천장님을 말입니까?"

장년인이 놀란 표정으로 노인을 바라봤다.

"살수에게는 살귀가 어울리는 법이지."

"그러나……."

"괜찮아. 지금쯤은 그도 살기를 제어할 수 있을 거야."

"명대로 따르겠습니다."

"허! 이것 참… 갑자기 계획이 많이 틀어지는군. 밀문 삼왕이라… 네가 내 일에 변수를 만들었으니 이젠 네가 날 도와야겠다."

노인의 몸이 가볍게 흔들렸다. 그러자 노인의 모습이 한 줌 연기처럼 장내에서 사라졌다.

"살막주입니다!"

포상이 급히 고개를 숙여 타유에게 말했다. 그들의 앞쪽 멀리 작은 야산을 등지고 일단의 사람들이 서 있었는데 하나 같이 음울한 기세를 풍기고 있는 그들은 살막의 고수였다.

애초에 이 싸움은 의천맹과 흑룡문의 싸움으로 시작되었지만 두어 달이 지난 지금에 와서는 완전히 상황이 변해서 의천맹과 흑룡문은 전장에서 사라지고 그 자리를 밀문과 살막이 대신하고 있었다.

그러나 그동안의 싸움에서 타유가 살막주 요불이 이끄는 살막의 본대와 마주친 것은 오늘이 처음이다. 그동안은 흑룡문의 잔당들이나 동황문의 일부 고수를 상대로 추격전을 벌여왔던 밀문이었다. 그런데 오늘 드디어 살막의 막주를 만나게 되었으니 밀문도들 사이에 아연 긴장감이 흘렀다.

그 긴장감 때문일까, 밀문의 고수들이 속속 타유의 주위로 몰려들었다. 그중에는 밀문 일왕 원왕련와 이왕 여선도 포함

되어 있었는데 그들조차도 평소와 같지 않은 상기된 표정을 하고 있었다.

"삼왕!"

장내에 도착한 일왕 원왕련과 이왕 여선이 타유의 곁으로 다가왔다.

"오셨습니까?"

타유가 스윽 고개를 돌려 원왕련을 보며 말했다. 순간 원왕련이 흠칫한 표정을 지었다. 평소와 다른 타유의 눈빛과 기세가 본능적인 두려움을 일으켰기 때문이었다.

지난 두어 달간의 싸움에서 타유는 완전히 다른 사람이 되어버린 것 같았다. 물론 그의 아들이 죽었다는 소문은 이미 밀문도들 사이에 널리 퍼져 있었다. 그래서 밀문도들은 흑룡문의 잔당들을 주살하는 와중에도 계속해서 타유의 눈치를 살피고 있는 실정이었다.

"결국 그까지 끌어냈구려."

원왕련이 재빨리 화제를 돌린다. 그의 시선이 타유를 벗어나 멀리 있는 살막주 요불에게로 향했다.

"그는 상대하기 어려운 자요."

이왕 여선이 경고하듯 말했다. 그러나 타유는 아무런 대답도 하지 않는다. 그러자 여선이 망설이다가 다시 입을 열었다.

"방금 전 밀황께서 전서를 보내셨소."

"그렇소?"

원왕련이 마치 반가운 선물을 받은 사람처럼 말했다. 그도 그렇고 여선도 그렇고, 흑룡문은 몰라도 살막의 본대와 격돌하는 것은 달가운 일이 아니다. 아니, 정확히 말하자면 지금의 전력으로 살막의 본대를 상대할 자신이 그들에게는 없었다.

그런데 그렇다고 뒤로 물러나자니 아들을 잃은 타유가 동의할 것 같지 않아 차마 말을 꺼내지 못하고 있었던 것이다. 그런데 이런 때 밀황의 전서를 핑계 댈 수 있으니 원왕련으로선 반가운 일이 아닐 수 없었다. 물론 타유 역시 밀황의 명에 대해선 이미 전해 듣고 있었다.

"……."

타유는 시선을 돌려 여선을 보는 것으로 여선의 뜻을 물었다. 그러자 여선이 조심스럽게 입을 열었다.

"밀황께선 살막주와 전면전을 벌이는 것은 피하라 하셨소이다. 그리고 서둘러 싸움을 끝내라고……."

"그럼 이쯤에서 끝내야 하는 것 아니오?"

원왕련이 물었다.

"그렇소이다."

여선이 짐짓 고개를 끄떡인다.

"음… 양쪽의 피해가 크기는 했소이다."

원왕련이 심각한 표정으로 말했다. 그러나 타유는 여전히 침묵을 지키고 있다. 그런데 그때 갑자기 살막의 진영에서 한 사람이 바람처럼 달려오기 시작했다. 타유 등이 있는 곳으로 달려오는 살막 고수의 경공이 밀문 제일의 경공 고수 이왕 여선에 못지않다.

"서불 지추군."

여선이 달려오는 사내를 금세 알아보고 말했다. 본래 살막은 흑룡문과 귀령문 그리고 동황문 삼문이 세 기둥이 되어 떠받치고 있지만 그 본래의 힘은 아무래도 막주 요불에게서 나온다고 할 수 있었다.

그 살막주 요불에게는 혈막의 모둔 고수가 두려워하는 네 명의 마승이 있었는데 사람들은 그들을 사혈불이라고 불렀다.

그들은 각기 동불 구완, 서불 지추, 남불 낭와, 북불 여수로 불렸는데 그 무공이 고강하면서도 괴이하고 심성이 괴팍하기로 유명했다.

지금 타유 등이 있는 곳으로 달려오고 있는 자가 바로 그중 하나인 서불 지추였다.

서불 지추는 살막에서 가장 경공이 뛰어난 자로 유명했다. 그래서 오류의 고수들은 평소 밀문의 경공 고수인 이왕 여선과 살막에서 가장 빠른 자로 알려진 서불 지추를 간혹 비교하곤 했는데 덕분에 두 사람은 서로에 대해 묘한 경쟁심을 가지고 있었다.

"일왕, 오랜만이오."

서불 지추가 원왕련을 보며 말했다. 그로서는 이 싸움을 이끌고 있는 자가 비록 타유라 해도 장내 밀문 고수 중 일인자인 원왕련에게 살막주의 말을 전할 수밖에 없었다.

"서불의 발은 서풍처럼 빠르다더니 과연 명불허전이오."

원왕련이 상대의 무공을 칭찬하는 것으로 인사를 대신했다.

"하하하, 곁에 계신 이왕에 비하면 저야 어린애 수준이지요."

"그래, 무슨 일이오?"

긴말이 필요 없다는 듯 원왕련이 물었다.

"막주님의 전언을 가지고 왔소."

"말해보시오."

"막주께선 도대체 이 싸움의 이유를 모르겠다고 하셨소."

"그게 무슨 소리요? 싸움의 이유를 모르다니. 흑룡문과 본문의 싸움은 벌써 두 달째 이어지고 있소. 그런데 그 이유를 모른다니 말이 되오?"

"애초에 이 싸움은 혈시를 두고 일어난 싸움으로 흑룡문이 의천맹의 공격을 받는 사이 밀문에서 혈시를 노리고 흑룡문의 배후를 치면서 시작된 싸움이 아니오?"

"후후후, 거기에 더해 오히려 우리 밀문이 흑룡문의 함정에 걸려들었지만 말이오."

"그런데⋯ 지금도 여전히 이 싸움이 혈시를 둔 싸움이오?"

"음⋯⋯."

서불 지추의 물음에 원왕련이 즉시 대답을 하지 못하고 슬쩍 타유를 본다. 사실 지금의 싸움은 혈시를 둔 싸움이라 말하기 어려운 상황이었다. 처음에는 그리 시작되었지만 지금은 마치 생사대적을 상대하는 것처럼 한쪽이 모두 죽어야 한쪽이 살 수 있는 그런 생사전으로 변해 있었다. 그리고 그 중심에는 타유가 있었다.

"혈시로 시작된 싸움이니 결국 혈시의 난이 아니겠소?"

아님을 알지만 원왕련으로서는 그리 말할 수밖에 없었다. 그러자 서불 지추가 말했다.

"막주께서는 그리 생각지 않고 있소이다."

"그럼 막주께선 어찌 생각하고 계시오?"

"막주께선 이 싸움이 밀문 삼왕 개인의 원한에서 비롯된 싸움이라고 생각하고 계시오. 그리고 만약 정말 사정이 그렇다면 이 싸움이 계속되어서는 안 된다고 생각하시오. 혈시를 둔 다툼 이외에 다른 이유로 오류가 상쟁을 하는 것은 그동안 금기시되어 온 일이오. 이런 일이 계속되면 자칫 혈막오류가 공멸할 수도 있기 때문이오. 아니 그렇소?"

지추가 추궁하듯 물었다. 그러자 원왕련이 곤란한 표정을 지으며 슬쩍 타유를 바라봤다. 타유가 대답할 질문이라는 것이다. 그러자 타유가 무심한 어조로 말했다.

"혈시를 둔 싸움이라면 괜찮다는 거군."

"……?"

지추의 말문이 한순간 막힌다. 그러자 타유가 다시 입을 열었다.

"흑룡문주에게는 여전히 혈시가 있지. 또한 그대도 혈시를 가지고 있는 것으로 알고 있다. 애초에 혈시를 가진 자들이 전장에서 만났는데 그 싸움의 이유를 들먹여 무슨 소용이란 말인가. 그 싸움 끝에 혈시를 취할 수 있다면 결국 혈시의 난인 것이지. 묻겠소. 지금까지 살막은 혈시를 취하기 위한 싸움에서 오직 혈시의 주인만 공격했소?"

타유의 물음에 지추가 대답을 하지 못한다. 그러자 타유가
다시 입을 열었다.

"살막주께 전하시오. 이 싸움은 결국 혈시로부터 시작되었
고, 그 와중에 내 아들이 죽은 것이라고. 싸움의 끝이 보고 싶
다면 결국 혈시를 내놓아야 할 것이라고. 특히! 흑룡문주의 혈
시를 말이오!"

순간 지추의 눈에 노기가 서린다.

"정녕 오류의 오랜 인연을 깨고 양패구상을 해야겠다는 말
이오? 일왕께서도 삼왕과 같은 생각이오?"

지추가 원왕련에게 물었다. 그러자 원왕련이 곤혹스런 표정
을 짓는다. 오류의 경쟁이 오류의 파멸로 이어지는 것은 장내
의 그 누구도 원치 않는다. 더군다나 밀황의 명까지 내려온 상
황이다. 이쯤에서 살막주와 거래를 하고 뒤로 물러나는 것도
모양새가 나쁘지 않았다.

그러나 이 싸움의 시작과 끝은 결국 타유가 결정해야 한다.
만약 원왕련이 나서서 싸움을 중지시킨다면 아마도 이후 원왕
련은 평생 타유를 상대해야 할 터였다. 그로서는 지난 이 개월
동안 타유의 진면목을 여실히 보았기에 그와 적이 되는 것을
결코 원치 않았다.

진퇴양난, 원왕련이 이러지도 저러지도 못하고 있자 여선이
나섰다. 그는 타유보다도 살막의 고수 지추에게 먼저 말을 건
넸다.

"아마도 한 가지 조건이라면 우리도 이 싸움을 끝낼 수 있을 거요."

"그 조건이 뭐요?"

지추가 물었다.

"그건 바로 이 일이 시작된 원인을 제거하는 것이오."

"나로서는 이왕의 말을 못 알아듣겠소이다. 그러니 좀 더 쉽게 말해주시오."

지추가 추궁하듯 말하자 여선이 한 차례 눈살을 찌푸리더니 이내 다시 입을 열었다.

"이 싸움의 시작은 흑룡문주요. 또한 삼왕의 아드님이 죽은 것도 흑룡문주에 의해서였소. 당시 삼왕의 아드님은 흑룡문과 의천맹의 싸움의 구경꾼이었을 뿐이오. 그런데 그런 삼왕의 아드님을 흑룡문주가 죽인 것이오. 그러니 어찌 그 일을 해결하지 않고 삼왕이 뒤로 물러날 수 있겠소."

"그러니까. 흑룡문주를 내어놓아라?"

"그렇소."

여선의 말에 지추의 눈에 노기가 돋아 오른다. 지금 삼황이 급박하기는 하지만 그렇다고 살막이 위기에 몰렸다고는 할 수 없었다. 이곳까지 쫓겨 온 것은 흑룡문의 문도들이지 살막 전체가 아니었다. 그런데 여선의 말은 마치 항복의 증표를 내놓으라는 말과 같았다.

"미안하지만 이왕의 말씀은 내가 아는 것과는 조금 다르구려."

"무엇이 말이오?"

"당시 밀문 삼왕의 아들은 의천맹의 그 화산파 여제자를 돕고 있었다고 들었소. 그러니 당연히……."

"그만!"

타유가 갑자기 지추의 말을 끊었다. 그리고는 지추를 보며 차갑게 말했다.

"그대의 말은 내 아들이 죽을 짓을 해서 죽었다는 것이겠지. 좋아, 그렇다고 해두지. 그러니 흑룡문이 내 아들을 죽인 것은 정당한 일이라고 해두겠다. 그러나 그래서 내가 하는 이 싸움도 정당하다. 내 아들을 죽인 자들을 공격하는 것 또한 정당한 일이 아닌가? 강호에서 옳고 그름은 한낱 허망한 말장난일 뿐, 결국 검에는 검! 죽음은 죽음으로 갚을 뿐이다. 그러니… 서로 싸우면 그뿐이야. 난 내 아들의 원한을 갚기 위해! 그대들 살막은 흑룡문주를 지키기 위해! 가서 살막주에게 전하라! 밀문 삼왕이 곧 뵙겠다고!"

타유의 말에 지추가 당장 할 말을 잃었다. 그 자신에게 하대를 해대는 타유의 오만함도 오만함이지만 타유의 말과 안광에서 흘러나오는 차가운 살기에 지추는 감히 타유와 말싸움을 할 엄두가 나지 않았다.

그건 무공의 고하와는 전혀 다른 문제였다. 지추의 무공 역시 혈시를 얻을 만큼 고강했다. 그런 그가 타유의 이 서늘한 살기에 자신도 모르게 움츠러들고 있었다.

그러다가 지추가 퍼뜩 자신의 모습을 깨달았다. 살막 사혈불로서의 자존심이 그를 일깨웠다.

"삼왕! 살막이 밀문과의 싸움을 두려워할 줄 아시오?"

"잘됐군. 서로 두렵지 않으니 싸우면 그뿐 아닌가?"

타유가 냉혹하게 말했다. 단 한 걸음도 양보하지 않는 타유의 모습에 오히려 일왕 원왕련과 이왕 여선이 질린 표정이었다.

스르릉!

타유가 천천히 검을 빼 들었다. 단천마검의 써늘한 기운이 그의 팔을 통해 단전을 흔든다. 그러나 그의 손에 들린 단천마검은 겉으로 보기에는 그저 평범한 검에 지나지 않았다. 그래서 그 단천마검을 쫓던 일왕 원왕련조차 단천마검을 알아보지 못했다.

"시간을 주시오!"

타유의 검이 자신을 겨누는 순간 지추가 급히 말했다. 이대로 싸웠다가는 정말 양패구상을 할 수도 있기 때문이었다. 타유야 밀문이든 살막이든 누가 멸문한들 상관이 없는 사람이지만 지추는 달랐다. 공멸을 막기 위해서 타유보다 마음이 급한 쪽은 지추였다.

"이 일은 내가 결정할 수 있는 문제가 아니오. 더군다나 흑룡문주는 그 행방이 묘연하오."

"그게 무슨 소리요? 흑룡문의 문도들이 이쪽으로 도주한 것은 누구나 아는 사실인데. 흑룡문주가 살막으로 오지 않았다면 어디로 간단 말이오?"

여선이 날카롭게 추궁한다.

"우리도 그걸 이상하게 생각하고 있소. 그를 호위하던 자들도 거의 모두 죽었소. 그래서 우린 솔직히 이미 그가 그대들의 손에 죽었다고 생각했었는데… 진정 그의 생사를 모른단 말이오?"

오히려 지추가 흑룡문주의 생사여부를 묻는다. 그러자 여선이 고개를 저었다.

"우린 그를 벤 적이 없소."

"좋소. 일단 내게 잠시의 시간을 주시오. 막주께 밀문의 조건을 전하고 그 답을 들어오겠소."

"좋소이다. 그리하시오."

여선이 고개를 끄떡이자 지추가 그림자도 남기지 않고 사라졌다. 그러자 여선이 뒤늦게 타유를 돌아보며 말했다.

"미안하오. 내 마음대로 그런 거래를 시도해서. 그러나 나로서는 본 문과 살막의 양패구상은 피해야 한다고 생각했소. 밀황의 명도 그러하고 해서……."

"상관없소. 어차피 결국에는……."

타유가 무슨 말인가를 하려다말고 입을 닫았다. 그의 내심을 알 길이 이 없는 여선이 의혹 어린 시선으로 타유를 바라보고 있는데 문득 원왕련이 입을 열었다.

"기이한 일이군. 그가 이곳으로 오지 않았다면 어디로 갔단 말인가?"

"그러게 말입니다. 반나절 전에 그를 호위하던 그 이십사룡이라 불리던 자들의 복색을 한 놈 여럿이 한 군데서 죽은 것이 발견되었는데 그중 흑룡문주는 없었지요. 그럼 당연히 이곳으로 왔어야 하는데…….”

여선도 고개를 갸웃했다.

“더 의문스러운 것은 그 여섯을 죽인 사람을 우리도 모르고 있다는 것이오. 삼왕께서는 그 일에 대해 아는 것이 있소?”

원왕련이 타유에게 물었다. 그러자 타유가 고개를 저었다.

“나 역시 모르는 일이오.”

“그렇다면 이상하지 않소이까? 도대체 누가……?”

“분명한 것은 제삼자가 이 일에 끼어들었다는 것이지요. 그것도 무척 고강한 자가 말이오. 죽은 자들을 살펴보니 오직 장력으로만 주살한 것 같던데… 그런 고수라는 것은.”

여선이 두려운 빛을 보였다. 그들이 이 개월간 상대했던 흑룡문의 문도 중 홍암을 지키던 이십사룡이 가장 상대하기 어려운 자들이었다. 그런 그들을 도검을 쓰지 않고 오직 맨손으로만 상대한 자라면 강호에서 보기 힘든 고수일 가능성이 많았다.

“아, 이번 싸움은 참으로 기이하면서도 예상치 못한 일이 많구려.”

원왕련이 나직하게 탄식했다. 흑룡문의 함정에 빠져 죽음의 고비에 처했던 순간 타유가 나타나 그들을 위기에서 구해준 것을 시작으로, 이번 흑룡문과의 싸움에서는 원왕련과 여선이 예상치 못한 일들이 연이어 일어나고 있었다.

"아무튼 계속 싸움을 이어간다는 것은⋯⋯."

여선이 뭔가를 말하려다 말고 입을 닫았다. 도검을 거두자는 말은 타유의 동의가 있어야 가능한 일이었다. 타유가 아니었다면 그들은 이미 흑룡문의 마수에 걸려 죽었을 몸이기 때문이었다.

지추가 다시 살막의 진영을 떠나 타유 등이 있는 곳으로 온것은 대략 이각여의 시간이 지난 후였다. 그는 장내에 도착하자마자 조금 밝아진 안색으로 입을 열었다.

"막주께서 세 분을 보자시오."

"우릴 말이오?"

여선이 경계심을 드러내며 물었다. 그도 그럴 것이 지금 살막의 막주 요불을 만난다는 것은 호랑이 입에 얼굴을 들이미는 것과 같은 일이었다.

"그렇소."

"하하하, 막주께서 정말 그런 말을 하셨다면 그건 너무 순진한 생각이시오. 어찌 호랑이 굴에 우리 스스로 걸어 들어간단 말이오?"

여선이 큰 웃음으로 초대를 거절한다. 그러자 갑자기 타유가 말했다.

"아니, 만나지 못할 이유가 없을 것 같소."

"삼왕!"

여선이 놀란 표정으로 타유를 바라본다. 그러자 타유가 지추를 보며 말했다.

"혈막의 막주님을 만날 수는 있소. 대신… 장소는 우리가 정하오. 됐소?"

"그건……!"

살막의 막주가 타유 등을 만나겠다는 것은 그들을 자신이 있는 혈막의 진영으로 초대한다는 의미였다. 대저 혈막오류의 주인들은 오류 내에서 신과 같은 존재여서 그들을 만난다는 것은 당연히 그들이 있는 곳으로 찾아간다는 의미였다. 그런데 타유는 그런 관례를 거리낌 없이 깨려고 하고 있었다.

"불가능하다면 만날 일이 없겠지."

"음… 다시 말씀을 전해보리다."

지추가 차가운 표정으로 말을 내뱉고는 휑하니 살막의 진영으로 달려간다.

"삼왕, 아무래도 그건 무리한 요구인 것 같소. 아무리 적이라도 오류의 수장을 대하는 데에는 예법이 있소이다."

지추가 물러가나 이왕 여선이 타유를 보며 말했다. 그러자 타유가 무심하게 대답했다.

"나야 혈막에 들어온 지 얼마 되지 않은 사람이니 그런 전통이 있는 줄은 몰랐소이다. 어쨌든 선택은 그가 하지 않겠소?"

타유의 대답이 냉정하다. 오류의 전통 따위 관심이 없다는 말투다.

"음… 만약 살막주가 그 제안을 거절하면 어찌하시겠소?"

"그때는 검으로 대화를 나누는 수밖에 없지 않겠소?"

"밀황님의 명을 거역할 생각이오?"

여선이 서늘한 시선으로 타유를 보며 물었다. 그러자 타유가 여선을 보며 말했다.

"그대들은 물러가도 좋소. 아마 밀황께서도 밀문과 살막의 싸움이 아닌 나와 그의 싸움이라면 다른 말씀은 없으실 것이오."

"그라면 누굴 말하는 것이오? 흑룡문주 말이오?"

"그가 되었든, 혹은 내 앞을 막아서는 또 다른 누가 되었든……."

타유가 나직하게 대답했다. 그 대답에 여선이 두려운 눈으로 타유를 바라본다. 지금의 타유는 무슨 일이든 할 수 있을 것 같아 보였다. 그것이 밀황에 대한 도전이라도 말이다. 분위기가 심각해지자 노련한 원왕런이 둘 사이에 끼어들었다.

"살막과의 싸움은 일단 살막주의 대답을 듣고 난 이후에 생각해 보기로 합시다. 그나저나 삼왕!"

"말씀하시지요."

"듣자 하니 삼왕께선 본명이 따로 계시는 것 같더구려?"

그러자 타유가 망설이지 않고 대답했다.

"그렇습니다. 제 본래 이름은 타유라고 합니다."

너무 쉽게 대답을 하자 외려 원왕런이 당황한 빛을 보인다.

"그런데 왜 본명을 숨기고 우검이라는 이름을 쓰신 거요?"

"바로 그 때문이지요."

"그라면……?"

"흑룡문주 홍화적, 아니, 그 또한 본명이 따로 있지요. 홍암, 과거 천살문주였던 홍암 그를 피하기 위해 가명을 썼던 것입니다."

"역시 소문대로 삼왕은 천살문 출신이구려."

"그렇습니다. 이십여 년 전 그가 천살문을 폐하고 흑룡문에 들 때 난 그의 곁을 떠났지요. 아니, 정확히 그에게 버림을 받았지요."

"음… 그런 일이 있었구려. 그런데 그는 왜 삼왕을 버렸소?"

"사냥이 끝나면 사냥개는 삶아먹는다는 말이 있지요."

"아하……."

원왕련이 짐짓 탄식을 흘린다. 그리고는 모든 것이 이해된다는 듯이 말했다.

"과거의 원한에 아드님까지 그의 손에… 역시 물러설 수 없는 싸움이구려."

원왕련의 속내를 짐작하기 어렵다. 밀황의 명으로 이 싸움을 걸어야 하건만 원왕련의 지금 말투는 마치 타유에게 싸움을 부추기는 듯한 모습이기도 하다. 여선이 그런 원왕련의 태도가 불쾌한 듯 그를 바라본다. 그러나 원왕련은 여선의 시선에는 신경 쓰지 않고 타유에게 다시 말을 건넸다.

"만약 저들이 끝까지 그 흑룡문주가 자신들에게 돌아오지 않았다고 하면 어찌시겠소?"

"확인을 해봐야겠지요."

"살막의 진영에 들어가 보기라도 하겠다는 거요?"

곁에 있던 여선이 화가 난 듯 소리쳤다. 그러자 타유가 냉정하게 말했다.

"일이 어찌 되든 두 분은 문도들을 이끌고 돌아가시오. 어차피 두 분께서는 더 이상 살막과 싸울 생각이 없으신 모양이니 말이오. 이 일은… 흑룡문주를 상대하는 일은 나 혼자 해결하겠소. 어차피 내 일이니. 살막주와의 만남이 이뤄지면 적당한 명분을 찾는 것으로 이 싸움을 끝내도 좋소."

"그럴 거면 왜 굳이 살막주를 만난단 말이오? 그냥 싸움을 끝내면 될 것을……."

여선이 추궁하듯 물었다.

"그를 만나보면 그의 수중에 흑룡문주가 있는지 알 수 있을 것이기 때문이오."

"음… 삼왕의 말에 일리가 있소. 그의 말의 진위를 가릴 수만 있다면 가장 확실한 방법이지. 그리고 그를 만나면 다른 이득도 있소."

원왕련은 입을 열 때마다 타유를 옹호한다. 당장 오늘까지도 그런 모습이 아니었는데 그의 태도가 갑자기 변한 데에는 필시 그 이유가 있을 터였다.

"무슨 이득 말이오?"

원왕련의 속내야 어찌 되었든 밀황의 충실한 심복인 여선은 밀황의 명대로 즉시 싸움을 거두지 않는 것에 불만이 많았다.

"우리가 살막의 막주와 만나 거래를 한다는 것 자체가 밀문의 위세를 크게 세우는 일이오. 지금까지 오류의 역사에서 그 수장이 타문의 수장이 아닌 자와 협상을 한 일이 있소?"

"아!"

여선이 나직하게 탄성을 흘린다. 원왕련의 말은 틀리지 않았다. 혈막오류의 역사에서 오류의 수장과 거래를 할 수 있는 사람은 오직 다른 오류의 수장뿐이었다.

그런데 오늘 이곳에서 이들 세 명이 살막주 요불을 만나 협상을 한다면 그 자체만으로도 밀문이 살막에 대해 우위를 점했음을 증명하는 일이 될 터였다.

"나쁘지 않은 일이구려. 위험하긴 하지만……."

"내 생각에는 위험하지도 않을 것이오."

"어째서 말이오? 살막주는 언제든 살검을 빼 들 수 있는 사람이오. 그의 독심을 잘 알지 않소이까?"

"물론 그는 독한 사람이오. 그러나… 사실 이번에 살막은 무척 큰 손실을 입었소. 살막의 세 기둥 중 하나라는 흑룡문이 멸문을 했으니 말이오. 이런 상황에서 다시 우리 밀문과 전면전을 벌이는 것은 살막의 존립 자체를 위협하는 일이 될 것이오. 다른 오류에서도 호시탐탐 어부지리를 노리고 있을 테니 말이오."

"음… 듣고 보니 일왕님의 말씀이 옳구려. 그를 만나서 손해 볼 것은 없겠소이다."

여선이 고개를 끄떡인다.

"더군다나 그를 살막의 진영에서 불러낼 수만 있다면… 그건 정말 대단한 성과라고 할 수 있을 것이오."

그때였다. 다시 살막의 고수 지추가 질풍처럼 달려와 세 사람 앞에 섰다.

"반 시진 후 동쪽 송림에서 보자시오!"

지추가 손을 들어 동쪽에 보이는 작은 송림을 가리켰다. 그러자 원왕런이 즉시 고개를 끄떡였다.

"좋소. 그리하겠소."

"양쪽에서 동행할 사람은 모두 열 안쪽이오."

다시 지추가 회합의 조건을 말한다.

"그 역시 좋소."

원왕런이 시원시원하게 동의한다. 죽음의 위험이 없다면 만남만으로도 이득의 되는 일이다. 그러니 망설일 이유가 없었다.

"그럼… 반 시진 뒤에 봅시다."

지추가 너무 쉽게 자신들의 조건을 수락하는 원왕런을 의심스런 눈으로 바라보고는 훌쩍 몸을 날려 다시 살막의 진영으로 돌아갔다. 그러자 원왕런이 타유와 여선을 보며 말했다.

"우리도 준비를 좀 합시다. 만약의 경우를 위해 퇴로를 준비해 둬야 할 거요."

"그렇지요. 살막주를 만나러 가는데 아무 대책 없이 갈 수는 없는 일이지요."

여선이 대답했다.

타유는 송림 사이로 불어오는 시원한 바람을 맞으면서 멀리

강물을 바라보고 서 있었다. 요불보다 늦을 수는 없는 일이라서 밀문의 고수들은 반 시진이 되기 전에 송림에 도착했다.

원왕련과 여선은 송림에 도착하자마자 주변의 지형을 살피느라 여념이 없었다. 만약의 경우 위급한 지경에 처할 수도 있기에 미리 지형을 살펴 퇴로를 정해두려는 것이었다.

그러나 그런 두 사람과 달리 타유는 전혀 주변의 일에 관심을 두지 않았다. 그는 그저 송림 사이에서 불어오는 바람을 맞고 있을 뿐이었다. 다른 사람들은 그런 타유를 보며 배포가 대단하다고 생각했지만 기실 타유는 주위를 살필 여유가 없었을 뿐이었다. 송림에 들어서는 순간 불어오는 바람에서 청풍이 생각났기 때문이었다.

이 시원한 바람은 마치 청풍이 보내는 소식 같았다. 청풍의 이름 때문인지도 몰랐다. 청풍을 키웠던 운룡산에는 이런 송림이 많았다. 그 송림 속에서 청풍은 얼마나 아름다운 청년으로 성장했던가. 그런데 그 아름다운 아이를 이젠 다시 볼 수 없다. 순간 갑자기 분노가 치솟는다.

'문주… 고통을 알게 될 거요. 살수라고 고통을 느끼지 않는다는 것을 나도 알고 문주도 알고 있으니……'

홍암에 대한 원한으로 정신이 먹먹해진다. 그때였다. 등 뒤에서 누군가의 목소리가 들렸다.

"그가 옵니다."

순간 타유의 머리가 차갑게 식었다. 이런 변화는 역시 천살문주 홍암의 덕이다. 아무리 다급한 상황에서라도 감정을 다스릴 수 있는 것이 살수의 가장 큰 덕목이다. 타유가 천천히 신형을 돌렸다. 그러자 멀리서 다가오는 붉은 가사의 승려가 보였다.

'요불······.'

타유가 내심 나직하게 중얼거렸다. 밀황을 제외하고는 오류의 수장 중 처음 보는 사람이다. 그리고 그 명성답게 살막주 요불의 주변에는 붉은 기운이 감도는 듯했다.

부처의 아우라가 아닌 살마의 살기다. 그 기세에 타유와 원왕련 그리고 여선을 제외한 다른 다섯 명의 밀문도가 본능적인 두려움에 떨며 숲 뒤쪽으로 물러났다.

요불은 단 네 사람만을 데리고 송림에 들어왔다. 스스로에 대한 자신감이 엿보이는 행렬이다.

"막주를 뵙니다."

비록 적으로 만난 사이지만 상대는 오류의 수장. 원왕련이 얼른 앞으로 나아가 요불에게 깊이 허리를 숙여보였다. 그러자 그의 뒤에서 타유와 여선도 고개를 숙여 보인다.

"끌끌··· 이 늙은 중을 여기까지 오게 하다니··· 일왕 그대의 심보도 고약하군."

노승이 나직한 미소를 짓는다. 순간 타유는 그의 미소에서 소름끼치는 살기를 느꼈다. 원왕련의 고개가 더욱 깊이 숙여졌다.

"이렇게 뵙게 되어 송구할 따름입니다."

"뭐, 어쩔 수 없는 일이지. 서로 입장이라는 것이 있으니. 부

처님께서 말씀하시길 시비를 논하지 않으면 곧 도에 이른다고
했지만 우린 인간이 아닌가? 시비를 가려야 싸움도 없지."

"그리 말씀해 주시니 감사할 다름입니다."

"좋아. 누가 삼왕인가?"

요불이 송림에 온 밀문도들을 주욱 둘러보며 물었다. 그러
자 타유가 망설이지 않고 앞으로 나섰다.

"밀문 삼왕이 막주께 인사드립니다."

"음… 그대가 바로 그 유명한 밀문 삼왕이군."

요불이 타유를 바라봤다. 타유는 그의 눈이 불타는 듯한 착
각에 빠졌다. 요불의 눈이 화염처럼 뜨거운 열기를 내비친다.
그러나 타유는 속내를 드러내지 않았다. 견딜 수 없는 기운은
아니다.

"그대가 이 싸움을 일으킨 사람이라지?"

요불이 다시 물었다.

"제가 아니라 흑룡문주지요."

"음, 그래. 그가 그대의 아들을 죽였다고."

"정확히는 그의 수하들입니다."

타유는 단 한 마디도 요불의 말을 흘러보내지 않았다. 틀
린 것을 정확하게 지적해 내는 타유를 요불의 기이한 눈으로
바라봤다. 그러나 타유로서는 무척 중요한 일이었다. 그는
청풍의 죽음에 관여된 것을 하나도 빠짐없이 정확하게 짚어
가고 싶었다. 그래서 그 일에 관여된 모든 자를 죽일 생각이
었다. 아마도 그러자면 살막을 넘어 혈막이 그 대상이 될지

도 모른다.

"좋아. 그대가 아주 신중한 사람이란 말은 들었지. 아무
튼… 이 싸움을 멈추기 위해선 흑룡문주가 필요하다?"

"그렇습니다."

"앞서 전했듯이 흑룡문주는 내게 오지 않았네."

"그러나 그는 여전히 살막의 사람이지요."

"음… 그렇긴 하지. 하면 어쩐다?"

요불이 타유에게 오히려 일의 해결책을 물었다. 그러자 타
유가 망설이지 않고 대답했다.

"그를 살막에서 내어놓으시면 이 일은 그와 저만의 문제가
될 것입니다."

"그를 살막에서 축출하란 말이군."

"그렇습니다."

"그것으로 되겠나?"

"저로서는 더 이상의 청은 없습니다."

"좋아. 밀문은?"

지금까지의 거래는 타유 개인의 문제라고 생각한 요불이 원
왕련에게 물었다. 그러자 원왕련이 고개를 조아리며 말했다.

"어찌 더 이상의 조건을 대겠습니까? 삼왕이 만족하면 저희
는 물러갈 준비가 되어 있습니다."

"음… 나로서는 무척 큰 양보란 걸 아나?"

요불이 타유에게 물었다.

"알고 있습니다."

타유 역시 살막이 흑룡문주를 문외자로 지목하는 것이 얼마나 손해나는 일인지 잘 알고 있었다. 그렇게 되면 살막주의 체면은 땅에 떨어지게 될 터였다. 그리고 자연스레 그 기세에서 다른 오류에 크게 밀리게 될 것이 분명했다.

"그래서 내게도 명분이 필요해. 적어도 살막의 형제들을 설득할 만한……."

"어찌하오리까?"

타유가 물었다.

"시원시원하군. 동불!"

갑자기 요불이 누군가를 불렀다. 그러자 그와 함께 동행한 자 중 초로의 노인이 앞으로 나섰다.

"구완 대령입니다."

동불 구완은 살막 사혈불의 한 명으로 살막주 요불의 심복으로 알려진 자다.

"그와 겨뤄보게."

요불의 물에 타유와 구완이 동시에 서로를 바라봤다.

"비무를 하란 말이십니까?"

일왕 원왕런이 타유를 대신해서 물었다. 그러자 요불이 심드렁하게 대답했다.

"비무가 되었든 생사결이 되었든 뭐든지… 삼왕이 동불을 이기면 흑룡문주는 더 이상 살막의 사람이 아니다."

타유의 동의가 필요 없다는 듯 요불이 말했다. 그러자 타유가 요불을 향해 물었다.

"그는 혈시를 가지고 있습니까?"

"가지고 있지."

요불이 고개를 끄떡였다.

"잘되었군요."

"자신이 있다는 말이군."

"이 싸움에서 본 문 형제들의 손실도 제법 많았지요. 그러나 손에 쥔 혈시는 별로 없습니다. 그러니 오늘 혈시를 하나 더 얻는다면 밀황께 면목이 서는 일이겠지요."

"후후후, 밀황은 좋은 수하를 두었군. 그러나 조심하게. 오히려 그대의 혈시를 빼앗길 수도 있으니까."

요불이 웃음과 함께 한마디 경고를 남기고 뒤로 물러났다. 그러자 침묵을 지키고 있던 동불 구완이 요불이 서 있던 자리를 차지하며 타유와 마주섰다.

"구완이라 하오. 오류의 형제들은 날 동불이라 부르오."

구완이 새삼스레 자신을 소개한다. 비록 동불이라 불린다지만 승려의 모습은 찾아볼 수 없는 구완이다.

"갑자기 생사의 검을 나누게 되어 유감이오."

타유가 천천히 단천마검을 빼 들며 말했다. 그러자 구완이 한줄기 미소를 지으며 대답했다.

"무림에서 산다는 것은, 특히나 이 혈막의 세계에서 산다는 것은 언제나 이렇게 한순간에 도검의 칼날 위에 목을 걸어야 하는 운명이 아니겠소?"

"그렇게 생각한다니 다행이오!"

스릉!

타유가 구완을 향해 검을 겨누자 단천마검이 미세한 울음을 흘린다. 소리는 나직했지만 그 소리에 실린 날카로움이 구완의 심장을 찌른다. 구완의 얼굴이 딱딱하게 굳었다.

구완이 수십 년 전부터 오류의 세계에서 명성을 얻은 고수라면 타유는 이제 겨우 일 년 남짓한 세월 동안 세상에 알려진 인물이다. 그것도 지난 이 개월간 흑룡문과의 싸움이 아니었다면 아마도 구완은 밀문 삼왕이라는 타유의 지위조차 우습게 보았을 것이다.

그러나 한줄기 검음에 실려 오는 서늘한 살기를 느끼는 순간 구완은 자신이 무서운 적을 만났다는 것을 깨달았다. 그의 이마에 자신도 모르게 땀이 맺힌다. 그리고 십여 장 뒤에서 요불이 그런 구완의 변화를 우려스런 눈으로 지켜보고 있었다.

슥!

구완이 단천마검으로부터 흘러나오는 살기를 흘려보내기 위해서인지 두어 걸음 옆으로 움직였다. 그러자 타유가 살짝 검을 들어 구완에게로 향하던 살기를 거둬들였다.

순간 구완은 앞을 막고 있던 단단한 벽이 사라진 느낌을 받았다. 그러자 본능적으로 상대를 향한 강렬한 투기가 솟구쳤다.

팟!

구완이 솟아오르는 투기를 억제하지 않고 타유를 향해 날아갔다. 동시에 그의 손에 기이한 병기가 들렸다. 가운데를 검은 쇠줄로 연결한 두 개의 봉이었는데 구완의 양손에 들린 각각의 봉의 길이가 어른 팔만큼 길었다.

순식간에 타유의 면전에 도달한 구완이 왼손에 들린 봉을 놓으며 오른손으로 맹렬하게 봉을 휘둘렀다.

"웅!"

강렬한 파공음이 일어나며 일장 이상 늘어난 구완의 봉이 타유의 어깨를 내려쳤다. 순간 타유가 살짝 몸을 틀어 소나무 뒤로 비껴 섰다. 그 순간 구완의 봉이 그대로 타유가 몸을 피한 소나무를 가격했다.

퍽!

둔탁한 소리가 나는가 싶더니 구완의 봉을 얻어맞은 소나무가 그대로 허리를 꺾으며 쓰러졌다. 순간 구완이 바람처럼 넘어지는 소나무를 타고 넘어 타유의 머리 위로 떨어져 내렸다.

웅!

구완의 봉이 짧게 원을 그리며 재차 타유를 가격했다. 봉의 길이를 생각하자면 놀랄 만큼 쾌속한 공격이다. 과연 살막주 요불이 신뢰하는 고수다운 무공이었다.

한순간 타유의 신형이 아래로 폭 꺼졌다. 그러자 아슬아슬하게 구완의 봉이 타유의 머리를 스치고 지나갔다. 순간 타유가 미끄러지듯 쓰러진 소나무 사이를 빠져나오더니 한순간 허공으로 떠오르면서 단천마검을 휘둘렀다.

쩡!

타유의 오른쪽 어깨 너머로 부챗살처럼 넘어간 단천마검이 구완이 들고 있던 두 개의 봉을 이어주는 쇠줄을 내려쳤다. 그러자 쇠줄이 마치 새끼줄 끊어지듯이 허무하게 끊어졌다.

텅!

줄이 끊어지자 한쪽 쇠봉이 힘을 잃고 허공을 날아가 땅에 떨어졌다. 졸지에 봉의 한쪽을 잃은 구완의 얼굴에 당황한 기색이 서렸다. 그런 구완을 향해 타유가 망설이지 않고 뛰어들었다.

차차창!

구완이 하나 남은 봉을 들어 타유의 공세를 어지럽게 막아냈다. 단천마검을 감당하는 쇠봉이니 구완의 봉 역시 보통 쇠로 만든 것은 아닌 것이 분명했다. 그러나 아무리 단단한 쇠라한들 단천마검의 날카로움을 온전히 견딜 수 없었다. 타유의 공세를 십여 초 막아낸 구완의 봉 여기저기에 날카로운 흠집이 생겨나 곧이라도 부러질 것처럼 위태해 보였다.

그런데 그렇게 구완을 몰아치던 타유가 한순간 구완으로부터 멀어졌다. 승리를 목전에 둔 타유의 물러섬에 장내의 고수은 대부분 그가 자신의 승리를 선언하고 싸움을 멈출 것이라고 생각했다.

구완 역시 마찬가지였다. 그래서 쓴 패배의 허탈함에 타유에 대한 경계심을 잃고 방심을 할 수밖에 없는 상황이었다. 그런데 타유는 사람들의 생각과는 달리 이 싸움을 여기서 끝낼 생각이 아니었다.

한순간 타유의 몸이 부드럽게 회전하며 검을 들지 않았던 그의 왼손이 빠르게 움직였다. 순간 그의 왼손에 검은 물체가 보이는가 싶더니 그 물체가 빛과 같은 속도로 구완을 파고들었다.

"헛!"

구완의 입에서 다급한 목소리가 흘러나왔다. 타유가 던져낸 물건이 한 자루의 비도란 걸 알았을 때는 이미 그 비도가 자신의 심장 근처에서 혀를 날름이고 있었던 것이다.

"익!"

구완이 본능적인 움직임으로 몸을 틀었다. 그러나 그가 타유의 비도를 온전히 피해내기에는 너무 늦은 시간이었다.

퍽!

타유가 던져낸 비도가 여지없이 구완의 몸을 파고들었다.

"컥!"

구완의 입에서 다시 한 번 비명이 흘렀다. 마지막 순간 아슬아슬하게 심장을 비켜나기는 했지만 그의 몸에 꽂힌 타유의 비도는 충분히 목숨을 위협할 만했다.

그런데 그렇게 생사의 갈림길에 선 구완을 향해 타유의 독한 공격이 이어졌다. 그의 신형이 한순간 허공으로 떠오르는가 싶더니 순식간에 두어 번 발짓으로 사오 장의 거리를 좁히며 다가들어 구완의 목을 향해 단천마검을 휘둘렀다.

타유의 공격은 워낙 빠르고 빈틈이 없어서 누가 봐도 구완의 목이 떨어지는 것은 분명해 보였다. 그런데 그때였다. 문득 구완을 향해 달려드는 타유를 향해 한 줄기 붉은 기운이 다가들었다. 순간 타유가 재빨리 방향을 틀어 허공으로 치솟으며 구완을 향했던 검을 붉은 기운을 향해 휘둘렀다.

쿠르릉!

갑자기 송림을 뒤흔드는 굉음이 일어났다. 그리고 거의 동시에 타유가 대여섯 걸음 뒤로 물러났다. 그리고 그런 타유 앞에 요불이 조금은 무거운 얼굴빛으로 서 있었다.

타유가 천천히 허리를 폈다. 과연 요불이다. 그의 장력은 단천마검을 밀어내고 타유의 단전을 흔들었다. 그러나 타유는 타유다. 살수로서의 타유는 무공의 고하로 상대에게 두려움을 느끼지 않는다. 고수를 만나면 오히려 더욱 차가워지는 것이 살수의 제일 덕목이 아니던가.

"막주께서… 가르침을 주시렵니까?"

타유가 아주 느리게 말했다. 그사이에도 그는 호흡을 고르고 흔들린 내기를 진정시키고 있었다. 그러나 그런 그의 노력을 허사로 돌리는 말이 요불의 입에서 흘러나왔다.

"내가 삼왕과 겨룰 사람으로 보이는가?"

타유 따위는 자신의 상대가 될 수 없다는 의미인지, 혹은 약속을 지키지 않을 사람이 아니라는 것인지 알 수 없는 말이다.

"하면……?"

"난 단지 화의의 자리에서 피를 보기를 원치 않았을 뿐이네. 동불!"

요불이 구완을 불렀다. 그러자 구완이 비도가 박힌 가슴을 움켜쥐고 거친 숨을 내쉬는 와중에도 요불 앞에 다가선다.

"혈시를 꺼내라."

요불의 명에 구완이 품속에서 혈시를 꺼냈다. 그러자 다시 요불이 말한다.

"소매를 잘라라!"

명이 이어지자 구완이 입으로 자신의 소맷깃에 새겨진 혈시의 문양을 찢어냈다.

"좋아. 그걸 밀문 삼왕에게 넘겨라."

치욕적인 명임에도 불구하고 구완은 순순히 요불의 명에 따라 혈시와 소매깃을 타유에게 넘겼다. 타유는 묵묵히 구완이 넘기는 물건들을 받아 들었다.

"이로써 승자가 취할 전리품은 다 준 것 같은데… 그러니 이 사람의 목숨은 거두지 말게."

요불이 타유를 보며 말했다. 그러자 타유가 대답한다.

"명을 따르지요."

"명이라니. 내 어찌 타 문의 사람에게 명을 할까. 그저 부탁을 한 것이라네. 자네가 내 부탁을 들어줘 나의 체면을 살려주었으니 훗날 이 빚은 꼭 갚겠네. 그럼… 화의는 성립된 것으로 하지. 돌아가는 즉시 흑룡문주를 살막에서 파문하겠네."

요불의 말에 타유가 가볍게 고개를 숙여 보인다.

"허허, 이거 참! 오류의 형제들이 날 얼마나 비웃을 것인가. 싸움을 피하자고 문도를 버렸으니……."

"그는 막주께 도움이 되지 않는 자입니다."

타유가 말했다.

"어떤 의미에서?"

"그와는 아주 오랜 인연이지요."

"그런가?"

요불이 뜻밖이라는 듯 되물었다.

"얼마 전 그를 다시 만났을 때 그는 제게 과거의 솜씨를 빌려달라고 하더군요."

"과거의 솜씨라… 살수로서의 솜씨를 말하는 건가?"

"그렇습니다. 물론 당시 서로 원하는 것이 맞지 않아 거래가 틀어졌지만 당시 그는 두 사람의 목을 원했지요. 그중 한 명이⋯⋯."

타유가 그쯤에서 말꼬리를 흐린다. 그러자 요불이 손으로 자신을 가리키며 물었다.

"나?"

"그렇습니다."

"하하! 과연 흑룡문주야. 야심이 대단한 사람이란 걸 알고 있었지. 그러나 괘씸하기도 하군. 그가 전대 흑룡문주 악천우를 제거하고 흑룡문을 차지했을 때도 난 그의 편을 들어주었는데⋯ 은혜를 모르는 자로다."

그러나 말과는 달리 요불은 그리 기분이 상한 것 같아 보이지는 않았다. 어쩌면 아주 오래전부터 홍암의 마음을 알고 있었는지도 모른다.

"그러니 궁금하군. 그와 조건이 맞았다면 그 청부를 받았겠지? 그런데 어떤가? 오늘 만나 보니 날 죽일 수 있었을 것 같은 가?"

요불이 호기심이 동한 표정으로 물었다. 그러자 타유가 무심하게 대답했다.

"청부는 청부일 뿐이지요. 청부를 받으면 최선을 다할 뿐 일의 성사는 하늘에 맡기는 편입니다."

모호한 대답이지만 그렇다고 죽이지 못한다는 말도 아니다.

"그 말은 가능할 수도 있다는 말이군."

요불의 입가에 한줄기 미소가 생긴다. 타유의 말에 심기가 상한 것인지 혹은 타유의 호기가 가소로운 것인지 의미를 알 수 없다. 묵묵부답인 타유를 보며 요불이 다시 입을 열었다.

"좋아. 어쨌든 나로서는 아주 소득이 없는 것도 아니군. 흑룡문주를 버림으로써 무서운 살수를 피할 수 있게 되었으니 말이야. 돌아간다."

요불의 말에 그를 호위해 온 자들이 일제히 요불을 둘러쌌다. 여전히 가슴에 비도를 박고 있는 구완도 힘겹게 요불의 뒤로 따라붙었다.

"다시 보세들!"

요불이 고개를 돌려 타유와 원왕련 그리고 여선 한 사람 한 사람을 눈여겨 주시하고는 송림을 떠났다. 세 사람은 요불이 완전히 송림을 떠날 때까지 자리를 지켰다. 그러다가 요불이 수십 장 밖으로 멀어지자 원왕련이 한숨을 크게 내쉬며 입을 열었다.

"생각보다 일이 잘 풀렸소."

"그렇습니다. 이 정도라면… 밀황께서도 크게 만족하실 겁니다."

여선이 맞장구를 친다. 그러자 원왕련이 타유를 보며 말했다.

"이젠 문도들을 물립시다."

"그러지요."

타유가 천천히 고개를 끄떡였다.

"돌아간다."

원왕련이 어려운 숙제를 풀은 듯한 표정으로 시원하게 말했다.

송림에서 돌아온 타유와 다른 두 명의 왕은 서둘러 진영을 정리하고 퇴각할 준비를 시작했다. 그런데 그때 예기치 않은 전갈이 날아들었다. 소식을 가져온 사람은 왕사미였다.

"밀황께서 전서를 보내셨습니다."

"무슨 명이신가?"

원왕련이 물었다. 그러자 왕사미가 타유의 눈치를 보며 말했다.

"그것이… 세 분 모두 천중원으로 복귀하란 명이십니다."

"우리 모두 말인가?"

원왕련이 조금 놀란 표정으로 되물었다. 그러자 왕사미가 대답 없이 고개를 끄떡인다.

"하면… 상원은……?"

여선이 물었다.

"삼전 일사자가 남아 상원의 일을 통제하란 명이십니다."

"음… 무슨 일일까? 괜찮겠소?"

여선이 조심스레 타유에게 물었다. 그러자 타유가 왕사미에게 물었다.

"언제까지 돌아오라 하셨소?"

"그건 따로 말씀이 없으셨습니다."

"알겠소. 그럼 난 상원에 들렀다가 천중원으로 가겠소."

"하지만……."

"그 정도 시간은 밀황께서도 이해하실 것이오. 이대로 상원을 떠나서야 앞으로 상원에서 무슨 일을 할 수 있겠소?"

"알겠습니다. 그리 전하겠습니다."

왕사미도 최근 타유의 행보가 심상치 않음을 알고 있기에 더 이상 반대를 하지 않았다. 그러자 타유가 원왕련과 여선을 보며 말했다.

"두 분은 이 길로 천중원으로 가시겠군요."

"그래야지 않겠소? 밀황께서 부르시니……."

원왕련이 대답했다. 그러자 타유가 문득 구완에게서 받은 혈시를 원왕련에게 건넸다.

"하면 이 혈시는 일왕께서 밀황께 전해주시기 바랍니다."

타유의 말에 원왕련이 조금 놀란 빛을 보였다. 본래 혈시란 취한 사람이 그 처분을 결정하는 법인데 타유는 너무 쉽게 혈시를 내놓고 있었다. 비록 타유가 이미 혈시의 주인이라 해도 그는 구완에게서 얻은 혈시를 자신의 심복에게 줄 수도 있었다.

"밀황께서… 기뻐하실 것이오."

혈시를 내어놓는다는 것은 타유에게 권력에 대한 욕심이 없음을 뜻하는 것이기에 밀황을 끌어댔지만 이는 원왕련에게도 기쁜 일이었다. 그는 최근 이 개월간 흑룡문과의 싸움에서 타유가 보인 그 광폭한 행보에 놀라 내심 타유를 견제하는 마음을 품고 있었기 때문이었다.

"두 분보다 얼마간 늦게 정도 늦게 천중원에 도착할 것 같군요. 일왕께서 밀황께 잘 말씀드려 주십시오."

"뭐, 그리하시오. 밀황께는 우리가 말씀드리리다."

"고맙습니다."

타유가 가볍게 고개를 숙여 보인다. 그리고는 시선을 돌려 삼전의 고수들을 보며 명을 내렸다.

"일단 상원으로 간다."

"옛, 삼왕!"

삼전의 고수들이 일제히 대답을 하고는 썰물처럼 장내를 떠나기 시작했다. 그러자 타유가 원왕련과 여선에게 가볍게 고개를 숙여 보이고는 이내 장내를 벗어났다. 그 모습을 보고 있던 원왕련이 나직하게 탄식을 흘렸다.

"참으로 부러운 일이오."

"무엇이 말이오?"

여선이 물었다.

"대저 무리를 다루는 우두머리를 평할 때는 한 가지 면을 보면 그 우두머리의 좋고 나쁨을 알 수 있소. 좋은 우두머리는 싸울수록 그 수하들이 강해지고, 부족한 자의 수하들은 싸울수록 나약해지오. 그런데 삼전의 식구들을 보시오. 그들은 이두 달의 싸움에서 이전에는 볼 수 없었던 엄중한 체계를 지니게 되었소. 그러니… 이 어찌 부러운 일이 아니겠소."

"듣고 보니 그렇구려. 삼전은 본래 우리 밀문 오전 중에서 가장 세력이 약한 곳일뿐더러 그 결속력도 모래알 같아 삼전의 왕이 된 자치고 제대로 된 공을 세운 자가 없었지요. 그런데 오늘 보는 삼전의 모습은 확실히 다르구려. 이게 모두 삼왕 때문이라 생각하시오?"

"그게 아니면 무엇 때문이겠소. 삼전에 일어난 변수라고는 오직 왕이 바뀐 것뿐인데……."

"그는… 어떤 사람인 듯하오?"

여선이 물었다. 그러자 원왕런이 고개를 저었다.

"나도 모르겠소. 그가 처음 밀문에 들어 삼왕이 되었을 때만 해도 야심을 숨긴 자라고 생각했었는데 이제는 정말 모르겠소. 그가 뭘 생각하고 있는 것인지……."

"솔직히 두렵구려."

"그를 두려워하시오?"

원왕런이 되물었다. 그러자 여선이 고개를 끄떡였다.

"그렇소이다. 그와 그가 가져올 변화들이 두렵소이다."

"그가 가져올 변화라. 그가 밀문에 변화를 가져올 것 같소?"

"아마도 그럴 것이오. 오늘 송림에서 있었던 일은 이제 곧 오류의 모든 고수에게 퍼질 것이오. 그가 비록 한 수이지만 요불의 장력을 상대했다는 것… 그 사실은 밀문이 아니라 오류 내에 적지 않은 변화를 일으킬 것이오."

"우리에게 나쁜 것은 아니지 않소?"

원왕련이 번쩍이는 안광을 흘리며 말했다.

"그렇게 생각하시오?"

여선이 되물었다.

"혈막에서 오류의 수장들은 신과 같은 존재였소. 덕분에 지난 수십 년간 오류의 수장들과 무공을 겨룬 자는 단 한 명도 없었소. 그런데… 드디어 오류의 수장과 손속을 겨룬 자가 나났소. 그 결과야 어떠하든 일단 오류의 수장이 손을 썼다는 것은… 그들이 신이 아니라 사람이라는 것을 오류의 식구들에게 일깨워 줄 거요. 거역할 수 없는 신이 아니라 도전할 수 있는 인간……. 오류에 변화가 일어날 거요."

"그 변화가 난 두렵소."

"이왕은 야망이 없소?"

"나의 야망은… 밀황님을 통해 이뤄지기를 바라오."

"음……."

원왕련이 나직한 침음성을 흘렸다. 여선의 속마음이 그렇다면 지금까지 그가 드러냈던 변화에 대한 흥분은 자신의 속내를 들키고 만 꼴이 된다. 그러자 여선이 그런 원왕련의 마음을 읽었는지 마치 경고하듯 말했다.

"밀황님을 중심으로 밀문이 결속하면 오늘 삼왕이 요불과 겨룬 것은 밀문에 큰 이득이 될 것이고, 만약 밀황님에 대한 충성심이 옅어진다면 오늘의 일은 밀문에 큰 화가 될 것이오. 그러니… 일왕님이나 저나 밀문이 흔들리는 일이 없도록 밀황님을 잘 보필해야 할 듯하오."

"하하, 당연한 일이오. 밀문의 힘으로 혈막을, 그리고 천하를 한번 노려봅시다."

원왕련이 짐짓 호탕한 웃음을 터뜨렸다.

*   *   *

나직한 흐느낌이 장내를 흐른다. 소리 내어 우는 울음보다도 더욱 처절하다. 타유는 질식할 것 같은 무거움을 느꼈다. 한순간 이 공간을 차고 나가고 싶은 욕구가 솟구쳤다.

그러나 그럴 수 없다. 설혹 그 자신이 질식해 죽는다 해도 그는 이곳을 벗어날 수 없다. 왜냐하면 눈앞의 여인에게 자신은 영원한 죄인일 뿐이기 때문이었다.

"왜… 지켜주지 못하셨나요?"

여인이 물었다. 그러나 여인은 처음부터 자신의 질문이 잘못되었다는 것을 알고 있었다. 그의 앞에 앉아 있는 사내는 아무런 대답도 하지 않을 것이다. 무거운 침묵의 벽이 그의 입을 막고 있었다. 더군다나 그는 자신처럼 울 수도 없을 것이다.

오로지 깊은 침묵 속에서 그는 고통 받을 것이다. 그리고 그 분노를 세상을 향해 드러낼 것이다.

"미안해요."

여인이 다시 입을 열었다. 그로서도 어쩔 수 없는 일이었다는 것을 그녀 자신이 더 잘 알고 있었다. 그럼에도 그녀가 그에게 목소리를 높인 것은 아들의 죽음을 누구에게라도 보상받고 싶었던 마음 때문이었다.

사내, 타유는 처음부터 끝까지 복묘상이 하는 모든 말과 원망을 무던히 견뎌냈다. 그녀의 입에서 청풍의 죽음에 대한 원망이 한 마디 한 마디 흘러나올 때마다 그는 온몸에 칼을 맞는 것처럼 고통스러웠다.

그러나 타유는 그 고통을 단 한 올도 얼굴에 드러내지 않았다. 그게 그가 지금의 상황을 버틸 수 있는 유일한 방법이기 때문이었다. 그의 심장은 스스로 화석이 되어가고 있었다. 그렇지 않다면 청풍을 잃은 슬픔에 그 스스로도 목숨을 끊고 말았을 것이다. 그러나 지금은 죽을 때가 아니다. 그에게는 할 일이 있지 않은가. 그래서 살기 위해 그는 스스로 자신의 마음을 화석으로 만들고 있었다.

"그는 찾았나요?"

청풍의 죽음에 대한 원망에서 벗어난 첫 질문이다. 이 질문에는 타유도 대답해야 한다.

"아직……."

"어쩌실 생각이죠?"

"찾을 겁니다, 반드시. 흑룡문이 무너지고 살막에서 축출되었으니 그는 손발이 잘렸지요. 일단은 깊은 곳에 숨을 테지만 결국은 세상에 나설 것입니다."

"더 깊은 곳으로 숨지 않을까요?"

"그럴 사람이 아니지요. 절대 세상에 대한 야망을 버릴 사람이 아닙니다. 그리고 다시 세상에 나서기 위해서는 반드시 날 죽여야 할 거란 걸 누구보다 잘 알고 있을 겁니다. 그러니… 그는 언젠가는 반드시 날 찾아올 겁니다."

"위험하군요."

복묘상이 걱정스런 표정으로 말했다. 드러난 홍암은 타유가 충분히 상대할 수 있으나 어둠 속에 숨어 있는 천살문주 홍암은 극히 위험했다. 그야말로 천살문의 문주로서 당대 제일의 살수가 아니던가. 그러나 타유는 별반 걱정하는 표정이 아니다.

"그가 온다면 오히려 반가운 일이지요. 설혹 그가 내 목을 벤다 해도 나 역시 적어도 그의 목을 벨 수 있으니까 말입니다."

타유의 말에 복묘상이 흠칫 몸을 떤다. 그녀는 눈앞의 사내가 청풍의 복수를 위해 자신의 목숨 따위 몇 개라도 내놓을 사람이란 걸 새삼스레 깨닫는다.

"밀문으로 돌아가신다고요?"

복묘상이 급히 화제를 돌렸다. 더 이상 처절한 타유의 속내를 들여다보고 싶지 않았다.

"밀황이 부르니 가봐야겠지요."

"밀문에선 어찌하실 생각이신지……?"

복묘상의 질문에 타유가 잠시 침묵을 지키다가 대답했다.

"그를 맞을 준비를 할 겁니다. 그가 내 앞에 나서지 않을 수 없게. 그가 갖고자 했던 것을 내가 가질 생각입니다. 하면 그는 반드시 내 앞에 나타날 겁니다. 시기와 질투, 그리고 탐욕이 그를 내 앞으로 데려오겠지요."

"밀문을… 가지실 생각이세요?"

"못할 일은 아니지요."

"아… 설마 스스로 죽을 생각이세요?"

복묘상이 화가 난 듯 말했다.

"이 복수를 끝낼 수 있다면 뭔들 못하겠습니까?"

타유가 침울하게 대답했다. 그러자 복묘상이 간절하게 말했다.

"제발 타 대협 자신을 소중하게 생각하세요."

"소중한 사람을 지키지 못한 자가 어찌 스스로를 소중하게 생각하겠습니까?"

"그렇지 않아요. 그이나 혹은 돌아가신 상 언니나 청풍까지 모두 타 대협이 곁에 있어 행복했을 거예요. 그러니 죄책감일랑은 내려놓으세요."

아들을 잃은 복묘상이다. 그것도 곁에 두고 한 번도 자신이 어미라고 말하지 못한 복묘상이었는데 오히려 그녀가 타유를 위로하고 있었다. 그런 복묘상을 보자 타유의 가슴이 더욱 시려왔다. 그리고 스스로에게 다짐하듯 말했다.

"그들의 빚을 받아내는 길이 설혹 지옥으로 들어가는 길이라 해도 그 길을 가는 동안은 오히려 행복할 겁니다. 전 오히려 제수씨가 걱정입니다."

"제 걱정은 마세요. 모두를 잃고 이십 년이 넘게 잘 살아왔잖아요."

"그래도……."

"휴… 타 대협께서 계속 그 길을 가시겠다면 저도 도와야지요."

"그러실 필요 없습니다. 위험한 일입니다."

타유가 서둘러 복묘상을 만류한다. 죽음은 지금까지로 충분했다. 복묘상까지 죽어가는 것을 보고 싶지 않았다.

"후후, 제 아들이었어요."

그 한마디에 타유는 복묘상을 만류할 수 없다는 것을 깨달았다. 그러자 복묘상이 다시 입을 열었다.

"지금 하는 일… 계속하면 되는 건가요?"

"그렇습니다. 수시로 연락을 드리지요."

"이곳에는 누가 남나요?"

"포상 그를 남겨둘 생각입니다."

"그는 밀황의 사람이라고 했지요?"

복묘상이 물었다.

"그렇습니다. 그래서 특히 조심해야 합니다. 지난번에 풍이 말하기를 그의 무공은 상원 내에서는 적수를 찾기 어려울 거라 했습니다. 설혹 무상이라 해도 쉽게 벨 수 없는 무공이라 했지요."

"알겠어요. 각별히 조심하지요."

복묘상이 고개를 끄떡인다. 그러자 타유가 다시 신중하게 말했다.

"오직 차간과 그 일행만 믿으셔야 합니다. 오랫동안 제수씨를 따랐던 사령의 고수들도 믿으시면 안 됩니다."

"역시 문상 때문인가요?"

"그렇습니다. 그는 무서운 사람입니다. 천마성이 그의 머리로 움직이고 있지요."

"그와는 적이 될 수밖에 없는 건가요?"

복묘상이 걱정스럽게 물었다. 그러자 타유가 잠시 생각에 잠겼다가 입을 열었다.

"알 수 없는 일입니다. 그러나 적이 될 가능성이 많다고 할 수 있지요. 비록 지금은 혈시를 두고 생사전을 벌이고 있지만 어쨌든 밀문이든 천마성이든 모두 오류의 문파입니다. 제가 하고자 하는 복수가 혈막오류의 축을 무너뜨리는 일임을 알게 된다면……."

"그렇군요. 경쟁을 하면서도 혈막이라는 조직이 무너지는 것은 원치 않겠지요."

복묘상이 고개를 끄떡였다. 그러자 타유가 잠시 침묵을 지켰다가 말꼬리를 돌렸다.

"밀문은 얻으면 제일 먼저 모가장을 정리할 것입니다. 그때는 제수씨께서도 상원을 떠나시게 될 겁니다."

"그러나… 상원의 법이……."

"때가 되면 문상과 거래를 할 수 있을 겁니다."

"가능할까요?"

"상원은 문상의 것입니다."

"그렇게까지야……."

복묘상 역시 현재의 상원이 문상을 중심으로 움직이고 있다는 것을 누구보다 잘 알고 있었다. 천상회의 네 가문이 있지만 그들은 서로를 견제하느라 문상이 자신들을 능가해 상원을 실질적으로 지배하는 것을 묵인할 수밖에 없는 처지였다. 그러니 문상과 거래를 할 수 있다면 복묘상은 아무런 위험 없이 금석촌으로 돌아갈 수 있을 터였다.

그러나 그럼에도 불구하고 상원은 상원이다. 천상회의 권위를 무시할 수는 없는 것이다. 그리고 천상회가 정한 상원의 법은 외족은 한 번 상원에 발을 들이면 절대 상원을 벗어날 수 없다는 것이었다. 더군다나 보통 무사도 아니고 사령의 령주는 더욱 그러할 것이다.

"그의 야망은 상원에 머물지 않지요. 그렇기에 가능한 일입니다."

"문제는 그가 아니라 천상사가지요."

"그들 역시 문상의 설득이라면 동의할 겁니다. 더군다나 일이 제대로 된다면 우리에겐 커다란 무기가 있지요."

"무기라뇨?"

"금석촌을 회복한다면 그곳에서 나는 철이 우리의 힘이 될 겁니다."

"아……!'

그제야 복묘상은 타유의 확신을 이해할 수 있었다. 타유의 말은 사실이었다. 이미 천상사가는 금석촌에서 오는 철의 거래에 깊이 관여되어 있었다. 만약 철의 공급을 한순간에 끊는다면 천상사가는 막대한 손실을 입게 될 터였다. 그러니 금석촌을 회복한다면 천상사가도 복묘상을 놓아줄 수밖에 없을 것이다.

"그렇게만 된다면……."

복묘상이 말꼬리를 흐린다. 부모를 잃고, 남편을 잃고, 또 아들을 잃은 그녀가 이제 의탁할 곳이라고는 오직 금석촌뿐이다. 그곳이라면 이 아픔을 안고 살아갈 수 있을지도 모른다.

"그리될 겁니다."

"조심하셔야 합니다."

"조심해야 할 것은 제가 아니라 그들이지요. 이제 전 잃을 것이 없는 사람이고 그들은 지켜야 할 것이 많으니."

타유가 나직하게 말했다. 그 말이 그의 적들에게 얼마나 무서운 다짐이 될지 복묘상은 본능적으로 깨닫고 있었다.

타유가 천천히 단천마검을 빼 들었다. 촛불이 검의 그림자를 길게 만든다. 검에 묻은 혈향이 느껴지는 듯하다.

"이 검이 마검으로 불리는 이유를 알 것 같아. 결국 검은 그 주인의 운명을 따라가게 마련인데 이전 검의 주인이었던 자들이 하나같이 마인이었다지? 그런데 새로 만난 주인까지 살행의 길을 가려하니 어찌 이 검이 마검이 아닐 수 있겠는가. 네가 주인을 잘못 만난 것인지 혹은 널 만난 주인들의 운명이 너로 인해 바뀌는 것인지 알 수가 없구나."

타유의 중얼거림에 단천마검이 은은한 검명을 일으킨다. 마치 타유의 물음에 대답을 하는 듯한 모습이다.

"그러나 가지 않을 수 없는 길, 정해진 길이라면 너만 한 친구도 없다."

한편으로는 단천마검의 존재가 타유에게 든든한 믿음을 준다. 그런데 그때 문득 문밖에 인기척이 나더니 포상의 목소리가 들린다.

"문상께서 오셨습니다."

순간 타유의 눈빛이 반짝였다. 기다렸던 방문이다. 상원을 떠나기 전 반드시 문상을 한 번 만날 필요가 있었다. 그러나 그렇다고 자신이 먼저 그를 찾아가기에는 거래도 하기 전에 손해를 보는 꼴이라 무던히 문상을 기다리고 있었다. 그런데 드디어 그가 먼저 움직인 것이다.

'좋은 거래를 할 수 있겠어.'

"모시시오!"

타유의 말에 문이 열리며 포상을 따라 문상 상평, 아니, 천산이마 갈특이 들어선다.

"문상께서 어인 일로……?"

타유가 짐짓 조금 놀란 표정을 지으며 자리에서 일어나 갈륵을 맞이했다. 그러자 갈륵이 타유를 향해 정중하게 포권을 한다.

"삼왕께서 상원을 떠나신다니 아니 와볼 수가 없더구려. 더군다나 아드님의 일에 대해선 미처 위로의 말씀도 드리지 못한 터라……."

갈륵이 말을 하며 슬쩍 타유의 안색을 살핀다. 청풍의 일은 아마도 일부러 거론한 것일 터였다. 타유의 노기를 일으킬 수도 있는 말이긴 하지만 또한 상대의 심기를 흔들 수 있는 말이기도 했다. 그러나 타유는 갈륵의 의도와는 다르게 덤덤하게 반응했다.

"도검을 들고 강호에 뛰어들었으면 언제든 각오해야 하는 일이지요. 무인의 숙명이라 생각하고 있소이다."

"아, 그렇다 해도 참으로 애석한 일이오. 특별한 무재를 타고난 청년이었는데……."

"그 또한 그 아이의 운명이지요."

타유는 여전히 덤덤하다.

"이번에 떠나면 언제 돌아오시는 것이오?"

갈륵이 궁금한 것을 물었다. 그러자 타유가 고개를 저었다.

"그야 나도 모르는 일이지요. 밀황께서 복귀를 명하셨으니 따를밖에… 그런데 이상한 소식이 들리더이다."

타유가 넌지시 물었다.

"무슨 소식 말이오?"

"태원 인근으로 천마성과 혈마천의 고수들이 속속 모여들고 있다는 소식이 있던데……."

타유의 말에 갈륵이 살짝 놀란 표정을 짓는다. 어떻게 그 일을 알았을까 하는 표정이었다.

"금안각의 소식으로는 알기 어려운 일을 아시고 계시는구려."

"밀문도 따로 눈이 있지요."

타유가 언급한 소문은 최근 들어 빈번해지고 있는 천마성과 혈마천의 격돌에 관한 것이다. 드디어 양 문파의 대결이 본격적으로 벌어질 조짐이 일고 있었다. 본래 혈막은 다섯 세력으로 이뤄져 있지만 결국 그중 자웅을 결할 자는 혈마천과 천마성이라는 것이 모든 이의 생각이었다.

천마성의 전통과 혈마천의 세력은 다른 세 세력이 감당하기 쉬운 것이 아니었다.

그래서 사람들의 시선은 혈시의 난이 시작된 이후 줄곧 천마성과 혈마천을 향해 있었다. 곳곳에서 혈시를 둔 크고 작은 혈사가 일어나고 있었지만 그래도 사람들의 심중에는 아직 혈시의 난이 제대로 시작되지 않았다는 생각이 있었는데, 그 이유가 바로 천마성과 혈마천이 제대로 된 대결을 펼치지 않고 있기 때문이었다.

그런데 최근 들어 두 세력의 움직임이 심상치 않았다. 마치 밀문과 살막의 충돌을 기다리고 있었다는 듯 천마성과 혈마천이 서로를 향해 이빨을 드러내고 있었던 것이다.

어쩌면 천마성과 혈마천은 다른 삼류에게 어부지리의 이득을 주지 않기 위해 싸움을 미뤄두고 있었을 수도 있었다. 그러다가 밀문과 살막이 정면으로 충돌하자 더 이상 뒤를 걱정할 필요가 없다고 판단해 서로를 향해 이빨을 내밀기 시작했을 수도 있다.

"태원에서는 별일 없을 것이오."

갈륵이 단정적으로 말했다.

"그런가요?"

타유가 믿겠다는 건지 아니면 믿지 못하겠다는 건지 알 수 없는 표정으로 되물었다.

"천마성과 혈마천의 고수들이 태원으로 이동하는 것은 혈시 때문이 아니라 다른 이유가 있어서요. 아마… 밀황도 그 이유를 알고 있을 것인데 아직 듣지 못한 모양이구려."

갈륵이 가볍게 타유의 심기를 긁었다. 밀황에게서 그 중요한 소식을 전해 듣지 못했냐는 투의 말이다.

"살막과의 싸움이 워낙 치열해서 세상일에 대해선 제대로 신경 쓸 여력이 없었지요. 그래, 태원에선 무슨 일이 벌어지고 있는 것이오?"

타유가 묻자 갈륵이 잠시 침묵을 지키다가 어쩔 수 없다는 듯 입을 열었다.

"좋소. 어차피 알게 될 일 누가 말해주나 무슨 상관이 있겠소. 사실 최근 들어 태원에서 한 사람의 유물이 발견되었소."

"유물이라. 그 물건을 두고 천마성과 혈마천의 고수들이 움직였다는 말이오?"

타유로서는 믿을 수 없는 말이었다. 오류의 고수들은 일반 무림의 고수들과는 다르다. 그 수뇌는 이미 각고의 수련을 거쳐 절대의 반열에 오른 자들이었다. 특히나 혈시를 받아 든 자들은 더욱 그러했다. 그런데 그런 자들이 하나의 물건에 욕심을 내어 무리로 이동을 한다는 것은 믿을 수 없는 일이었다. 과거 타유가 가지고 있는 단천마검이 출현했을 때조차 밀문에서는 오직 일왕 원왕련만이 출도하지 않았던가.

"물론 믿기 힘든 일일 것이오. 본 성과 혈마천의 수뇌들이 기보에 따라 행보를 정할 사람이 아니라는 것은 삼왕께서 더 잘 알고 계실 것이니 말이오. 그러나 태원에서 발견되었다는 물건은 오류의 고수라면 그 누구라도 탐내지 않을 수 없는 물건이라오."

"그게 도대체 무엇이오?"

타유가 정색을 하며 물었다. 그러자 갈륵이 나직한 목소리로 물었다.

"혹, 삼왕께서는 비왕진서(秘王眞書)란 것을 아시오?"

"비왕진서라… 처음 듣는 말이오만. 그게 무엇이오?"

"음… 삼왕께서는 혈막에 든 지 오래되지 않아 비왕진서에 대해 듣지 못했나 보구려. 혈막에는 오래전부터 두 권으로 된 서책에 대한 전설이 존재해 왔소. 물론 전설이라고는 하나 실제로 존재하는 물건이니 결코 전설이랄 수는 없을 거요."

갈륵이 잠시 말을 끊고는 뭔가를 골똘히 생각하는 듯하다가 다시 입을 열었다.

"그 물건의 이름이 바로 비왕진서요. 이 물건을 설명하자면 먼저 한 사람에 대해 알아야 하오. 그러니까. 이백여 년 전 원의 대칸이 천하를 정복하려 동분서주할 때 사막과 초원에서는 승승장구, 어떠한 적도 그 앞을 막을 수 없었소. 그러나 초원의 그 상승의 기병들도 장성을 넘어 중원의 성채를 공격할 때는 크게 애를 먹었소이다. 중원에서의 싸움은 초원과 달라서 성채를 함락해야 하고 가끔은 특별한 무공을 지닌 무인들과 싸워야 했기 때문이오."

"그러했겠지요."

타유가 천천히 고개를 끄떡였다.

"그런데 그런 초원의 기병들에게 중원의 성채를 공격하고 중원의 무림인을 상대할 수 있는 힘과 방책을 제공한 곳이 바로 우리 혈막이었소."

"그 역시 알고 있소이다."

타유가 말했다.

"그런데 그때 혈막을 이끌고 나가 몽골의 대칸들을 도운 사람은 혈막의 막주가 아니라 비왕 계명이란 사람이었소. 아, 물론 그가 처음 출도를 했을 때는 비왕이라 불리지 않고 월선(月仙)이라 불렸소. 비왕이라 불리게 된 것은 몽골의 기병이 금을 쳐 하북을 차지했을 때 그 공이 계명에게 있다고 생각한 대칸이 그에게 비왕이라는 별호를 내렸기 때문이라오. 그래서 그때부터 그는 비왕이라 불렸소."

"기이한 왕명이구려."

"맞소이다. 비왕이란 참으로 특이한 왕명이오. 하지만 그 내력을 알고 보면 이상할 것도 없소. 당시 계명의 존재를 아는 사람은 몽골의 군중에 거의 없었으니 말이오. 그럼에도 불구하고 그는 암중에 몽골의 대칸을 움직이고 몽골의 장수들에게 중원의 성채를 공격할 비책을 제공했소. 그래서 몽골의 사나운 전사들조차도 그를 무척 두려워했었다고 하오. 그러니 그에게 비왕이란 명칭은 잘 어울리는 이름이라 할 수 있을 거요."

"그럴 수도 있겠구려."

타유가 고개를 끄떡였다. 그러자 갈륵이 다시 입을 열었다.

"그런데 그는 비단 몽골의 장수들에게만 두려운 존재가 아니었소. 혈막의 고수들에게도 그는 무척 두려운 존재였소."

"대단한 고수였나 보구려."

"그렇지가 않소. 무공으로 보자면 그는 혈막오류의 수장들에 미치지 못했소. 그럼에도 모두가 그를 두려워한 것은 바로 그의 뛰어난 지략 때문이었소. 지금도 강호에는 사대현자가 있어서 천기를 읽을 수 있다고 하지만 당시 비왕 계명의 명성에 비하면 감히 그 이름을 내어놓기가 부끄러울 지경일 거요."

"그렇게 뛰어난 사람이었소?"

문득 호기심이 생긴다. 그러자 갈륵이 스스로의 이야기에 취했는지 급히 말을 이었다.

"그렇소. 그의 계책은 단 한 번도 틀린 적이 없고, 사람의 마음을 움직이는 것이 마치 그 사람 마음속에 들어 앉아 있는 것 같았다고 하오. 이쪽과 저쪽의 심리를 모두 꿰뚫고 있으니 싸움에 나서면 필승일 수밖에 없었던 것이오."

"그렇게 대단한 사람이 왜 역사에 이름이 남지 않았소?"

"그게 바로 그가 단순한 모사꾼이 아니라 월선, 그러니까 신선의 경지에 이른 사람으로 불린 이유요. 그는 몽골의 천하가 거의 이뤄지고, 또한 그 성공에 비춰 혈막이 사상 최대의 세력을 자랑하자 갑자기 은거를 결정했소. 그가 이룬 성취로 보자면 혈막과 원에서 최고의 권력을 잡을 수 있었음에도 말이오."

"권력에 초연한 사람이었단 것이오?"

"겉으로는 그렇소."

"다른 내막이 있었다는 거구려."

"그렇소. 사실 그를 아는 대부분의 사람은 그가 초연히 권력을 내던지고 은거했다고 믿었으나 기실 그 안에는 불편한 내막이 숨겨져 있소. 사실 그가 혈막에 투신한 것으로 보아 분명 그에게도 천하의 권력에 대한 관심이 있었다고 봐야 할 거요. 그러나 일단 천하의 정세가 대부분 결정되자 혈막의 수뇌와 몽골의 실력자들이 그를 견제하기 시작했소. 그의 그 뛰어난 두뇌가 자신들에게 해가 될 수도 있다고 생각했던 거요."

"토사구팽이라……."

"뭐, 비슷한 거요. 비왕 계명 역시 그런 기류를 눈치챘을 거요. 누구보다 현명한 사람이니 말이오. 그래서 그는 자신의 공이 오히려 자신을 죽일 수도 있다는 것을 깨닫고는 그 즉시 강호를 떠나겠다고 선언한 것이오. 물론… 혈막과 몽골의 실력자들은 두 손을 들어 그의 결정을 환영했소. 그런데 그는 아마도 결코 쉽게 야망을 버리고 싶지는 않았던 모양이오."

"다른 일을 계획했소?"

타유가 물었다. 그러자 갈륵이 고개를 끄떡였다.

"그렇소. 비록 실현되지는 못했지만 그는 정말 치명적인 반격을 준비하고 있었소."

"어떻게 말이오?"

"그가 준비한 것이 바로 비왕진서요."

갈륵이 말했다.

"……?"

"비왕진서는 두 권의 책으로 이뤄졌소. 그 한쪽에는 몽골 기병의 약점과 그들을 중원에서 몰아낼 비책이 담겨 있소. 그리고 다른 한 권의 책에는… 당시 혈막 주요 고수들의 무공에 대한 파훼법이 담겨 있다고 하오."

"아!"

타유가 나직하게 탄식을 흘렸다. 복수라면 정말 무서운 복수다. 그러나 그 복수가 이뤄지지 않은 것은 분명하다. 이후 원과 혈막은 지금까지도 건재했기 때문이다.

"비왕진서를 준비한 그는 진서의 일부를 혈막과 원의 조정에 보냈소. 당연히 양쪽 모두 난리가 났지. 당장 그를 주살하자는 사람과 그를 회유하자는 사람들이 팽팽히 대립했소. 그러나 그를 주살하자는 사람 중 일부가 소리 소문 없이 죽어나가자 그에 대한 공포가 혈막과 원 조정을 뒤덮었소."

"그런데 어째서 그가 뜻을 이루지 못한 것이오?"

"그것이 바로 천명이라는 것이 아니겠소? 사람이 아무리 뛰어난 재주를 가졌어도 결국 천운을 얻지 못하면 대업을 성취할 수 없는 법, 당시 그의 나이가 막 육십을 넘을 때였는데 그만 중병에 걸리고 말았다오. 그런데 여기에도 한 가지 비설이 있기는 하오. 누군가는 그가 해동에서 온 독의 달인에게 무슨 일인가 원한을 져 그의 독에 중독되어 죽었다고 말하기도 했었소. 하여튼 독에 중독되었든, 병이 들었든 그는 대업의 성취를 눈앞에 두고 그만 죽어버리고 말았소. 그런데… 그 와중에 비왕진서도 함께 사라지고 말았던 거요."

갈륵의 말이 끝나자 타유가 천천히 고개를 끄떡였다. 천마성과 혈마천의 고수들이 비왕진서를 찾아 태원으로 몰려갈 이유는 충분했다. 만약 정말 비왕진서가 출현했다면 그건 혈시 따위와는 비교할 수 없는 혈겁을 불러올 물건이었다.

"정말 비왕진서가 출현했다고 보시오?"

타유가 물었다. 당연한 의심이다. 수백 년간 세상에 나타나지 않았던 물건이 갑자기 이 시점에 세상에 모습을 드러냈다는 것은 의심하지 않을 수 없는 일이다.

"그건 나도 모르겠소. 누군가가 판 함정일 수도 있을 거요.

그러나… 그렇다고 사람을 보내지 않을 수도 없는 일 아니오?"

"그렇기는 하구려. 그런데 왜 유독 천마성과 혈마천의 움직임만 이렇게 크게 드러나는 것이오?"

"그야 당연히 두 곳이 오류의 우두머리이기 때문이 아니겠소?"

갈륵이 빙그레 미소를 짓는다. 그러자 타유가 고개를 끄떡이다 문득 혼잣말처럼 중얼거렸다.

"나도 태원으로 가볼까?"

순간 갈륵의 표정이 묘하게 변했다. 종잡을 수 없는 사람을 보는 듯한 표정이다.

"진서에 관심이 생기시오?"

"왜 없겠소. 그 물건이 진품이라면… 혈막을, 아니, 세상을 손에 넣을 수도 있는 물건인데……."

"세상에 뜻을 두었구려?"

갈륵이 정색을 하며 물었다. 얼마 전까지만 해도 권세에 대한 욕심을 찾아볼 수 없던 타유의 얼굴에서 권력에 대한 의지를 읽어냈기 때문이었다. 그건 미처 갈륵이 예상치 못한 변화였다.

"이젠 필요해진 것 같소."

"음……."

갈륵은 머리가 비상한 자라 단번에 타유가 말한 의미를 알아차렸다. 타유가 아들의 복수를 위해 세상의 힘을 얻으려한다는 것을 말이다.

"지나친 복수심으로 자신을 망치지 말기 바라오."

"충고 감사하오."

타유가 가볍게 고개를 숙여 보인다. 그러자 갈륵이 잠시 생각에 잠겼다가 입을 열었다.

"혹 밀황과 본 성의 일마께서 만나신 일에 대해선 들으셨소이까?"

"아, 벌써 시간이 그리되었구려."

"듣지 못했나 보구려."

청풍의 죽음 이후 이어진 흑룡문과의 두 달여 싸움 동안 과거 타유와 갈륵이 주선했던 천산일마 모마경과 밀황 사불의 만남이 천중원에서 이뤄졌다. 타유는 홍암을 뒤쫓느라 그 일에 대해선 관심을 두지 못했었다.

"그 자리에서 두 분이 아주 중요한 약속을 하셨다고 하오."

"좋은 소식이 있던 모양이구려."

"천마성과 밀문은 서로의 혈시를 노리지 않기로 약조를 했다 하오이다."

"음… 그건……."

타유가 고개를 갸웃했다. 갈륵이 말한 그런 식의 합의는 이뤄지기 어려운 일이다. 혈시의 난은 각 파벌의 싸움이기도 했지만 오류에 속한 고수들 개개인의 문제이기도 했기 때문이었다.

"나 역시 그 약속이 얼마나 지켜질 수 있을지는 모르겠소.

그러나 어쨌든 양 파가 불가침의 약조를 맺었으니 우리 두 사람 역시 더 이상 경쟁자는 아닌 듯하오."

갈륵의 말에 타유가 고개를 저었다.

"그렇게 볼 수는 없지요."

"어째서 말이오?"

"서로의 혈시를 탐하지는 않으나 다른 곳의 혈시를 두고는 경쟁할 수 있지 않겠소? 또 당장 태원에 등장했다는 그 비왕진서를 두고도 다툴 수 있는 문제이고……."

"하하, 듣고 보니 그렇구려. 내가 순진했소이다."

갈륵이 호탕한 웃음을 터뜨린다. 그러다가 문득 뚝 웃음을 멈추고 정색을 하며 말했다.

"이런저런 말이 길어졌구려. 사실 내가 오늘 삼왕을 찾아온 것은 작별의 인사를 하기 위함도 있지만 또 다른 이유가 있소."

"짐작하고 있었소."

티유가 말했다. 그러자 갈륵이 깊은 눈으로 타유를 응시하며 말했다.

"솔직히 말해 삼왕께서 떠나기 전 이 한마디 말을 하고 싶었소. 혹시라도 나의 힘, 혹은 천마성의 힘이 필요하면 언제든 말씀하시오. 난 언제든 삼왕의 친구가 될 준비가 되어 있소."

무서운 말이다. 그저 흘려들으면 좋은 관계를 맺고 싶다는 말이지만 새겨들으면 밀문 내에서 타유가 반역을 꿈꾸길 충동하는 말이기도 했다. 기이한 제안을 내어놓은 갈륵을 타유가 물끄러미 바라보다가 나직하게 입을 열었다.

"세상에서 갚지 않아도 될 빚은 없소."

천마성의 도움을 받는다면 영원히 천마성의 그늘을 벗어날 수 없음을 말하는 것이다. 타유는 족쇄를 달고 살 수 있는 사람이 아니다. 천살문의 경험으로 인해 그는 누군가가 자신을 속박하는 것에 대해 본능적이 거부감을 가지고 있었다. 그러자 갈륵이 고개를 저었다.

"빚을 지는 일이 아니오. 상원에 있으니 상인의 마음으로 말하자면… 함께 이득을 얻는 일이오. 빚이 아니라……."

그러자 타유가 한참 동안 갈륵을 바라보다 고개를 끄떡였다.

"마음에 담아두겠소."

"좋소이다. 그 대답이면 나도 기쁘오. 그럼 조심해서 가시오."

갈륵이 자리에서 일어났다. 그러자 타유도 몸을 일으키며 물었다.

"태원에서 볼 수 있소?"

그러자 갈륵이 고개를 저었다.

"그건 어려울 것 같소. 모든 사람이 태원으로 가도 난 상원에 남아 있어야 할 것 같소."

"상원은… 문상에게 어떤 의미요?"

천마성과 상원의 무게를 묻는 말이었다. 그러자 갈륵이 살짝 고개를 들고 생각에 잠겼다가 말했다.

"천마성은 나에게 숙명 같은 곳이오. 태어날 때부터 천마성의 사람으로 정해져 있는 운명이었으니까. 반면 이 상원은… 내가 선택한 운명이오. 내가 결정하고, 내가 키워온 곳이니까."

어느 쪽이 더 중요한 것인지는 알 수 없다. 태어나면서부터 숙명으로 지워진 삶과 자신이 선택하여 살아온 삶, 어느 것이 더 중요한 삶인지 가늠할 수 있는 사람이 있을까. 타유가 아주 오랜만에 빙긋 미소를 짓는다.

"어려운 일이지요. 뭔가를 선택한다는 것은……."

그러자 갈륵이 침중한 표정으로 말했다.

"그래도 우리는 언제나 선택을 해야 하지 않소? 그게… 인생의 슬픔이지. 그럼 무운을 빌겠소."

갈륵이 타유에게 포권을 해보이고는 휭하니 타유의 방을 나섰다. 그런 갈륵을 보며 타유가 중얼거렸다.

"무운이라… 참으로 특별한 자가 아닌가. 내가 이제 칼로써 모든 일을 해결할 거란 걸 알고 하는 말 같으니. 참으로 모호한 사람이다. 선악을 구분할 수도 없고, 적아를 구분할 수도 없다. 또한 그 능력을 짐작할 수도 없구나."

그건 순수한 감탄의 말이었다. 돌이켜 보면 문상 상평은 천산이마 갈륵이라는 이름을 벗어버리면 괜찮은 인물이었던 것이다.

갈륵과 만났던 그날 밤이 지나고 그 다음 날 타유는 상원을 떠났다.

*   *   *

"다 왔다."

선승 묵철이 손을 들어 멀리 다섯 채의 초가를 가리키며 말했다.

"저곳에서 검이 만들어지나요?"

"그건 아니다. 대장간은 좀 더 가야 있다. 저곳은 신검을 만드는 아이의 가족이 머무는 곳이다."

"그는 어떤 사람이죠?"

"만나보면 좋을 친구가 될 거야."

"날 싫어하지 않을까요? 자신이 만든 천하의 신검을 제가 갖는 것에 대해……."

"후후 아마 오히려 좋아할걸?"

"왜죠?"

"녀석은 조화신검의 주인 같은 굴레를 쓰길 원치 않을 테니까. 그런 굴레가 그의 아비를 비참하게 죽게 만들었거든. 그런데 신검을 들 마음이 생긴 거냐?"

"아직은… 잘 모르겠어요."

"좋아 그럼 이곳에서 얼마간 쉬어 가자. 그사이 네게 몇 가지 가르칠 것도 있고. 그들을 만나는 것은 네가 온전히 신검의 주인으로 살아갈 결심이 섰을 때다. 신검을 만드는 아이에게 혼란을 줄 수는 없는 일이니까. 자, 가자. 오랜만에 따뜻한 밥을 먹겠구나."

묵철이 웃으며 청풍을 강검산의 아내와 아이들이 살고 있는 초가로 이끌었다.

第三章 또 다른 시작

수선경

산이 깊어지자 계곡도 깊어진다. 곳곳에서 작은 폭포들이 요란한 소리를 내며 쏟아졌다. 길은 험했다. 기이한 일이다. 떠날 때만 해도 평탄했던 길이 지금은 사람이 다니지 않는 길처럼 황폐해져 있었다. 누군가 보았다면 길 안쪽에는 사람이 살지 않는다고 생각할 만했다. 그러나 이 길은 세상에서 가장 무서운 세력 중 한 곳으로 이어지는 길이다.

　"길을 왜 이렇게 방치했지?"

　타유가 두 개의 바위가 허물어져 길을 막고 있는 것을 보며 물었다. 사람이 지나갈 공간이라고는 두 바위 사이의 반 장 정도가 전부였다.

　"밀황께서 특별히 명하신 일입니다."

"길을 막으라고 말이오?"

타유가 유창에게 물었다. 삼전 육사자 중 서열 오 위의 유창은 타유에 앞서 먼저 천중원에 들어와 있었다. 타유는 상원을 떠나면서 그곳에 세 명의 사자를 남겨두었다. 포상을 우두머리로 손숙보와 능예를 남겨둔 타유는 왕사미와 갈목생을 대동하고 유창은 먼저 천중원으로 보내 자신의 귀환을 알리게 했다.

유창은 타유 일행보다 닷새 길을 앞서 왔다가 타유가 천중원에 근접하자 그를 마중하기 위해 다시 천중원을 나온 것이다.

"밀황께서는 천중원이 세상에 노출되는 것을 원치 않으시지요. 길이란 것이 일단 제대로 갖춰져 있으면 세상의 이목에서 자유롭지 못하다고 생각하신 듯합니다."

타유는 밀황이 생각보다 무척 섬세한 사람이라고 생각했다. 그가 천중원을 떠날 때까지는 느끼지 못했던 사실이다.

"천중원의 사정은 어떻소?"

타유가 비좁은 두 개의 바위 사이를 지나며 물었다. 그러자 유창이 대답했다.

"그것이 좀……."

"말해보시오."

"지금 문내에서는 삼왕님의 행보를 놓고 논란이 분분합니다."

"어떤 논란이 있소?"

"지난번 흑룡문과의 싸움에서 지나치게 독단적이었다는 평과 살막을 상대로 확고한 우위를 점했으니 탁월한 공을 세웠다는 평이 공존하고 있습니다."

유창의 말에 타유가 대답 없이 고개를 끄떡였다. 그러자 그의 뒤를 따르던 갈목생이 유창에게 물었다.

"사람들의 패가 어찌 갈렸소이까?"

"음… 일왕과 이왕은 아무래도 함께 흑룡문과 싸웠으니 삼왕님께 우호적인 편이고 나머지 두 왕은 무척 비판적이오. 특히나… 이번에 싸움이 끝난 후 밀황님의 귀환 명령이 있었음에도 불구하고 상원에 먼저 들른 것에 대해서도 말이 조금 나오고 있소."

"밀황께선……?"

다시 갈목생이 물었다.

"밀황께서야 어디 마음속의 생각을 드러내는 분이오? 그저 침묵하실 뿐이지. 그래서 문도들도 무척 궁금해하고 있소이다. 밀황께서 과연 어찌 결론을 내리실지……."

유창이 말을 하며 슬쩍 타유의 눈치를 살핀다. 그러나 타유는 가타부타 말이 없다. 그러다가 엉뚱한 말을 던졌다.

"천명각은 잘 있소?"

"무슨 말씀이신지……?"

"천명각이 잘 관리되고 있는지 묻는 거요."

"그야 물론이지요. 삼왕님이 계시지 않는다고 그 거처를 소홀히 관리할 리 있겠습니까? 더군다나 얼마 전 너무 오래되어 천명각의 담장이 조금 허물어진 적이 있었는데 밀황께서 특별히 명을 내려 새로 담을 쌓았지요."

"그 일이 흑룡문과의 싸움이 있기 전이오? 후요?"

"듣기로는 그 후라고… 아!"

문득 말을 하다말고 유창이 탄석을 흘렸다. 그리고는 기꺼운 표정으로 말했다.

"밀황께선 삼왕님의 공을 크게 치하하시겠군요."

"나쁘지는 않을 것 같구려."

타유도 고개를 끄떡인다. 무너진 천명각의 담장에 직접 신경을 쓸 정도라면 밀황이 타유를 중요하게 생각하고 있다는 의미였다. 만약 흑룡문과의 싸움 전이라면 담장을 보수하는 일에 직접 나설 이유가 없는 밀황이었다.

"그런데 사왕님과는 본래 친분이 있지 않으셨나요?"

왕사미가 물었다.

"사왕을 통해 밀문에 들어왔으니 인연이 깊은 편이지."

타유가 대답했다.

"그런데 왜 사왕께서 삼왕께 불편한 마음을 갖게 되었을까요?"

"아마… 모가장의 일 때문에 그럴 것이오."

타유가 대답했다.

"모가장이라면……?"

"내가 삼왕이 된 이후 사왕은 모가장의 일에서 온전히 배제되었소. 사실… 사왕은 모가장에 대한 애착이 무척 강한 사람이오."

"그렇지요. 수십 년 공을 들였으니……."

왕사미가 고개를 끄떡였다.

"그러니 그는 아마도 모가장을 나에게 빼앗겼다고 느낄 수도 있소. 더군다나 이번에 흑룡문과의 싸움에서 일왕과 이왕이 나와 함께했으니 자칫 밀문 내에서 자신이 소외될 수 있다고 생각할 수도 있소."

"그렇군요. 애초에는 사왕님을 제외한 다른 분들이 걱정이었는데 이제는 상황이 변했군요."

왕사미의 말에 유창이 다시 입을 열었다.

"일왕과 이왕께선… 이번 일로 인해서 삼왕님을 두려워하는 듯 보였습니다."

"그들이 말이오? 우스운 일이지. 밀문 오왕이 누굴 두려워할 사람들이라고 보오?"

타유가 고개를 저으며 말했다.

"그러나 그분들이 절 대하시는 태도가 무척 조심스러웠습니다. 그건 곧 삼왕님을 두려워한다는 말이 아니겠습니까?"

"그건 내가 두려워서 나온 행동 아니오."

"하면……?"

"내가 좀 더 그들에게 쓸모 있는 사람이 되었다는 의미일 거요. 흑룡문과의 싸움에서 내가 제법 쓸 만한 사람이란 걸 알았다는 것이지."

"설마 그럴 리가요. 사실… 말씀을 드리지 않았지만 지금 밀문의 문도 중 삼왕님을 두려워하지 않는 자가 없습니다. 흑룡문과의 싸움으로 인해 모두들 삼왕님을 두려워하지요."

"좋은 일이군. 귀찮은 일은 없을 테니."

타유가 무덤덤하게 말했다. 그때 문득 시야가 열리면서 거대한 절벽이 눈에 들어온다. 타유가 고개를 들어 보니 하늘 중에 떠 있는 거대한 장원이 보인다. 천중원이다. 순간 타유의 가슴 한쪽이 쓰려왔다. 이곳으로 혼자 돌아올 줄은 생각지도 못했었다. 언제나 그의 곁에 청풍이 있을 거라 생각했었다. 그런데 이제 혼자다.

타유가 가만히 손을 들었다. 그러자 천중원이 한 손에 들오는 듯하다. 타유가 천천히 손을 오므렸다. 그 손에 강렬한 힘이 들어갔다.

하늘로 오르는 계단이 새삼스레 길게 느껴졌다. 그러나 결국 모든 길에는 끝이 있게 마련이다. 드디어 천중원이 타유의 눈앞에 모습을 드러냈다.

"어서 오십시오. 삼왕님! 밀황전의 소졸 비검입니다. 밀황께서 기다리고 계십니다."

놀랍게도 타유를 마중 나온 사람은 밀황의 수족 중 우두머리라고 불리는 비검이다. 밀황전의 네 사자인 비검, 산도, 환보, 마수 중 비검은 오전의 왕들보다도 더 신비한 존재로 알려진 자였다. 그는 항상 어둠속에서 몸을 숨기고 밀황을 지키는 것으로 알려졌는데, 그가 타유를 마중하러 나온 것이다. 타유로서도 제대로 비검을 만나는 것은 처음 있는 일이었다.

"그대가 비검이구려. 밀황전의 일사자! 오왕 위에 설 수 있다는 그대가 날 마중하다니 반갑기도 하고 놀랍기도 하구려."

"감당하지 못할 말씀입니다. 어찌 일개 사자가 오왕의 위에 서겠습니까? 그저 말하기 좋아하는 자들이 흘린 허언이지요."

"뭐, 어쨌든 좋소. 밀황께선 어디 계시오?"

"천룡전에 계십니다."

"천룡전이라… 그 이름을 계속 쓰고 있소?"

천룡전이라는 이름은 과거 야율가의 원주들이 기거하던 건물을 말함이다. 그런데 밀문이 천중원을 차지한 이후에도 예전의 이름이 그대로 쓰이고 있으니 기이한 일이기도 했다.

"이름이 마음에 드신다 하셨습니다."

비검의 대답에 타유가 고개를 끄떡이며 익숙한 길을 따라 천룡전으로 향했다.

천중원은 타유가 떠날 때와 거의 변화가 없었다. 아니, 아주 변화가 없는 것은 아니어서 어딘가 조금 더 무거워지고 어두워진 듯한 기분이 들기는 했다. 그러나 외양으로는 거의 변화가 없는 천중원이었다.

천룡전 앞에 이르자 두 명의 무사가 타유를 향해 정중하게 고개를 숙여 보이고는 문을 열었다. 문을 여는 그들의 얼굴에 숨길 수 없는 두려움이 깃들어 있다. 이미 밀문 내에는 타유가 흑룡문을 주살하던 그 두 달 동안의 싸움 소식이 세세하게 전해져 있었다. 타유에 앞서 일왕과 이왕이 천중원으로 복귀했고 그들을 따라 장원으로 돌아온 일전과 이전의 고수들이 타유가 주도한 흑룡문과의 싸움 소식을 자세히 전했기 때문이었다.

당시 타유는 청풍을 잃은 분노로 인해 손속에 사정을 두지 않고 살검을 뿌려댔으므로 가까이서 그를 지켜본 밀문의 고수들은 타유에 대해 극한 두려움을 느꼈었다. 그 두려움은 그들의 입을 통해 고스란히 밀문 내 다른 문도들에게도 전해졌다.

그래서 다시 돌아온 천중원에서 타유는 이곳을 떠날 때와는 전혀 다른 사람으로 받아들여지고 있었다. 물론 과거에도 그는 밀문 삼왕으로서 존중받았으나 지금은 삼왕이라는 지위를 떠나 한 사람의 무인으로서, 혹은 무서운 독심을 지닌 일대거마로서의 위압감까지 가지게 되었던 것이다.

"어서 오시게, 삼왕!"

타유가 천룡전에 들어서자 밀황 사불이 두어 걸음 걸어 나와 타유를 맞이했다. 이는 다른 밀문도들이 크게 놀랄 만한 행동이었다. 그간 밀황은 누가 되었든 일어서서 밀문도들을 맞이하는 경우가 없었다. 그건 일왕 원왕련이나 다른 왕들을 대할 때도 마찬가지였다.

그런데 오늘 사불은 마치 다른 오류의 주인들을 맞이할 때처럼 자리에서 일어나 타유를 맞이하고 있었다.

"밀황을 뵙습니다."

타유가 정중하게 밀황에게 고개를 숙여 보인다.

"자자, 이리 와. 앉으시게."

이 또한 놀라운 일이다. 천룡전에는 밀황의 자리 앞쪽으로 다시 하나의 호화로운 의자가 놓여 있었는데 사불이 타유를 위해 준비한 의자였다. 본래 밀황을 만나는 모든 밀문도는 선 채로 그를 상대해야 했다. 그런데 오늘 밀황은 그 관례마저 깬 것이다.

'과분하다.'

타유의 마음속에 의구심이 생긴다. 지나친 환대는 그가 자신을 경계하고 있다는 의미일 것이다. 그러나 그렇다고 밀황의 호의를 거절할 수도 없다. 타유가 밀황의 자리에 앉기를 기다려 천천히 자신을 위해 준비한 의자에 몸을 실었다.

"고생하셨네."

밀황의 목소리가 평소의 그답지 않게 부드럽다.

"할 일을 했을 뿐입니다."

"무슨 말을… 하하! 살막주를 물러나게 한 것은 엄청난 성과 지."

밀황 사불에게는 혈시나 혹은 흑룡문보다도 살막주 요불에게서 양보를 얻어낸 것이 더욱 큰 성과로 느껴지는 모양이었다.

"운이 좋았지요."

"운이라니. 내 일왕과 이왕에게 흑룡문과의 싸움에서 보여준 삼왕의 힘을 모두 전해 들었네. 나조차도 삼왕에게 그런 능력이 있을 줄은 몰랐어."

"그 일은… 아들을 잃은 대가를 받아내고 싶었을 뿐입니다."

"아! 그 일은 참으로 안타깝게 되었네. 나 또한 삼왕의 아들을 눈여겨보고 있었는데. 참으로 아까운 인재가 희생되었어."

"그 아이의 운명이겠지요."

타유가 무심하게 대답했다. 모든 분노가 사라져 체념한 듯한 표정이지만 밀황 사불은 이런 억제된 이런 분노가 더 위험하다는 것을 잘 알고 있는 사람이다.

"내 삼왕의 슬픔을 위로하고 또 이번에 세운 전공을 치하할 겸 삼왕이 원하는 것을 하나쯤 들어주고 싶은데… 혹 달리 원하는 것이 있으신가?"

"명을 따를 뿐, 사사로운 이득을 취할 생각은 없습니다."

"하하하, 그러지 말고 말해보시게. 세상에 욕심 없는 사람이 어디 있나?"

사불이 은근한 어조로 말한다.

'역시 날 경계하고 있어. 좋아. 그렇다면 장단을 맞춰주지. 잘됐군. 당신이 날 시험하듯 나도 당신을 시험할 기회를 줘서.'

타유는 밀황의 말을 계속 거부한다면 밀황의 경계심이 더욱 커질 것이란 걸 본능적으로 깨달았다. 밀황은 아마도 자신에게서 인간의 모습을 보길 원할 것이다. 욕망을 가진 인간은 상대하기 쉽지만 욕망을 버린 인간은 상대하기 어렵다는 걸 잘 알고 있을 테니 말이다.

더군다나 혹여라도 타유가 자신이 생각하는 것보다 더 큰 욕심을 가지고 있는 것이 아닐까, 그래서 자신에게 치명적인 위험이 되지 않을까 하는 의구심도 가지고 있을 테니 이럴 때는 타유 역시 적당히 자신의 욕심을 드러내주는 것이 좋다.

"굳이 그리 말씀하신다면 예전부터 아들놈과 함께 원하던 것이 있습니다."

"음… 말해보시게."

사불의 표정이 조금 더 부드러워졌다. 자신의 의도대로 일이 풀린다는 표정이었다.

"예전에 모가장에 들었을 때 모가장주와 한 가지 약속을 했었지요."

"죽은 모가장주 말인가?"

"그와 지금의 모가장주 모두가 약속한 일입니다."

"흠… 그게 무엇인가?"

"처음에는 성도에 큰 무관을 하나 내어주는 것으로 약속을 했으나 이후에는 금석촌에 장원을 하나 크게 짓는 것으로 바뀌었지요."

"금석촌이라… 그래 지금 그곳에 장원을 짓기를 원하시는가?"

사불이 약간 실망한 표정으로 물었다. 그 정도라면 욕심이라고 할 수도 없었다. 그가 바라던 타유의 욕심은 그것보다 커야 했다. 그런데 타유는 그런 사불의 바람을 저버리지 않았다.

"장원을 짓는 것은 제가 모가장의 좌호법으로 있을 때의 약속이지요."

"하하하! 맞네. 그때와 지금은 다르지. 그래 밀문 삼왕으로 서, 살막주에게서 양보를 얻어낸 공의 대가로써 원하는 것을 말해보시게."

"금석촌을 제게 맡겨주셨으면 합니다."

순간 사불이 흠칫한 표정을 짓는다. 설마 타유가 금석촌을 통째로 원할 줄은 몰랐던 모양이었다.

더군다나 금석촌은 모가장은 물론 밀문에도 무척 중요한 곳이었다. 밀문에서 사용하는 재물의 절반은 모가장에서 오고, 그 모가장이 끌어모으는 재물의 절반은 금석촌에서 만들어진다. 그러니 그런 금석촌을 달라고 하는 것은 곧 밀문의 재정을 자신이 통제하겠다는 말이 된다.

"그… 이유를 물어도 되겠나? 왜 금석촌을 원하는 것이지?"

사불이 물었다. 그러자 타유가 잠시 침묵을 지키다가 말했다.

"금석촌은… 천하의 보배지요. 그 가치를 모르는 사람이 없습니다. 금석촌이 제 손에 있다면 천하의 모든 사람이 절 배신할 염려는 없을 겁니다. 그렇게 된다면 저로서는 마음껏 밀문검을 휘두를 수 있을 겁니다."

타유의 말에 밀황의 얼굴에서 표정이 없어졌다. 타유가 단순히 자신이 세운 공의 대가로 금석촌을 원하고 있는 것이 아니라는 것을 한순간에 깨달은 밀황이다.

타유는 밀황 사불이 자신을 신뢰한다는 증표로, 혹은 밀황 자신만의 야망이 아니라 타유 자신의 야망까지도 함께 실현해 주겠다는 증표로서 금석촌을 원하고 있는 것이다.

스스로 타유가 무리한 욕심을 내길 원했지만 금석촌을 원하는 것은 사불의 생각했던 것 이상의 요구였다. 사불로서도 가볍게 들어줄 수 없는 청이었던 것이다.

그러나 그렇다고 이제와서 타유의 청을 거절할 수도 없다.

"모가장주와는 합의를 볼 수 있겠나?"

밀황이 슬쩍 모가장주를 끌어들여 본다. 그러자 타유가 고개를 저으며 말했다.

"밀황님이 명이라면 감히 모가장주가 어찌 반대를 할 수 있겠습니까. 더군다나 모가장이 금석촌을 얻은 것은 모두 밀문의 도움 때문이었습니다. 그러니 사실 모가장은 금석촌의 주인이 아니라 잠시 밀문으로부터 금석촌을 맡아 관리하고 있었던 것이지요. 이 모든 것을 알고 있는 모가장주가 감히 밀황님의 명을 거역하지는 못할 것입니다."

"음… 그렇군."

사불이 천천히 고개를 끄떡였다. 그로서도 동의하지 않을 수 없는 말이다. 만약 타유의 말이 틀렸다고 한다면 밀문 스스로 모가장에 대한, 금석촌에 대한 권리를 포기하는 꼴이고, 더군다나 그건 밀황 자신의 권위를 크게 깎아내리는 일이 될 것이다. 적어도 밀황이라면 한마디 말로 금석촌의 주인을 결정할 수 있어야 한다.

"좋아. 삼왕의 말이 틀리지 않으니 그럼 이제부터 금석촌은 삼왕의 아래 두도록 하겠네."

"밀황의 은혜에 감사드립니다."

타유가 자리에서 일어나 밀황에게 깊게 허리를 굽혔다. 그러자 밀황이 깊은 눈으로 타유를 보며 말했다.

"금석촌을 삼왕에게 내어준 것은 지금까지 삼왕이 본 문을 위해 힘써준 것에 대한 대가야. 그러나 난 이번 기회에 한 가지 일을 더 삼왕에게 부탁하고 싶네."

"명하시면 따르겠습니다."

"고맙네, 삼왕. 삼왕은 최근까지 상원의 금안각을 출입했으니 천마성과 혈마천의 움직임을 알고 있을 것이네."

'역시 그 이야기군.'

타유는 반드시 밀황 사불이 태원의 일을, 비왕진서에 대한 일을 언급할 거라 생각하고 있었다. 만약 비왕진서를 손에 넣기만 한다면 사불은 일순간에 천마성주 마제 구륜이나 혈마천주 천존 가충을 능가하는 혈막의 지배자가 될 수 있을 것이다. 그들의 무공에 대한 파훼법을 안다는 것은 곧 그들의 목숨 줄을 쥐고 있는 것이나 마찬가지일 것이기 때문이었다.

그뿐인가. 비왕진서에는 세상을 경영할 수 있는 비왕의 비책이 담겨 있다고 했으니 그 역시 사불에게는 욕심나는 것이 아닐 수 없었다.

"비왕진서에 대한 이야기는 들었습니다."

타유가 감추지 않고 알고 있는 것을 말했다.

"음… 누구에게 들었나?"

사불의 약간의 의심을 품은 채로 물었다.

"천산이마 갈륵이 말해주더군요."

"갈륵이라… 후후, 참으로 대단한 자지. 지난번에 그의 제안으로 천산일마가 이곳에 왔을 때 느낀 것인데 천산일마조차도 갈륵 그자를 두려워하는 것 같더군."

"영활한 사람이지요."

"호오? 영활하다? 그렇다면 삼왕의 눈에는 차지 않는 자란 말이군. 영활하다는 의미는 머리나 쓸 줄 아는 자란 뜻인 것 같은데……."

"우두머리가 될 그릇은 아니라고 보았습니다."

"그런가? 그러나 혈막의 고수 중 일부는 그를 차기 천마성주로 생각하고 있네. 사실 지금의 천마성주 마제 구륜은 천마성의 일에서 손을 뗀 지 오래지. 듣기로는 그의 천수가 거의 다했다고 하더군. 그래서 천마성주는 이번 혼돈시를 무척 중요하게 생각하고 있어. 살아생전 마지막 기회이니까. 아무튼 그 역시 자신의 후계를 생각하고 있는데 아마도 갈륵이 그 첫번째 대상자가 될 거라는 것이 정설이지."

"만약 그렇게 된다면 밀문으로서는 고마운 일이지요."

"하하하! 삼왕의 패기가 정말 대단하군. 아마도 천산이마를 두고 그렇게 말할 수 있는 사람은 삼왕이 유일할 거야."

"제가 경험한 그는 도저히 밀황님이나 혹은 살막의 막주 요불에 비할 바가 아니었습니다. 우두머리로서의 권위는 사실 타고 태어나는 것이지요. 그자를 굳이 평하자면 저와 같은 인간이지요."

"삼왕 그대와 같다고? 어떤 면에서 말인가?"

사불이 호기심을 드러내며 물었다.

"전 제 자신에 대해서 잘 알고 있습니다. 검을 들어 누군가를 베라면 그가 누구든 벨 수 있을 지도 모르지요. 반면 갈륵 그자는 검이 아니라 머리로 누군가를 베지요. 그러나 만약 우리 두 사람에게 천하의 고수들을 끌어모아 지금의 오류와 같은 세력을 만들라 하면 우린 도저히 그 일을 해낼 수 없을 겁니다. 왜냐하면 우리 두 사람은 애초에 그 근원이 척박하기 때문입니다. 아시다시피 전 살수로 무림의 일을 시작했고, 천산이마는 어둠속에서 계책을 짜는 일로 살아온 사람입니다. 우리와 같은 사람들은 홀로 있는 것을 좋아하고 번잡한 것을 싫어하지요. 그래서야 어디 무리의 우두머리가 될 수 있겠습니까? 권력을 쥐려면 또한 자기 자신의 삶도 포기해야 할 줄 알아야지요. 그러나 그는 결코 그런 사람이 아닙니다."

"음, 그래서 천마성의 주인이 될 그릇이 아니다?"

"그렇습니다. 그럼에도 불구하고 그가 천마성의 다음 주인이 된다면 천마성은 잠시는 흥할 수 있으나 결국 사분오열될 것입니다. 밀문으로서는 좋은 일이지요."

"하하, 삼왕 그대는 참으로 세상을 특별한 눈으로 보는군. 그대의 말에 모두 동의하는 것은 아니지만 듣고 보니 그가 천마성의 주인이 되기는 힘들 것 같기도 하군. 그야 어쨌든 그 비왕진서 말이네."

"하명하십시오."

"내 손에 넣고 싶군."

"태원엘 다녀오라는 말씀이시군요."

"그렇다네. 물론 천마성과 혈마천의 고수들이 대거 비왕진서의 쟁탈전에 뛰어들었을 테니 진서를 얻는 일이 쉬운 일은 아닐 걸세. 그러나 나로서는 비왕진서가 다른 사람 손에 들어가는 것을 막아야 하네. 만약 그 진서가 다른 사람의 손에 들어간다면… 아무튼 최후의 경우, 얻지는 못해도 다른 사람의 손에 들어가는 것은 막아야 하네."

"명에 따르겠습니다."

"좋아. 그리고… 이번 일에는 이왕과 오왕을 동행하게."

"이왕과 오왕을요?"

타유가 조금 불편한 기색으로 되물었다. 그러자 밀황이 타유의 시선을 외면하며 말했다.

"음, 아무래도 천마성과 혈마천의 주력들이 모여 있는 곳에 삼왕 혼자 가는 것은 위험할 걸세. 오왕은 자네와 동행하고 이왕은 뒤를 따르도록 하게. 아무래도 위급한 순간에는 이왕만큼 도움이 되는 사람이 없지."

밀황의 말이 틀린 것은 아니다. 이왕 여선의 경공은 사지에서 활로를 뚫을 때 요긴한 능력이다. 그러나 밀황이 오왕과 이왕을 타유와 동행케 하는 것이 과연 타유를 돕기 위함인지는 확신할 수 없었다. 오히려 그는 타유를 경계하기 위해 두 사람을 동행시키는 것일 수도 있었다.

비왕진서는 위험한 물건이고, 타유의 설명에도 불구하고 그가 흑룡문과 두 달 동안 싸우면서 보여준 모습은 밀황에게도 충분히 위협적인 모습이기 때문이었다.

"명대로 따르겠습니다."

거절할 명분이 없다. 그리고 그들과 동행하는 것은 오히려 그에게도 좋을 수 있었다. 그건 그들이 자신을 감시하겠지만 그 역시 그들을 통해 밀황의 소식을 들을 수 있기 때문이었다.

"좋아. 그럼 바로 떠나주시게."

"사람을 한 명 모가장에 보내겠습니다."

"음… 좋을 대로 하시게."

밀황이 고개를 끄떡였다. 그러자 타유가 자리에서 일어나 천룡전을 벗어났다. 그런 타유의 모습을 보고 있다가 문득 밀황이 중얼거렸다.

"확실히 변했어. 예전과는 많이 다르군. 예전에는 감히 나와 거래를 할 생각조차 하지 못하던 자인데 말이야. 포상의 전언대로 제거하는 것이 좋을까?"

아마도 상원에 남은 삼전 일사자 포상은 밀황에게 타유를 제거하는 것이 좋겠다는 의견을 전한 모양이었다.

"그러나… 어디서 저런 맹수를 얻는단 말인가? 태원의 일까지는 쓸모가 있어. 이왕과 오왕을 보내는 것도 두 사람만이 내가 믿을 수 있는 사람이기 때문이지. 때가 되면 그들이 내게 삼왕의 목을 가져오겠지."

밀황의 눈이 한순간 차가운 살기를 일으켰다.

자부진인 등나는 계속 타유의 눈치를 살피고 있었다. 뭔가 하고 싶은 말이 있지만 쉽게 말을 꺼내지 못하는 모습이었다. 타유는 오랜만에 천명각 앞뜰을 거닐고 있었다. 본래 천명각이 야율가의 사당으로 쓰였기에 주위는 무척 한적했다.

"말해보시오."

타유가 먼저 입을 열었다. 그러자 자부진인 등나가 기다렸다는 듯이 말했다.

"청풍 그 아이의 일은 정말 유감이오."

"천명이지요. 그리고… 혹 정말 천운이라는 게 있다면……."

타유가 말꼬리를 흐린다. 타유 역시 그 계곡에서 청풍이 살아나기 힘들다는 것은 인정하고 있었다. 그러나 또한 타유는 아주 가끔 청풍이 불쑥 자신을 찾아오는 꿈을 꾸기도 했다. 어쨌든 시신은 발견되지 않았으니까. 그러나 살아 있다면 지금껏 자신을 찾지 않을 청풍이 아니라는 점에서 또한 그의 꿈은 우울할 뿐이다.

"좋은 아이였으니 좋은 곳으로 갔을 거요."

등나는 타유가 여전히 청풍의 생존에 한 올 희망을 걸고 있다는 것을 알아채지 못했다. 그도 그럴 것이 그는 수기(水氣)에 호응하는 청풍의 체질을 알지 못하니 그런 기대조차 할 수 없으리라.

"그래, 하고 싶은 말이 뭐요?"

다시 타유가 물었다. 청풍에 대한 위로를 하고자 함이 아님은 타유도 잘 알고 있었다. 그러자 등나가 심각한 표정으로 말했다.

"그가 타 대협을 경계하고 있소."

"그라면, 밀황 말이오?"

"그렇소."

"그야 이미 알고 있는 일이오. 그의 시선, 그의 행동… 모두 다르더구려."

"그 정도가 아니오. 태원에서의 일이 끝나면 아마도……."

"날 죽이겠다고 하더이까?"

타유가 물었다. 자부진인 등나는 천중원에 거미줄처럼 얽힌 비도를 통해 천룡전 지하에 있는 밀실로 들어가 밀황이 타유를 만난 이후의 동정을 살피고 나온 후였다. 그래서 그는 밀황 사불이 타유를 죽일 생각임을 알고 있었다.

"그렇다오."

"실수를 하는군."

"누가 말이오?"

"밀황 말이오. 날 죽일 생각이었다면 내가 천중원에 있을 때 죽여야지. 다시 날 천중원 밖으로 내보내 놓고 어찌 손을 쓸 수 있겠소."

"이왕과 오왕이라면 충분하다고 생각하는 것 같았소."

"걱정할 일은 아닌 듯하오."

타유가 별일 아니라는 듯 말했다. 그러자 등나가 의아한 표정으로 물었다.

"그 둘을 상대할 자신이 있다는 것이오?"

등나의 질문에 타유가 가만히 단천마검을 들어 보인다.

"이놈이 있지 않소. 진인께서 선물해 주신!"

"음… 단천마검이 기병이기는 하지만 그들은…….."

"걱정 마시오. 더군다나 그들이 날 노리고 있다는 것을 안 이상 둘을 한 번에 상대하는 일은 없을 거요."

"하긴 모르고 있을 때는 몰라도 알고서 당할 사람은 아니라고 생각하오."

등나가 고개를 끄떡이며 말하자 타유가 물었다.

"밀문 내의 사정은 어떻소?"

"내 자세히 살펴보니 밀문은 두 패로 나뉘어져 있더구려. 한 패는 죽더라도 밀황의 뜻을 따르는 자들로 이왕과 오왕이 바로 그들이오. 그 삼전의 육사자도 역시 그런 자들이더구려."

"짐작은 하고 있었소."

"그리고… 그 반대편으로 생각할 수 있는 사람들이 일왕 원왕련과 사왕 이궐령이오. 그들은 언제라도 밀황이 약세를 보이면 밀황의 권좌에 도전할 사람이더구려. 그런데 밀황 역시 그 사실을 알고 있는 것 같소. 그러나 별반 경계를 하는 것 같지는 않더구려. 자신의 힘으로 충분히 두 사람을 견제할 수 있다고 생각하는 듯했소."

"그렇다면… 이번이 좋은 기회가 되겠구려."

"무슨 말이시오?"

"밀황의 심복이랄 수 있는 이왕과 오왕이 나와 함께 태원으로 간다면 일왕과 사왕에게도 기회가 생기지 않겠소?"

타유의 말에 등나가 고개를 저었다.

"글쎄. 그들이 과연 용기를 낼 수 있겠소?"

"욕심은 없던 용기도 만들어주는 법이 아니오?"

"계책이 있소?"

"계책을 내게 물으면 어찌하오? 그 일이야말로 자부진인께서 가장 잘하실 수 있는 일이 아니오?"

타유의 말에 등나가 살짝 얼굴을 찌푸렸다.

"나보고 밀문의 일에 관여하란 말이오?"

"그럼 언제까지나 구경꾼으로 남아 있을 생각이었소이까?"

타유가 등나를 보며 물었다. 그러자 등나가 겸연쩍은 표정을 짓다가 이내 고개를 갸웃했다.

"음, 생각해 보면 노상 방도가 없는 것도 아니오."

"역시 천하사대현자시구려. 벌써 방책을 만들어내다니. 그래 무슨 방책이시오?"

"이 계책을 쓰려면 내가 다시 한 번 변모를 해야 하오."

"어떻게 말이오?"

"날 모가장으로 보내주시오."

"모가장으로 말이오?"

"그렇소. 모가장주를 충동해 그로 하여금 사왕과 일왕을 부추기게 만들겠소."

그러자 타유가 실망한 표정을 한다.

"글쎄… 모잠이 과연 그런 대담한 일을 할 수 있겠소? 더군다나 일왕과 사왕이 그의 말에 움직일 사람들도 아니고."

원왕련과 이궐령에게 모잠은 벌레보다도 못한 장사치에 지나지 않는다. 스스로는 강호의 무인이 다 되었다고 생각하지만 밀문의 고수들에게 있어 모가장은 여전히 밀문에 재물을 공급하는 장사치들일 뿐이었다.

그러니 원왕련과 이궐령이 모잠의 회유로 밀황에게 반란을 일으킬 가능성은 거의 없었다. 그러나 타유의 생각과 달리 등나는 자신이 있는 듯 보였다.

"자신의 것을 빼앗기면 없던 용기도 나는 법이고, 욕심을 채울 기회가 생겨나면 위험도 있는 법이라오."

"무슨 말씀이시오?"

"금석촌은 지금으로썬 모가장이나 밀문에 있어서 가장 중요한 기보와 같소. 그 금석촌을 빼앗긴다면 모잠 역시 순순히 물러나지는 않을 거요. 그리고 만약 모잠이 금석촌을 미끼로 일왕과 사왕을 충동한다면 그들 역시 밀문의 패권을 위해 위험을 감수할 것이오. 그들은 아마 자신들을 제외한 왕 세 사람을 태원으로 보내는 것만으로도 밀황에 대한 반감을 가지고 있을 거요. 일왕과 사왕은 아마도 자신들이 태원행에서 빠진 것을 두고 밀문의 권력에서 소외되고 있다고 느낄 것이오."

"음… 가능성이 있으나 과연 그 일을 해내실 수 있겠소?"

"내게 금석촌에 대한 전권을 주시오. 그러면 충분히 모가장에 가서 그를 충동질할 수 있소."

　이제는 오히려 등나가 스스로 일왕과 이왕을 움직이는 일을 맡겠다고 나서고 있었다. 그 스스로 자신의 계책이 제대로 쓰일 수 있는 지 궁금해진 모양이었다. 타유로서는 나쁠 것이 없는 변화다.

　"좋소이다. 그럼 그대를 나를 대신해 금석촌을 접수할 사람을 지목하겠소. 뭐… 나의 오랜 집사 정도로 합시다. 지금까지 이 천명각을 돌보아왔으니 모두 의심치는 않을 거요."

　"흐흐, 이거 이젠 완전히 공식적으로 그대의 일꾼이 되어버리는구려."

　"서로가 원하는 것을 갖게 되는 일이오."

　"그런데 과연 이 일이 정말 가능할지 모르겠구려."

　"실행이라면 모를까 이런 일은 성공을 확신하고 하는 일은 아니지 않소?"

　"후후, 하긴 그렇긴 하오. 진인사대천명이지……."

　타유의 청은 간단히 수락됐다. 타유가 천중원을 비운 동안 그의 거처인 천명각을 알뜰히 관리해 온 등나였기에 타유가 태원에 나가 있는 동안 먼저 모가장으로 등나를 보내 금석촌의 대소사를 인계받게 하는 것은 지극히 자연스럽게 보였다.

　밀황은 아무런 의심 없이 그 일을 승낙했는데, 밀황이나 밀문의 모든 사람은 등나를 무인이 아니라 그저 타유의 오랜 노복 정도로 생각하는 듯했다. 물론 일개 노복을 자신의 대리인으로 내세운 것에 대해서는 의외라는 눈길도 있었지만 그간 천명각을 관리해 온 등나의 일솜씨는 천중원의 모두가 알고 있기에 그 역시 가벼운 의구심 정도로 넘어갈 수 있었다.

그렇게 등나를 모가장으로 떠나보낸 타유는 그로부터 닷새 후 오왕 탄미와 함께 일군의 밀문 고수들을 대동하고 태원으로 향했다.

✳   ✳   ✳

청풍은 아주 오랫동안 아이가 노는 것을 지켜보고 있었다. 어느새 세월이 봄의 풍성함을 알리고 있었다. 지난 겨울, 한껏 추위를 뽐내던 천지가 어느새 시나브로 봄의 기운에 녹고 있었다.

깔깔거리는 아이의 웃음소리와 그 아이를 바라보는 어머니의 눈, 그리고 다시 그 두 모자를 바라보는 노인의 눈이 있었다. 청풍이 가만히 눈을 감았다. 아주 오래전 그도 그와 같은 공간에 있었던 시절이 떠오른다. 금석촌의 쇠망치 소리, 그리고 육용담의 그 기이한 연못들, 친구와 같던 육용담에서 나오면 어머니가 하얀 천으로 그의 어린 몸을 감쌌었다. 그러면 아버지는 그를 목마 태우고 천천히 태양에 어린 몸을 말렸다.

눈 감은 어둠 속에서 한 줄기 빛이 만들어져 아버지 청담의 모습을 비춘다. 잘생긴 얼굴이다. 호협하고 누구에게나 믿음을 주는 굴강한 눈빛, 그러나 그 눈빛 속에 한 가닥 슬픔 맺혀 있다.

'전 괜찮아요.'

타유가 속으로 말했다. 감은 눈 속에 떠오른 아버지의 환영이 자신을 걱정하는 듯 보였기 때문이었다. 그러자 그의 아버지가 고개를 돌려 곁에서 두 사람을 바라보고 있는 어머니를 바라봤다. 어머니를 보는 아버지의 눈이 좀 더 강렬한 아픔을 내뿜는다. 청풍이 자신도 모르게 빛에 싸인 어머니를 보았다. 그런데 그 순간 청풍의 머리가 쇠망치로 맞은 것처럼 강렬한 통증을 느꼈다.

"아! 어머니!"

청풍이 자신도 모르게 입을 열어 중얼거렸다. 그리고 그 순간 깨달았다. 이 강렬한 통증이 무엇 때문인지. 청풍의 눈이 크게 떠졌다. 그리고는 마치 학질에 걸린 사람처럼 부들부들 떨었다. 그의 입에서 차마 맺힌 말이 나오지 못했다. 모든 의문이 실타래처럼 풀어진다. 이제 그는 깨달았다. 사실은 그의 곁에 자신의 어머니가 있었다는 것을…….

"왜, 왜? 이제야!"

더 이상 의심할 여지가 없다. 상원 사령주… 그녀가 바로 자신의 어머니다. 한 번 기억이 일어나자 어린 시절 금석촌에서 보았던 모든 사람의 얼굴이 떠올랐다. 마치 각성이라도 하듯 머리가 청명해진다. 그의 어머니 복묘상의 얼굴은 더욱 또렷해졌다. 아무리 세월이 흘러도, 아무리 모습을 숨겼어도, 어떻게 그 모습을 못 알아보았을까.

청풍이 머리를 감싸 쥐었다. 그리고는 얼굴을 가랑이 사이에 파묻고 한참을 흐느꼈다.

"어머니……."

다시 청풍이 나직하게 어머니를 불러보았다. 아픈 말이다. 가슴이 칼로 도려지는 듯하다.

"아버지도… 어머니도 알고 있었던 거야."

그제야 떠오른다. 가끔 타유가 조금은 억지스럽게라도 사령주 복묘상과의 자리를 마련했었다는 것을, 그리고 문득 문득 사령주 복묘상의 시선이 동료를 보는 눈이 아니라 깊은 슬픔과 애정을 담은 눈으로 자신을 바라보았었던 것을. 그때는 그 이유를 몰랐지만 이젠 확실히 알 수 있었다. 상원의 사령주가 바로 자신의 어머니 복묘상이었다.

"위험하다고 생각하신 거겠지."

청풍이 중얼거렸다. 타유와 복묘상이 자신에게 복묘상의 정체를 숨긴 이유는 충분히 짐작할 수 있었다. 두 사람이 어머니와 아들이라는 사실이 알려지는 순간 타유와 청풍이 모가장에 들어온 이유, 그리고 밀문에 들어온 이유가 세상에 알려질 것이다. 그렇게 된다면 세 사람 모두가 위험에 빠졌을 것이다. 만에 하나의 위험, 그 위험을 노련한 살수인 타유가 감수할 리 없었다.

"괜찮으실까?"

격해졌던 감정이 잦아들자 문득 복묘상에 대한 걱정이 떠오른다. 타유와 복묘상에겐 자신이 죽은 사람일 테니 그 충격과 슬픔은 가늠할 수 없을 것이다.

물론 타유도 걱정이 되기는 했다. 그러나 청풍이 알고 있는 타유는 세상에서 가장 강한 마음을 지니고 있는 사람이다. 그러니 그 아픔이 아무리 큰들 극복하지 못할 타유가 아니었다.

반면에 복묘상은 다르다. 비록 금석촌이 멸망한 이후 힘든 삶을 살아왔겠지만, 다시 한 번 아들을 잃은 슬픔을 이겨낼 수 있을 거란 확신이 들지 않았다.

"부디 강한 분이시길 바라요."

청풍이 마치 눈앞에 복묘상이 있는 것처럼 중얼거렸다. 그때 문득 그의 등 뒤에서 선승 묵철의 목소리가 들렸다.

"누구에게 하는 말이냐?"

묵철의 목소리가 들리자 청풍이 손으로 눈물 자국을 훔치고는 뒤를 돌아봤다.

"무슨 일이냐?"

묵철과 같은 사람이 청풍의 변화를 알아채지 못할 리 없다. 그런데 다른 때라면 순순히 묵철의 물음에 대답을 했을 청풍이 오늘은 외려 대답을 하는 대신 다른 질문을 던졌다.

"검은 언제 완성될까요?"

"글쎄다… 서둘고 있으니 오래 걸리진 않을 게다. 그런데 그건 왜 새삼스레……?"

"중원에 빨리 돌아가 봐야 할 것 같아서요."

"도대체 무슨 일이 있었던 것이냐?"

묵철이 걱정스런 표정으로 물었다. 지금껏 혼자 있었으니 청풍의 이 변화는 그의 내부에서 일어난 일일 터였다.

"어머니를 보았어요."

"응?"

"불현듯 어머니를 기억하게 되었어요."

"그럴 수도 있지. 그리움이 깊으면 잊었던 기억도 떠오르게 마련이니까."

묵철이 고개를 끄떡인다. 그러자 청풍이 다시 말했다.

"어머니가 살아 계세요."

"지금 무슨 말을 하는 거냐? 어느 어머니가 살아 있다는 거지?"

청풍에게 두 명의 어머니가 있다는 것을 알고 있는 묵철이다.

"친어머니요."

"도대체 그걸 어떻게 여기서 알았다는 거냐? 넌 이곳에서 한 발도 밖으로 나가지 않았는데……."

"단지 못 알아봤을 뿐이에요. 지난 이 년여간 계속 보고 있었는데… 어머니를 못 알아봤어요."

"그럼 네 곁에 있었다는 말이냐?"

묵철이 조금 놀란 눈으로 물었다.

"그러셨어요. 그래서 항상 절 그런 눈으로 보셨던 거였어요."

"누구냐?"

묵철이 물었다. 그로서도 무척 궁금한 일이 아닐 수 없었다.

"상원의 사령주로 계셨어요."

"상원……! 하면 정말 가까이 있었구나. 어머니는 널 알아보았겠지?"

"물론이죠. 아마 아버지와는 말씀을 나누셨을 거예요. 단지 세상에 나와의 관계를 드러내는 것은 어려우셨겠지요. 아버지와 제가 하는 일도 있었으니…….."

"음… 상심이 크시겠군."

청풍이 중원에 남아 있는 사람들에게 죽은 사람일 거란 것은 보지 않아도 짐작할 수 있었다.

"그래서 서둘러야겠어요."

"그러나 그렇다고 신검을 만드는 일을 앞당길 수는 없다. 그건… 시간이 필요한 일이야. 그보다는 네가 신검을 들 수 있는 능력을 키우는 것이 먼저다. 내가 걱정하는 것은 신검이 만들어지는 시간보다 네가 신검의 주인이 될 힘을 얻는 시간이 더 걸리는 것이다. 그러니 마음의 짐을 일단은 내려놓고 수련에 애쓰도록 하여라."

"그러죠."

청풍이 자리에서 일어났다. 슬픔은 한순간이다. 타유로부터 배운 강한 마음이 불쑥 솟구쳐 오른다. 돌아가야 할 이유가 적지 않다. 그러기 위해선 일 촌의 시간도 아까울 때였다.

"따라오너라. 그들을 만날 때다."

청풍이 의욕을 보이자 묵철도 덩달아 바빠졌다. 선승 묵철이 청풍을 산속으로 이끌었다.

묵철은 타유를 데리고 한참을 걸었다. 가끔은 경공을 사용했으므로 두 사람은 보통 사람이 하루를 걸을 길을 두어 시진만에 주파했다. 그러자 청풍의 눈에 숲으로 둘러싸인 세 채의 초가가 들어왔다. 초가의 지붕 위로 연기가 솟구친다.

"저곳인가요?"

청풍은 묵철이 자신을 어디로 데려왔는지 짐작하고 있었다. 이곳이야말로 신검이 만들어지는 곳이리라.

"그렇다. 저곳에서 신검이 만들어지고 있다."

"어떤 사람들인지 궁금하군요."

"이제 곧 알게 될 것이다. 가자!"

묵철이 걸음을 재촉한다. 청풍도 서둘러 묵철의 뒤를 따랐다.

"선승께서 오셨군요."

청풍과 묵철이 산속의 대장간에 가까이 갔을 때 한 채의 초가에서 나오고 있던 노인이 묵철을 맞이한다. 그러면서도 그의 눈이 빠르게 청풍을 살폈다.

"일은 어찌 되어가오?"

"녀석이 만드는 것이니 나야 알 수 있나요. 그러나 돌아가는 상황을 보니 머지않아 오경을 녹일 수 있을 것 같더군요."

"음… 생각보다 빠르군."

"그러게 말입니다. 나도 놀랐소이다. 녀석이 그렇게 몰입할 줄은… 그런데 이 친군가요?"

"그렇소. 인사드리거라. 화마경주시다!"

묵철이 청풍에게 화마경주 방남산을 소개한다. 그러자 청풍이 방남산에게 고개를 숙여 보였다.

"청풍이라고 합니다."

"선승께 이야기는 들었네. 부친이 청담 그 친구라고?"

"그렇습니다."

"내 자네 부친과 약간의 친분이 있었지. 좋은 친구였는데… 인명은 재천이라."

방남산이 쓸쓸한 표정을 짓는다. 그러자 묵철이 입을 열었다.

"화마경주께서야 두어 번 본 것이 전부 아니오?"

"그렇긴 하지만 청담 그 친구는 한 번 보는 것으로도 사람의 마음을 사로잡는 뭔가가 있었지요."

"그렇기는 하구려."

묵철도 금세 고개를 끄떡인다. 그러자 방남산이 청풍을 물건 살피듯이 이리저리 보다가 입을 열었다.

"좀 다르군."

"아무리 부자지간이라도 어떻게 똑같을 수야 있겠소?"

묵철이 대신 대답했다.

"음……."

"제가 마음에 들지 않으십니까?"

청풍이 신중한 모습의 방남산을 보며 물었다.

"아닐세. 내 마음에 들고 말고가 있나. 신검의 주인은 결국 선경의 기운을 얻어야 해. 물론 다른 오경의 기운에 감응하는 것도 중요하지. 그런 면에서 자네를 택한 선경주님의 안목을 믿는다네. 다만 나로서는 평생을 화마경주로 살아온 사람이라 화마경주의 입장에서 사람을 볼 수밖에 없는데, 그런 면에서 보자면 자넨 조금 비어 보인달까."

"수기를 타고난 아이오."

묵철이 대신 대답했다.

"그러게 말입니다. 그래서 그런가? 손에 잡으면 사라질 공기와 같은 느낌입니다. 화마경은 무거운 무공이라 역시 화마경과는 어울리지 않을지도 모르겠다는 생각이 드는군요."

"그렇게 보일 수도 있소. 그러나 이 아이는 화기에도 감응을 하니……."

"손을 보자."

문득 화마경주 방남산이 청풍에게 손을 내밀었다. 그러자 청풍이 잠시 주저하다 결국 그에게 손을 맡겼다. 그러자 한순간 방남산으로부터 뜨거운 열기가 밀려들었다.

'윽!'

너무도 격렬한 열기에 청풍이 흠칫 놀라다가 이내 그 기운을 견뎌내기 시작했다. 그러자 기이한 일이 벌어졌다. 그렇게 뜨겁던 방남산의 진기가 청풍의 체내에서 급격하게 사라지는 것이었다. 순간 방남산의 얼굴에 경탄의 빛이 서렸다.

"놀랍구나!"

방남산이 조심스럽게 청풍의 손을 놓았다. 그러자 붉게 달

아올랐던 청풍의 얼굴이 금세 본래의 색을 되찾았다. 내부의
진기는 이미 진정된 이후였다.

"어떻소?"

묵철이 미소를 지으며 물었다.

"외유내강! 이 한마디로 설명할 수 있겠습니다. 겉으로 보기
엔 유약해도 심중에는 뜨거운 기운을 지니고 있으니……."

"그렇지요?"

묵철이 확인하듯 물었다.

"역시 선승의 눈은 정확하시군요. 과거… 그 많은 기재를 포
기하신 이유를 알겠습니다. 그런데… 시간이 없군요. 그게 아
쉽습니다."

그러자 묵철이 고개를 끄떡였다.

"역시 믿을 것은 이 아이가 타고난 선천적인 기운뿐이오. 그
걸 좀 더 키우는 수밖에……."

"역시, 우리 두 사람이 힘을 써야겠군요."

"그래주신다면야."

묵철이 반가운 듯 말했다. 그런데 그때 문득 청풍의 시선이
끝없이 연기가 솟아오르는 초가에 닿았다. 그 초가의 문가에
꿈틀대는 근육을 자랑하는 청년이 서 있었다. 청년은 속을 알
수 없는 깊은 눈으로 팔짱을 낀 채 청풍과 다른 두 사람을 바라
보고 있었는데 청풍은 그의 눈에서 감정을 읽어낼 수 없었다.

"나왔느냐?"

뒤늦게 청년을 발견한 방남산이 청년에게 아는 척을 했다.

그러자 청년이 팔짱을 풀고 성큼성큼 걸어 나와 세 사람 앞에
섰다.

"이 친구군요."

"그래 바로 그 아이다."

묵철이 대답했다. 그러자 청년이 갑자기 빙글거리며 청풍을
보다가 불쑥 손을 내밀었다.

"난 강검산이라고 하네. 자네가 쓸 검을 만들고 있지. 만나
서 반갑네."

강검산의 호방한 행동에 청풍이 잠시 당황한 듯하다가 이내
손을 내밀어 그의 손을 잡으며 말했다.

"청풍이라고 합니다. 그런데… 신검을 만드는 분이 이렇게
젊은 분인 줄은 몰랐군요."

청풍의 말에 방남산이 입을 열었다.

"너와 마찬가지다. 이 아이는 금기와 화기에 특별한 재주가
있어서 신검을 만드는 팔자가 된 것이다."

"이거 마치 빚쟁이를 만난 것 같군요. 모두가 내게서 신검을
받을 날만 기다리는 것 같으니……."

강검산이 청풍의 손을 놓으며 말했다. 그러자 묵철이 진심
으로 미안한 기색을 보이며 말했다.

"미안하구나. 그러나… 천하의 정세가 심상치가 않아. 서둘
수 있으면 서둘러야 한다."

"반년 후에는 동경을 녹일 것입니다."

"아!"

묵철이 나직한 탄성을 흘린다. 생각보다 빠른 일정이다.

"동경을 녹이면 얼마 후에 검이 나오지?"

묵철이 다시 물었다. 그러자 그 대답은 방남산이 대신했다.

"보통의 경우라면 십여 일이면 족하지요. 그러나… 이 경우는 오경의 기운도 강하고 그 그릇이 되는 쇠의 기운도 강하니 일자를 가늠하기가 어렵군요."

"늦어도 일 년?"

"뭐, 그 정도 되겠군요."

강검산이 손을 툭툭 털며 말했다. 마치 흥정을 하는 장사꾼 같다.

"우리도 바쁘겠구나."

묵철이 청풍을 보며 말했다. 그러자 청풍이 대답 없이 고개를 끄떡인다.

"이곳에 머무실 겁니까?"

강검산이 물었다.

"그래서 초가를 한 채 더 지은 것이다."

방남산이 대신 대답했다. 그러자 강검산이 두 손을 쭉 펴며 소리쳤다.

"아, 이젠 나도 부엌일에서 벗어나게 생겼군. 고맙네, 아우! 그럼 수고하게. 하하하!"

강검산이 시원한 웃음을 터뜨리며 청풍에게 손을 흔들어 보이고는 대장간 안으로 들어가려다가 다시 문득 청풍을 보며 말했다.

"부디 열심히 수련하시게. 만약 아우가 신검을 들 능력이 되지 않는다면 어쩌면 두 분이 나에게 그 일을 맡길 수도 있어. 우린 각자 서로 책임질 몫을 타고 났는데, 내가 아우의 몫까지 책임질 수는 없네. 명심하게."

강검산이 농담처럼 당부를 하고는 이내 대장간 안으로 들어갔다. 그러자 방남산이 중얼거렸다.

"녀석, 여간 힘든 게 아닌가보군."

"그럴 수밖에 없지 않겠소? 벌써 시간이 얼마요?"

"그렇지요. 지척에 있는 처자식을 보지도 못하고 있으니……."

방남산이 미안한 기색을 보이며 강검산이 들어간 대장간을 바라본다.

"다시 의문이 드는군요. 왜 제가 검의 주인이 되어야 하는지."

청풍이 조금 심각한 표정으로 말했다. 선승 묵철은 금세 청풍의 마음을 알아챘다.

"그가 아니라 왜 너냐는 거냐?"

"그렇습니다. 저보다 훨씬 뛰어난 재능을 가지고 있는 것 같은데……."

"음… 재능으로 보자면 검산도 부족함은 없지."

묵철을 대신해 방남산이 대답했다.

"하면 왜……?"

"저 아이에겐 수기에 대한 감응이 없기 때문이다. 검산은 화기와 금기가 강한 아이지. 그런데 조화신검을 다루려면 반드시 수기가 필요하거든. 오경의 기운을 한데 아우를 수 있는 것은 선경의 구결뿐이다. 그런데 선경은 수기를 지닌 사람만이 대성할 수 있지. 그래서 네가 필요한 거다."

"그걸 운명이라고 하지."

묵철이 거든다.

"이 모든 것이 정해진 일이라는 건가요?"

"그렇게 생각해도 틀린 것은 없다. 어쨌든 지금은 신검을 거두는 것이 바로 네 일이다."

묵철의 말에 청풍이 가만히 고개를 끄떡인다. 그러자 방남산이 말했다.

"자자, 우리도 열심히 해봅시다. 만족할 만한 성과가 없다면 검산 저 녀석이 언제 대장간을 무너뜨릴지 모르니."

청풍의 수련은 사실 지극히 간단했다. 어려서부터 수련해온 등천심공을 계속해서 수련하는 것이 그가 하는 수련의 전부였다. 등천심공을 운기하는 것은 워낙 익숙한 일이기에 청풍에게는 그리 어려운 일이 아니었다.

그러나 그럼에도 불구하고 청풍은 마치 등천심공을 처음 수련하는 사람처럼 진땀을 빼고 있었다. 그 이유는 두 가지였는데 첫째는 어려서 청담에게 배운 구결이 틀린 것은 아니지만 지금까지는 그 자신이 그 구결들을 해석해 신공을 수련했지만 오두막에 온 이후로는 묵철의 가르침에 따라 등천심공을 수련해야 한다는 것이었다.

묵철은 등천심공의 구결을 한 자 한 자 다시 가르쳤는데 그 내용이 청풍이 지금껏 생각하고 있던 등천심공과 같은 듯하면서도 크게 달랐다.

아흔아홉 개의 글을 같은 뜻으로 해석해도 단 한 글자의 해석을 달리하니 등천심공은 청풍이 알고 있던 것과 전혀 다른 무공으로 변해 버렸다. 그 한 자의 다름을 바로잡는 일이 수십 년 적공을 하는 것보다 힘겹게 느껴질 때도 있었다.

그래서 어느 때는 하루 종일 단 일각도 호흡에 집중하지 못할 때도 있었다. 그러나 다행인 것은 등천심공에 대해 통달한 노련한 스승인 묵철이 곁에 있다는 것이었다. 그 덕분에 청풍은 어렵게 어렵게 틀어진 운기법을 바로 고쳐 나갈 수 있었다.

두 번째로 그를 어렵게 하는 것은 묵철과 방남산이 하루에 두 번 그에게 자신들의 진기를 조금씩 나눠주는 것이었다. 그렇다고 두 사람이 자신의 공력을 전해 청풍의 내공을 높이기 위해 그런 일을 하는 것은 아니었다. 두 사람이 청풍에게 진기를 전하는 것은 단지 상이한 두 개의 기운을 청풍의 체내에 불어넣어 청풍의 선천지기를 일깨우기 위함이었다.

마치 쇠를 불에 달궜다가 찬물에 담가 그 강도를 높이는 것처럼 두 사람은 화기와 수기를 번갈아 청풍의 체내에 흘려 넣음으로써 청풍의 내기를 단단한 쇠처럼 만들어가고 있었다.

그런데 화기와 수기를 번갈아 감당해야 하는 청풍의 몸은 단단해지는 만큼 또한 고통스럽기도 했다. 덕분에 청풍은 묵철과 방남산에게 기운을 전해 받고 나면 거의 탈진하다시피 쓰러져 한 시진 정도 휴식을 취해야 다시 수련에 들어갈 수 있었다.

그러나 세상에 익숙해지지 않는 것은 없다. 죽음조차도 시간이 흐르면 익숙해지지 않던가.

묵철과 방남산의 기이한 공력 전수도 어느새 청풍의 몸에 익숙해지기 시작했다. 대략 수련을 시작한 지 한 달째 되던 날부터였다. 화기와 수기의 변화에 몸이 익숙해졌다는 것은 그런 식의 수련이 더 이상 필요치 않다는 의미이기도 했다. 그래서 그 이후부터 청풍은 오로지 등천심공의 수련에 매진하기 시작했다. 가끔은 묵철과 방남산이 그의 건강을 걱정할 정도로 그는 빠르고 급격하게 등천심공에 빠져들었다.

*　　　*　　　*

구름 한 점 없이 맑은 날이다. 천지가 푸르다. 설국의 시간이 기억조차 나지 않는 것 같다. 계절의 변화에서 느껴지는 시간의 흐름이야말로 인간이 경험할 수 있는 가장 신비로운 일일 것이다.

'어느새 다시 봄이구나! 봄도 늦은 봄이야. 곧 여름이겠어.'

타유가 바위 위에 가부좌를 틀고 앉아 하늘을 보며 생각했다. 이런 날일수록 청풍이 생각난다. 운룡산에서 타유와 청풍은 계절의 변화를 항상 함께했다. 이 시절이면 물을 좋아하는 청풍이 한기에 아랑곳하지 않고 물에 뛰어들었다.

여전히 청풍의 죽음은 그에게 믿어지지 않는 일이다. 곧이라도 청풍이 그의 앞에 나타날 것 같다. 그러나 벌써 수개월 전의 일이 아니던가.

'그러나 시신도 아직은 나타나지 않았어.'

타유가 애써 스스로를 위로한다. 그러나 그의 이성은 청풍이 죽었음을 끊임없이 강요하고 있었다. 그럴 때마다 차가운 분노가 일어났다. 그리고 가늠 수 없는 살기… 처음에 그 살기는 홍암에게 향해 있었지만 시간이 지날수록 그 살기가 살막과 밀문 그리고 오류를 넘어 혈막까지… 가끔은 무림이라는 이 기이한 세계 전부에 대해 일어났다.

그럴 때마다 타유는 스스로 두려움을 느꼈다. 이러다가는 자신이 무림의 일대 혈마가 되는 것이 아닐까 하는 두려움이었다. 복수를 위해서라면 그 역시 상관할 바 아니라고 생각하다가도 퍼뜩 상목혜와 청풍을 생각하면 가슴이 덜컥 내려앉기도 했다. 그 두 사람은 아마도 자신이 혈마가 되어가는 것을 차마 보지 못할 것이다.

'그래도 복수는 한다.'

세상에 대한 살기를 어떻게든 죽여보려 노력하고 있었지만 그렇다고 복수에 대한 그의 결심이 흔들리는 것은 아니었다.

문득 파란 하늘에 흰 점이 나타났다. 그리고는 빠르게 타유가 있는 곳으로 떨어져 내렸다. 전서구다.

전서구가 숲으로 내려서자 왕사미가 가볍게 전서구를 받아들었다. 그리고는 재빨리 전서를 살핀 후 타유에게 달려왔다.

"모가장의 일은 끝났답니다."

"반발은 없었다고 하오?"

타유가 물었다. 그러자 왕사미가 대답했다.

"내심으로야 어찌 승복하겠습니까?"

"속마음이야 어떻든 인정하면 그뿐이오."

"받아들이긴 했다고 합니다."

"좋군."

"그런데… 위험하지 않을까요? 금석촌에서 모가장의 무사를 모두 철수시키면 다른 세력들이 금석촌을 욕심낼 수도 있습니다. 이미 지난번에 모가장 천봉당을 불러들여 가뜩이나 경계가 허술할 텐데……."

"밀문 삼왕의 이름으로 지배되는 곳이오. 누군가 욕심을 낸다면… 모가장이 그곳을 지켜도 도발을 했겠지. 밀문 삼왕과 모가장, 어느 쪽이 상대하기 어렵겠소?"

타유의 말에 왕사미가 얼른 고개를 숙여보였다.

"듣고 보니 제 생각이 짧았습니다. 삼왕님과 모가장주를 어찌 비교하겠습니까?"

왕사미는 흑룡문과의 싸움 이후 부쩍 타유를 조심하고 있었다. 천중원으로 돌아와 밀황의 명을 받은 이후에는 잦아들었지만 그 이전에 보여줬던 타유의 살기는 절대 잊을 수가 없는 것이었다. 그 살기가 사라진 것이 아니고 감춰진 것이라 생각하는 사람들에게 타유는 여전히 두려운 존재였다.

"모가장은… 결국 버려질 도구요."

타유가 왕사미가 생각했던 것 이상으로 차가운 말을 한다.

"그래도 나름대로 쓸모가 있지 않습니까?"

왕사미가 고개를 갸웃하며 물었다. 그러자 타유가 의미심장한 표정으로 말했다.

"두고 보시오. 그들이 과연 도움이 되는 존재들인지, 혹은 해가 되는 존재들인지……."

왕사미로서는 이해할 수 없는 말이다. 어쨌거나 모가장은 결국 지금의 타유를 있게 만든 문파였다. 모가장이 아니었다면 타유는 결코 밀문 삼왕이 될 수 없었을 것이다. 그런데 그런 모가장에 타유는 은은한 적대감을 드러내고 있었다. 그건 곧 다른 사람들이 모르는 뭔가가 타유와 모가장 사이에 있다는 말이 된다.

그러나 지금에 와서야 그게 무슨 상관이랴 싶었다. 이제 와서 모가장과 타유 사이에 사람들이 모르는 은원이 있다 한들 모가장은 더 이상 타유의 상대가 될 수 없었다.

왕사미가 가만히 입술을 깨문다. 이번 일이 끝나면 타유를 베어야 할지 모르지만 과연 타유를 벨 수 있을까 하는 생각이 들었다. 타유의 무공을 감당할 수 있을까하는 의문이 드는 것에 더해 그동안 그를 따르면서 자신도 모르게 생겨난 복종심이 그녀를 두렵게 했다. 이럴 때는 그녀의 오랜 정인인 일사자 포상이 곁에 있었으면 하는 생각이 들기도 한다. 포상이라면 냉정하게 밀황의 명을 실행에 옮길 수 있을 것이다.

그런데 마치 그런 왕사미의 속마음을 들여다보기라도 한 듯 타유가 불쑥 입을 열었다.

"일사자에게선 연락이 있었소?"

"예?"

왕사미가 퍼뜩 놀란 표정으로 되물었다.

"그게 그리 놀랄 질문이오?"

타유가 이상하다는 듯 다시 물었다. 그러자 왕사미가 얼른 고개를 젓는다.

"아닙니다. 제가 잠시 다른 생각을… 죄송합니다."

"됐소. 일사자는 어떻게 지내고 있다고 하오?"

"상원은 일은 크게 걱정하지 않으셔도 될 듯합니다. 문상의 허락하에 여전히 금안각을 출입할 수 있다는 연락입니다. 다른 상가들 역시 일사자에 대해서 크게 경계하지는 않은 듯 보입니다. 오히려 삼왕께서 떠나신 것을……."

왕사미가 말꼬리를 흐린다. 그러자 타유가 무심하게 고개를 끄떡인다.

"그렇겠지. 내가 있는 것보다야 일사자가 있는 것이 편하겠지. 그러나… 그들이 일사자의 진면목을 알아도 과연 그러할까?"

"그게 무슨 말씀이신지……?"

왕사미가 불안한 기색으로 물었다.

"일사자가 혈시를 얻은 사람이란 걸 알아도 그들이 과연 그렇게 편하게 생각할까 하는 말이오."

"그야……."

"이제 곧 혼돈록에 일사자의 이름이 올라갈 것이고, 그의 이름이 세상에 알려질 거요. 그러면 일사자도 그 행보가 편치 못할 터인데……."

"해서 이사자와 사사자를 남겨두신 것 아니신지요? 그들이라면 충분히 일사자를 보필할 수 있을 것입니다."

"뭐… 그렇긴 하지."

타유가 고개를 끄떡인다.

"이제 어디로 가실지?"

"이왕에게서 기별이 오면 움직일 것이오."

"그러나 그리되면 이왕이나 오왕에게 뒤처질 수도 있습니다."

"상관없소. 비왕진서 따위……."

"그러나 이 일에서 공을 세우시면 삼왕께선 밀문 내에서 이인자의 자리에 오르실 수 있을 것입니다."

"이인자라… 그게 무슨 의미가 있겠소?"

"무슨 말씀이시온지……."

"풍이 죽은 이상 세상의 권력 따위 나에겐 상관없소. 다만… 그 일에 관련된 자들의 목에는 관심이 있지. 음… 흑룡문주와 그 생존자들에 대한 소식은 들어왔소?"

"그것이… 아직은 여전히 오리무중입니다."

왕사미가 조심스럽게 말했다. 그러자 타유가 고개를 끄떡였다.

"그렇겠지. 그렇게 쉽게 모습을 드러낼 문주가 아니지. 아무튼… 나에게는 이번 태원행에서 중요한 것이 따로 있소."

"무엇입니까?"

"밀문의 일원으로 보자면 비왕진서도 중요하오. 그러나 나에게 더 중요한 것은 흑룡문주요. 그를 만나기 위해 태원에 온 것이오."

"그가 태원에 올 거란 말입니까?"

왕사미가 의아한 표정으로 물었다.

"당연히 올 것이오. 비왕진서가 진품이든 아니든 그는 올 것이오. 왜냐하면 그로서는 이젠 오직 그 진서를 손에 넣는 것만이 재기할 수 있는 유일한 길이기 때문이오. 살막주까지 그를 버렸소. 그가 할 수 있는 일이 뭐가 있겠소? 그렇다고 평생 야망을 위해 살아온 그가 은거를 한 채 조용히 죽을 것도 아니고… 반드시 올 것이오. 그러니 삼전은 은밀하게 그를 찾는 데 신경을 쓰시오."

"명대로 하겠습니다."

왕사미가 조용히 고개를 숙여 보인다. 그러면서도 그녀의 눈빛은 여러 차례 변했다.

타유가 머문 곳을 정리하고 북쪽으로 길을 떠난 것은 어둑한 어둠이 내릴 때쯤이었다. 그때가 되어서야 이왕 여선의 사람이 그를 찾아왔기 때문이었다.

본래 천중원을 떠난 이후 타유와 오왕 탄미는 동행을 하고 이왕 여선은 다른 길로 태원으로 향했다. 그러다가 다시 세 명의 왕이 각기 다른 방향으로 길을 나눴다.

비왕진서가 나타났다고는 해도 그 진서의 행방이 특정되어 있는 것은 아니었다. 그저 진서가 처음 출몰한 곳이 태원이라는 사실이 알려진 것의 전부여서 지금도 여전히 진서가 태원에 있는 것인지는 누구도 알 수 없었다.

그 이유로 천중원을 떠난 밀문의 고수들은 세 갈래로 나뉘어져 태원 주변을 살피며 전진하고 있었던 것이다. 그리고 그중 가장 빨리 태원에 입성한 사람은 공교롭게도 밀황이 타유의 뒤를 따르라 명했던 이왕 여선이었다.

그가 이끄는 이전의 무사들은 그 우두머리 여선을 닮아서 경공에 특별한 재주를 가진 자가 많았다. 덕분에 그들이 움직이는 속도는 삼전이나 오전에 비할 바가 아니었다.

여선이 보낸 자를 따라 삼전의 고수들이 한 시진 정도를 이동하자 한 채의 허름한 장원이 모습을 드러냈다. 그리고 그곳에서 여선이 오왕 탄미와 함께 타유를 기다리고 있었다.

"어서 오시오, 삼왕!"

타유가 장원 안으로 들어서자 여선이 반갑게 타유를 맞이한다. 오왕 탄미는 가볍게 고개를 까딱이는 것으로 인사를 대신했다. 타유는 가끔 탄미가 자신에게 보이는 적대감을 느끼곤했는데 지금까지도 그 이유를 알 수는 없었다.

그리고 그녀의 적대감이 청풍이 살아 있을 때는 중요한 문

제였지만, 지금은 타유에게 그리 중요한 문제가 아니었다. 청
풍과 함께 계획했던 일들은 사실 지금의 타유에게는 큰 의미
가 없었다. 그때는 청풍의 안위를 생각하며 가능한 조심해서
움직였지만 지금의 타유에겐 그럴 이유가 없기도 했다. 검이
오면 검으로 상대하면 그뿐이라 생각하는 타유였다. 그리고
그런 타유의 생각과 행동이 사실은 밀문의 고수들에게 그 이
전과는 전혀 다른 형태의 두려움과 압박감을 주고 있었다.

"늦었소이다."

타유가 무표정한 얼굴로 말했다.

"뭐, 우리도 얼마 전에 도착했소이다."

"비왕진서에 대해선 알아보셨소이까?"

타유가 여선에게 물었다. 그러자 여선이 고개를 끄떡였다.

"태원에서 비왕진서가 출현한 것은 사실인 것 같소. 진서를
쟁탈하는 과정에서 두 장이 찢겨져 나왔는데 진본이었다고 하
오."

"어느 부분이 찢겨 나왔다는 거요?"

"독곡에 관한 부분이었는데 독곡의 극독 중 하나인 흑목독
의 해약을 제조하는 법이 적혀 있었다고 하오. 흑목독은 독곡
의 독 중에서도 열 손가락 안에 꼽히는 독이오. 그러니……."

"누가 그 사실을 확인했소이까?"

타유가 신중하게 물었다. 그러자 여선이 대답했다.

"지금 태원 인근에는 천마성과 혈마천의 고수들이 즐비하
게 나와 있지만 우리 밀문처럼 살막이나 독곡에서도 고수들이

나와 은밀히 움직이고 있소. 찢겨져 나온 비왕진서를 진품으로 확인한 사람은 십이독마의 서열 이 위에 올라 있는 무태천이오."

"그렇다면 확실하겠구려."

타유가 고개를 끄떡인다. 그러자 여선이 좀 더 신중한 어조로 말했다.

"비왕진서가 진품임이 확인된 이상 진서에 대한 쟁탈전은 더욱 치열해질 거요. 어쩌면 혼돈시가 열리기도 전에 진서 싸움에서 혈막의 운명이 결정될지도 모르겠소. 그러니 우리 역시 이 일은 결코 소극적으로 대처할 수 없는 문제요."

"진서의 행방은 밝혀졌소이까?"

타유가 물었다. 그러자 여선이 고개를 저으며 말했다.

"가장 마지막으로 진서가 모습을 보인 것이 보름 전이라고 하오. 한바탕 쟁탈전이 벌어졌는데 절정고수 열셋이 죽었다고 하더구려. 그 싸움에서 진서를 가지고 숨은 자가 몽후라는 자요."

"아! 몽후라면……?"

보통의 경우 좀체 자신의 감정을 드러내지 않는 탄미가 나직하게 탄성을 흘렸다. 타유 역시 놀라긴 마찬가지였다.

몽후 마옥에 대한 소문은 강호에서 모르는 사람이 없다. 그러나 그와 반대로 그녀의 얼굴을 알고 있는 사람은 손에 꼽을 정도로 적었다. 이유는 단 하나 그녀의 기이한 환술 때문이었는데 그녀를 만난 사람들은 특별한 경우를 제외하고는 하나같이 하루가 가기 전에 그녀의 얼굴을 잊어버리고 마는 것이다.

그녀의 얼굴을 잊지 않고 기억하는 사람은 모두 그 공력이 극고의 경지에 이른 자였는데 그 숫자가 지금까지는 겨우 열도 되지 못했다.

그래서 사람들은 몽후 마옥이 독을 쓰는 것이 아닌가 의심하기도 하고, 혹은 미혼술을 쓴다고 말하기도 했는데 그녀가 어떤 방법으로 사람들로 하여금 자신에 대한 기억을 지워지게 하는지는 아직 정확히 알려진 것이 없었다.

"마옥도 오류의 사람이오?"

타유가 고개를 갸웃하며 물었다. 이 비왕진서의 쟁탈전은 물론 무림의 운명을 좌우하는 일이지만, 그 중요성을 아는 사람은 지금으로썬 오류에 속한 인물이 전부였다. 그러니 목숨을 걸고 비왕진서를 탈취한 사람이라면 오류의 인물이어야 했다. 그러나 타유가 지금까지 들은 오류의 고수 이름 중에 몽후 마옥은 없었다.

"그녀는 혈막의 사람은 아니에요."

탄미가 입을 열었다.

"그렇다면 기이한 일이구려. 그럼 어떻게 그녀가 비왕진서에 대해 알았을까?"

타유가 나직하게 중얼거리자 탄미가 말했다.

"몽후는 비록 혈막오류의 사람은 아니지만 그녀가 혈막과 아주 관련이 없는 사람은 아니에요."

"그건 또 무슨 말이오?"

"몽후는… 과거 혈마천의 이인자였던 무령이란 사람의 정인이었지요. 물론 그런 사실은 혈막의 수뇌들만 아는 사실이지요. 더더욱 강호에는 그런 사실이 알려지지 않았고요. 그런데 그 무령이 혈마천 내의 세력 다툼에서 혈마천주 가충에게 죽었어요. 몽후의 행적이 지난 십여 년간 드러나지 않은 이유는 그녀의 놀라운 무공 때문이기도 하지만 무령이 죽은 이후 그녀가 아예 강호에서 모습을 감췄기 때문이기도 하지요. 그러니 그녀가 혈막과 아예 관계가 없는 것은 아니지요."

"혈마천이 조급해지겠구려."

타유가 남의 일 말하듯 중얼거렸다. 그러자 여선이 심각한 표정으로 말했다.

"그렇소. 그래서 지금 혈마천은 놀랄 만큼 많은 고수를 이산서 땅으로 불러들이고 있소. 만약 몽후 마옥이 무령의 복수를 하기 위해 비왕진서를 이용한다면 혈마천은 큰 위기에 처할 것이기 때문이오."

"마옥의 행방을 찾는 것이 우선이겠구려."

"그렇소이다."

여선이 고개를 끄떡였다. 그러자 오왕 탄미가 고개를 저으며 말했다.

"그녀의 행방을 찾는 것은 결코 쉬운 일이 아닐 거예요. 평시에도 만나기 힘든 그녀가 작정을 하고 숨는다면……."

그러자 타유가 무심한 표정으로 말했다.

"생각해 보면 그리 어려운 일도 아닐 것이오."

"그녀를 찾을 수 있단 말인가요?"

탄미가 물었다.

"그녀의 나이가 몇이오?"

타유가 엉뚱한 말을 물었다. 그러자 탄미가 의아한 표정을 지으면서도 타유의 물음에 대답했다.

"정확히는 알 수 없으나 육십은 넘었지요. 십여 년 전 무령이 혈마천의 이인자로 있었는데 당시 그의 나이가 육십이었고, 그와 마옥은 일곱 살 차이가 난다고 했으니……."

"그럼 그녀가 갈 곳은 한 곳밖에 없소."

타유가 단정적으로 말했다.

"그녀가 어디로 간단 말이오?"

여선이 답답하다는 듯 다시 물었다. 그러자 타유가 침착하게 대답했다.

"지금 그녀가 비왕진서를 얻어 무공을 다시 수련한다는 것은 그녀의 나이로 보아 너무 늦은 일이오. 오류의 무공에 대한 파훼법을 모두 익히려면 적어도 몇 년이 필요할 것이기 때문이오. 더군다나 그 파훼법을 모두 익힌들 혼자서 어찌 혈마천을 상대하겠소. 세력을 모으고 준비를 하는 동안 그녀의 인생은 끝이 나고 말거요."

"그래서요?"

탄미가 타유의 말을 재촉했다.

"그녀의 목적이 무림을 얻는 것이라면 모를까 그 목표가 혈마천주에게 복수를 하는 것이라면 그녀는 필시 천마성과 거래를 하려 할 것이오. 천마성만이 그녀의 복수를 이뤄줄 수 있을 것이기 때문이오."

"음, 일리가 있는 말이오. 천마성 역시 비왕진서를 얻는다면 충분히 혈마천주를 제압해 그녀 앞에 데려갈 수 있을 것이오."

여선이 고개를 끄떡인다.

"그러나 천마성주가 과연 그런 거래를 할까요? 아무리 그래도 혈막오류는 한 배를 탄 사이인데……."

탄미의 말에 타유가 싸늘한 미소를 지으며 탄미에게 물었다.

"만약 그 제안이 밀황께 들어온다면 밀황께선 어찌 결정하시겠소?"

순간 탄미의 말문이 막혔다. 묻지 않아도 답을 알 수 있는 일이다. 밀황 사불은 당연히 비왕진서를 얻기 위해 혈마천주를 공격할 것이다. 탄미가 고개를 끄떡였다.

"그렇군요. 제가 잠시 잊고 있었어요. 혈막이 어떤 곳인지. 그녀는 반드시 천마성의 고수들과 거래를 하려 하겠군요."

"몽후를 찾는 것은 어려워도 천마성의 고수들을 찾는 것은 어려운 일이 아니지."

여선이 눈을 반짝이며 말했다.

*   *   *

선풍도골의 노인이 십여 명의 사람에게 둘러싸여 산길을 걸고 있었다. 노인은 뒷짐을 진 채 천천히 걸음을 옮기는 듯 보였지만 사실은 그를 따르는 자 중 일부는 숨을 헐떡일 정도로 빠른 움직임이었다.

일행이 한 굽이 산비탈을 지나자 사방에 능선으로 이어진 작은 봉우리가 모습을 드러냈다.

"저곳인가?"

노인이 잠시 걸음을 멈추고 그를 따라온 자들에게 물었다. 그러자 그중 중년 사내가 얼른 대답했다.

"그렇습니다."

"음… 정말 그녀에게서 직접 제안이 온 것인가?"

그러자 이번에는 오십대 중반으로 보이는 여인이 앞으로 나서며 말했다.

"제가 그녀와 친분이 있다는 것을 아시잖아요?"

"물론 팔마께서 몽후와 안면이 있다는 것은 잘 알고 있소. 그러나 솔직히 말하면 친분은 아니잖소?"

"무슨 말씀이시죠?"

"몽후와 그대는 비록 한 뿌리에서 나온 가지이지만 서로 경쟁하는 사이가 아니었소?"

"아무리 경쟁을 했다고 해도 그 뿌리가 변하는 것은 아니지요."

"후후, 제발 그 말이 현실이 되길 바라겠소. 그런데 그녀는 과연 이곳에 올 수 있을까?"

노인이 고개를 들어 높다랗게 솟은 봉우리를 보며 중얼거렸다. 그러자 여인이 대답했다.

"아마 벌써 와 있을 겁니다."

"음… 그렇게 생각하오?"

"일마께서는 우리 두 사람을 너무 무시하시는군요."

"하하 내가 어찌 천하의 천산팔마와 그 사매를 무시하겠소. 무시해서가 아니라 주변에 워낙 험한 자가 많아서 하는 말이오."

노인이 스윽 주변을 살핀다. 그러자 숲 속에서 사람의 인기척들이 느껴진다.

"백만의 대군이 길을 막아도 그녀는 올 겁니다. 그녀가 가지 못할 곳은 없어요."

"하긴, 그러니 진서를 손에 넣은 것이겠지. 갑시다."

노인이 고개를 끄떡이고는 가볍게 땅을 찼다. 그러자 갑자기 그의 신형이 쏘아진 화살처럼 앞으로 날아가기 시작했다.

"정말 무서운 자예요."

오왕 탄미가 일군의 무리를 이끌고 봉우리 정상으로 향하는 노인을 보며 두려운 듯 중얼거렸다.

"괜히 천산일마겠소."

여선이 심각한 표정으로 말한다. 그러나 타유는 별반 감흥이 없는 듯 자리를 털고 일어나 크게 걸음을 옮기며 말했다.

"갑시다. 거래가 끝나기 전에."

타유가 말을 내뱉고는 미처 여선과 탄미가 뭐라 대답도 하기 전에 멀찍이 앞으로 나아갔다. 그 모습을 보고 있던 탄미가 고개를 저으며 중얼거렸다.

"모를 사람은 또 하나 있지요."

"그러게 말이오. 삼왕 저자는 정말 속을 알 수 없구려."

"아까운 사람이에요."

"그런들 어쩌겠소. 그도 이젠 소용이 다한 듯한데……."

여선이 빠르게 걸음을 옮기며 말했다.

사방으로 뻗어나간 능선이 시작되는 곳, 근방 산맥의 중심을 이루는 작은 봉우리 위에 십여 그루의 전나무가 서 있다. 그 가운데는 다섯 개의 바위가 기묘한 형상을 이루며 모여 있었는데 바위들 중심에는 대략 반경 십여 장에 이르는 공터가 자리 잡고 있었다.

만약 산에서 밤을 보내야 하는 산꾼이라면 며칠 정도는 넉넉히 묵어갈 수 있는 아늑한 공간이었다. 그런데 오늘 그 공터를 찾은 사람들은 산꾼이 아니라 칼 든 무인이었다.

노인이 그의 수하들과 함께 공터를 감싼 바위 중 한곳에 올라섰다.

"아직이군."

노인이 중얼거렸다. 조금은 실망한 듯도 하고 기분이 상한 것 같기도 한 표정이다.

그러자 앞서 노인과 대화를 주고받던 중년의 여인이 입을 열었다.

"그녀는 이미 와 있어요."

"그게 무슨 소리요? 어디에 몽후가 있다는 것이오?"

노인이 의아한 표정으로 물었다. 그러자 여인이 한 걸음 앞으로 나선 후 뒤를 돌아보며 말했다.

"사저, 이쯤이면 충분히 안전하지 않으신가요?"

여인의 말에 갑자기 노인을 따라온 일행 중에서 한 명이 앞으로 나선다.

"왕 사매, 오랜만이군."

"어서 오세요, 사저!"

팔마라 불린 여인이 가벼운 미소를 지으며 무리 중에서 모습을 드러낸 인물에게 말했다. 그러자 좌중의 사람 모두 어리둥절한 표정을 지었다. 그들이 만나려고 했던 사람이 그들 중에 포함되어 있었을 것이라곤 전혀 생각지 못했기 때문이었다.

더군다나 그들은 한 문파에서 나온 사람들이기 때문에 서로의 얼굴을 잘 알고 있었다. 그런데 어떻게 외인이 자신들 중에 포함된 것을 모르고 있었을까. 참으로 기이한 일이 아닐 수 없었다.

밀문도들이 놀라고 있는 와중에 무리를 따라온 인물이 훌쩍 신형을 날리더니 무리와 반대편 쪽에 있는 바위에 올라섰다. 그리고는 머리띠를 풀었는데 그 순간 반백의 머리가 흩어지면서 신비로운 기운을 풍기는 초로의 여인이 모습을 드러냈다.

비록 머리는 반백이지만 피부는 어린애처럼 맑아서 머리만 아니라면 삼사십대 중년의 나이라고 해도 믿을 만한 여인이었다.

"일마께 소개드리지요. 이분이 바로 제 사저이신 몽후세요."

팔마라 불린 여인이 손을 들어 반대편 바위에 오른 여인을 가리키며 노인에게 말했다. 그러자 노인이 고개를 한 번 끄떡이고는 몽후로 지목된 여인을 보며 말했다.

"난 모마경이라고 하오."

그러자 여인이 가볍게 고개를 숙이며 대답했다.

"마옥이에요. 고명하신 천산 일마를 뵈올 수 있어 영광이에요."

"하하, 나야말로 영광이오. 천하에서 몽후의 얼굴을 본 사람은 손에 꼽을 정도인데 이렇게 그 귀안을 볼 수 있으니 말이오."

"제 얼굴을 본 사람은 많지요. 단지 제 얼굴을 기억하는 사람이 적을 뿐……."

"그렇구려. 나도 그 소문에 대해선 듣고 있었소."

"사매를 통해 저에 대해 잘 알고 계시겠지요."

"역시 듣던 대로 말끝이 매섭구려."

노인이 빙그레 웃으며 말했다. 그러자 몽후 마옥이 차가운 표정으로 말했다.

"긴말은 필요 없지요. 제가 사매를 통해 전한 조건을 수락하실 건가요?"

"음… 조금 문제가 있소."

"그렇다면 전 그만 가야겠군요."

몽후 마옥이 차갑게 대답했다.

"잠시만 기다려 보시오. 본래 거래란 것은 흥정을 해야 하는 법 아니겠소?"

천산 일마 모마경이 부드럽게 말했다. 그러자 몽후 마옥이 고개를 저었다.

"그건 장사치들이나 하는 일이지요. 우리 같은 무림인들에게 흥정은 어울리지 않지요. 천마성에서 내 제안을 받아들이기 어렵다면 저로선 다른 구매자를 찾으면 그뿐이에요."

그런데 바로 그 순간이었다. 그녀의 그 말을 기다리고 있었다는 듯 남쪽 바위 위에 일단의 인물들이 모습을 드러냈다.

"하하하, 맞는 말이오. 세상에 비왕진서를 거래할 곳이 천마성뿐이겠소. 몽후! 오랜만입니다."

순간 몽후 마옥의 얼굴이 차갑게 굳었다. 그녀의 얼굴에선 한줄기 살기조차 일렁인다.

"홀돈, 당신이 내 앞에 나타날 줄은 몰랐군."

몽후의 차가운 응대에 남쪽에서 모습을 드러낸 자 중 변방의 사람처럼 거친 얼굴을 한 자가 입을 열었다.

"우리가 서로 보지 못할 사이요?"

"그대는… 친구를 배신했지. 그런데도 뻔뻔하게 내 앞에 나타나다니 정말 얼굴이 두껍군."

"몽후, 그건 오해요. 난 무령을 배신한 적이 없소."

"오해? 지금 홀돈 당신이 자랑하는 그 혈마천 일천주란 자리는 바로 무령의 자리였다. 그런데도 감히 그런 말을 할 수 있느냐?"

몽후 마옥이 당장에라도 검을 빼 들 듯한 기세로 소리쳤다. 그러자 홀돈이라 불린 노인이 정색을 한 얼굴로 대답했다.

"이보시오. 몽후, 무령 그 친구가 죽은 것은 나와 상관없는 일이오. 그 일은 오직 천주님과 무령 그 친구 사이에 일어난 일이란 말이오. 나로서도 안타까운 일이오만."

그러자 몽후 마옥이 노인 홀돈을 노려보며 물었다.

"좋아. 당신이 그이의 죽음에 연관이 없다고 하자. 그런데 왜 그대는 날 찾아왔지?"

"그걸 몰라서 묻는 거요?"

"지금 비왕진서를 두고 나랑 거래를 하자고 찾아온 것인가?"

"그렇소."

홀돈이 고개를 끄떡였다. 그러자 몽후 마옥이 한줄기 비웃음을 흘린다.

"그대는 무령의 죽음과 관련이 없다고 하면서 혈마천주 가충만이 무령의 죽음과 연관이 있다고 했지. 그런데 지금 그대는 혈마천주 가충을 위해 비왕진서를 얻으러 내게 왔다. 과연 그대가 무령의 친구라면 가충을 위해 내 앞에 나타날 수 있단 말인가?"

마옥의 추궁에 홀돈이 살짝 눈살을 찌푸리더니 나직한 어조로 말했다.

"그야… 나로서는 혈마천에 매인 몸이란 것을 잘 알지 않소?"

"호호호, 참으로 편리한 생각이군. 하긴 혈마천의 종자들은 항상 그렇지. 오직 자신들의 입장만 고집해. 무령 그이가 죽은 것 역시 그런 이유 때문이고… 아무튼 난 세상의 모든 사람과 거래할 수 있어도 오직 혈마천주와만은 거래를 할 수 없다. 그러니 홀돈 그대는 그만 돌아가는 것이 좋을 것이다."

"음… 진서의 전부를 원하지는 않겠소. 단지 본 천에 관련된 부분만 내어준다면 조용히 물러가겠소."

"난 뭘 얻지?"

"목숨이오."

홀돈이 단호하게 말했다. 그러자 몽후 마옥이 갑자기 소름 끼치는 웃음을 터뜨렸다.

"호호호! 과연 혈마천이군. 그러나 과연 너희 중 내 목을 벨 사람이 있을까? 그런 능력이 있는 자라면 앞으로 나서라. 내 목을 베면 진서는 결국 그대들의 것이 될 테니까. 홀돈, 당신이 나설 것인가?"

마옥의 물음에 노인 홀돈이 곤란한 표정을 짓다가 대답했다.

"내가 나서야 한다면 그러겠소."

그러자 갑자기 그의 뒤에서 한 명의 노인이 앞으로 나서며 말했다.

"일천께서는 그 일을 제게 맡기시지요. 일천께선 아무래도 죽은 무령과 친분이 두터우셨으니 그의 정인을 베기 힘들 것입니다. 그러니… 이 일은 제가 맡지요."

노인이 나서자 홀돈이 대답을 하기도 전에 마옥이 입을 열었다.

"네놈은 바로 아술이로구나."

"맞소. 날 기억하는군."

"어떻게 널 잊겠는가? 네놈이야말로 가충의 명을 쫓아 그이를 공격한 자인 것을……!"

"맞소. 그러나 난 개인적으로 무령과 아무런 원한이 없었소. 단지 천주의 명을 따랐을 뿐. 그건 지금도 마찬가지요. 그대에겐 아무런 원한이 없지만 천주의 명이 비왕진서를 득하는 것이니 어쩔 수 없이 그댈 상대해야겠소."

"좋아. 다른 사람은 몰라도 네놈은 내가 상대해 주마!"

"아주 잘 생각하셨소. 적어도 내 손에 죽는다면 고통은 없을 거요!"

한순간 아술이라 불린 노인이 혈마천 고수들이 서 있는 바위를 박차고 오르더니 순식간에 오 장여를 날아 몽후 마옥이 서 있는 바위로 올라섰다. 순간 마옥이 잠시 놀란 표정을 짓다가 한순간 몸을 흔들었다. 그러자 그녀의 몸이 그림자만 남기고 그 자리에서 사라졌다.

"명불허전! 그 옛날 무령은 항상 그대의 경공을 칭찬했지. 그러나……."

아술이라 불린 자가 슬쩍 뒤로 튕겨 나오는가 싶더니 이내 옆에 있는 높다란 바위를 타고 올랐다.

"죽어랏!"

한순간 바위 위에서 몽후 마옥의 목소리가 들리더니 이내 한 자루 검이 바위를 타고 오르는 아술의 정수리로 떨어져 내렸다.

"이 정도에 죽을 내가 아니오!"

아술이 바위에 붙은 채로 발모양을 기이하게 만들며 허리 위까지 발을 올렸다. 순간 그의 몸이 마치 거미처럼 바위를 횡으로 이동하더니 한순간에 허공으로 떠오르며 몽후 마옥의 머리 위로 솟구쳤다.

"흥!"

순간 마옥이 마치 날아오르는 새를 낚아채듯 한 손으로 아술의 발목을 잡았다.

턱!

"엇!"

아술의 입에서 당혹한 목소리가 흘러나왔다. 그러면서도 아술이 번개처럼 신형을 뒤집어 자신의 발목을 잡고 있는 마옥을 향해 일장을 내려쳤다.

펑!

아술의 손에서 만들어진 강력한 장력이 마옥의 머리를 때렸다. 그런데 그 순간 기이한 일이 일어났다. 마옥이 아술의 장력을 향해 묘하게 생긴 모양의 검을 흔들자 아술의 장력이 거짓말처럼 허공에서 흩어지는 것이었다. 그리고 흩어진 장력을 뚫고 마옥의 검이 그대로 아술을 찔렀다.

"악!"

아술이 미처 마옥의 검을 피하지 못하고 가슴에 검을 맞고는 비명을 질렀다. 그리고 실 끊어진 연처럼 흔들리며 바위 위에서 상체가 뒤로 젖혀졌다. 그러자 마옥은 잡고 있던 아술의 발목을 놓아버렸다.

쿵!

마옥의 손을 떠난 아술이 그대로 땅에 나뒹굴었다. 바위의 높이가 제법 높았으므로 아술이 받은 충격은 적지 않았다. 더군다나 가슴에 마옥의 검을 맞아 공력을 제대로 쓸 수도 없는 상황이었다.

"삼천주!"

아술이 땅에 떨어지는 동시에 노인 홀돈이 바람처럼 신형을 날렸다. 그리고는 땅을 나뒹구는 아술을 안아 들고는 재빨리 혈마천의 고수들이 있는 곳으로 돌아갔다.

"정신 차리시오, 삼천주!"

홀돈이 재빨리 아술을 바위에 눕히고 그의 상처를 살폈다. 그러나 아술은 마옥에게 당한 검상과 바위에서 떨어진 충격으로 인해 이미 그 목숨이 다해가고 있었다. 그런 와중에도 아술이 마지막 힘을 내어 홀돈에게 말했다.

"조, 조심하시오. 악녀가 내 무공의 약점을 이미……."

아술이 말을 하다 말고 그대로 고개를 떨궜다. 암중에 천하의 지배자를 자처해 온 혈마천의 삼천주치고는 너무 허망한 죽음이었다.

장내가 깊은 침묵에 빠졌다. 사람들이 새삼스레 공포에 빠졌다. 그건 누군가에 대한 공포가 아니라 비왕진서에 대한 공포였다. 무림에 알려진 대로라면 아술은 몽후 마옥에게 이렇게 쉽게 죽을 사람이 아니었다.

혈마천의 삼천주는 혈막 내에서도 최고의 위치에 있는 고수다. 그런데 그런 그가 손 한 번 써보지 못하고 마옥에게 죽임을 당했다. 장내의 사람은 모두 이 죽음이 마옥의 무공에 의한 것이라고 생각지 않았다. 마옥의 손으로 이뤄진 일이지만 결국 그 힘은 비왕진서에서 나왔다고 생각하고들 있었다.

그래서 아술이 죽은 이후 사람들 사이에는 비왕진서에 대한 두려움과 탐욕이 더욱 강렬하게 일어나기 시작했다.

"정말 독한 손속이구려."

아술의 시신을 내려놓고 홀돈이 마옥을 노려보며 말했다. 그러자 마옥이 대답했다.

"무령의 죽음만 하겠는가?"

"음… 비왕진서를 모두 살펴보았소?"

"호호호, 궁금하면 그대가 나서보든지."

마옥이 한줄기 비웃음을 흘리며 말했다. 그러자 홀돈이 차가운 얼굴로 경고했다.

"몽후……! 비왕진서를 너무 믿지 마시오. 진서가 만들어진 것은 이미 이백여 년 전의 일이오. 그사이 혈막 고수들의 무공은 변화를 거듭했고, 외부의 고수들 역시 혈막으로 수없이 많이 유입되었소. 진서를 들고 있다고 해서 그대 홀로 혈막을 상대할 수는 없소."

"누가 혈막을 상대하겠다고 했는가? 난 혈마천을 상대할 뿐이야. 그리고… 무공이 변하고 외부의 고수들이 들어왔다고 해도 결국 혈마천의 수뇌들… 천주 가충을 비롯해 혈막구천의 천주들은 과거 혈마천을 세운 자들의 후손이지. 그러니 그들의 무공은 비왕진서의 파훼법에서 벗어나지 못해. 바로 지금 그것이 증명되지 않았는가? 그러니 그대들은 조용히 물러가라. 날 건드리지만 않는다면 그대들까지 피를 볼 일은 없을 거야. 내가 원하는 것은 혈마천주 가충과 무령의 죽음에 관여한 그의 심복들의 목숨이니까."

마옥의 경고에 홀돈이 그녀를 노려볼 뿐 함부로 도발하지는 못했다. 그러자 그 상황을 지켜보고 있던 천산일마 모마경이 기회를 잡았다는 듯이 입을 열었다.

"과연 몽후의 담력은 대단하시구려. 아마도 천하의 무림인 중 혈막오류의 고수들을 앞에 두고 이렇게 당당할 수 있는 사람은 몽후 말고는 없을 것이오."

"나 마옥이 대단한 것이 아니라 비왕진서가 대단한 것이지요."

마옥이 차가운 웃음을 흘리며 말했다. 그러자 모마경이 고개를 끄떡인다.

"뭐, 그 말도 틀린 말은 아니오. 솔직히 말해 우리가 두려워하는 것은 비왕진서니까. 그러나 비왕진서를 가지고 있다고 해서 모든 사람이 그대처럼 대범하지는 않소. 이는 오직 몽후의 타고난 담력 때문이라고 할 수 있소."

"천산 일마의 칭찬을 받으니 기분이 나쁘지는 않군요. 그런데… 천마성은 왜 아직 돌아가지 않은 거죠? 나와의 거래는 포기한 것으로 알고 있는데……."

그러자 모마경이 얼른 입을 열었다.

"물론 몽후께서 흥정은 하지 않겠다고 하셨지만 그래도 우리는 여전히 비왕진서와 몽후에게 관심이 있소. 더군다나 그대는 팔마의 사저이시니 어찌 이곳에 홀로 남겨두고 물러날 수 있겠소."

"호호호, 천산일마께서 이렇게 정이 깊은 분인 줄 몰랐군요."

"세상은 나에 대해 잘 모른다오."

모마경이 대답했다. 당연한 말이다. 그가 강호에 모습을 드러낸 것은 극히 드문 일이니 말이다. 그러나 모마경이 한 말은 몽후의 칭찬에 대한 대답이 아니었다. 그건 협박이었다. 자신이 몽후 마옥을 어찌 상대할지 감히 예상치 말라는 의미였던 것이다.

그 협박을 마옥이 못 알아들을 리 없다. 마옥의 표정이 싸늘해졌다.

"역시 천마성과는 거래를 할 수 없겠군요. 나 마옥이 협박을 두려워할 사람으로 보였나요?"

"물론 그렇지는 않소. 그러나… 천마성의 도움이 없다면 도대체 그대는 어떻게 이곳을 빠져나갈 생각이오?"

모마경이 주위를 둘러보며 물었다. 어느새 천마성과 혈마천 외에도 정체를 숨긴 고수들이 주변 숲에 어른거리고 있었다. 몽후 마옥이 천마성과 혈마천의 고수들을 따돌린다 하더라도 비왕진서를 들고 이곳을 벗어나는 일은 결코 쉽지 않아 보였다.

그런데 몽후 마옥이 갑자기 한줄기 차가운 웃음을 흘리더니 사람들이 전혀 예상치 못한 방식으로 모마경의 협박을 상대했다.

몽후 마옥이 품속에서 다섯 권의 서책을 꺼내 들었다. 그런데 그 서책이란 것이 너무 얇아서 어찌 보면 얇은 양피지를 모아 쥔 것 같았다.

"이게 뭔지 아시겠나요?"

마옥이 모마경을 보며 물었다. 그러자 모마경이 서늘한 표정으로 대답했다.

"비왕진서요?"

"그래요."

"그런데 비왕진서가 여러 권이라는 말은 듣지 못했는데……."

"호호호, 내가 비왕진서를 여섯 개로 분리했지요. 각각 혈막오류의 무공에 대한 파훼법을 담은 다섯 권과 천하를 얻을 수 있는 책략이 담긴 다른 한 권이지요."

"왜 비왕진서를 찢어놓은 것이오?"

"바로 제가 살기 위해서죠."

"나는 천산에만 머물던 늙은이라 몽후의 말을 통 알아들을 수가 없구려."

"이미 짐작을 하셨을 텐데요? 만약 오류 중 누구라도 내게 위해를 가하는 곳이 있다면 그곳의 진서를 다른 곳에 던져주겠어요. 그러니 오류의 각 파는 함부로 날 도발하지 않는 게 좋을 거예요."

"음……!"

모마경은 물론 혈마천의 일천주 홀돈도 나직한 침음성을 흘린다. 과연 몽후 마옥의 계책은 큰 효과가 있었다. 비왕진서를 하나가 아닌 여섯 개로 만든 몽후 마옥의 계책은 장내의 혈막오류 고수들에게 큰 혼돈을 일으켰다. 다른 세력의 무공 파훼법을 취하는 것도 중요하지만 자파의 파훼법이 다른 곳에 넘어가지 않는 것이 더 중요했다. 그러니 어느 세력도 함부로 몽후 마옥을 공격할 수 없었다.

비왕진서를 여섯 개로 나눈 사실을 알림으로써 한순간에 장내의 주도권을 틀어쥔 몽후 마옥이 주변을 돌아보며 말했다.

"모두 들으세요. 심중으로 모두 마음을 굳혔을 테지만 제게 있는 비왕진서는 진본이에요. 혈막오류의 무공 파훼법이 들어 있고, 또한 비왕이 남긴 천하공략의 비책이 들어 있지요. 이 진서를 얻는 사람은 십 년 안에 천하를 손에 넣을 수 있을 거예요. 그러나, 난 이 천하의 권세 따위에는 관심이 없어요. 내가 관심 있는 것은 오직 하나, 혈마천주 가충의 목이에요. 그의 목을 가져오는 사람이 있다면 진서를 드리죠."

몽후 마옥이 진서를 내놓을 조건을 모두에게 말하고는 주위를 스윽 둘러봤다. 그러나 누구도 그녀의 말에 가타부타 대답하는 사람이 없었다. 진서에 대한 욕심이야 누구에게라도 있는 것이지만 그렇다고 혈마천주 가충의 목을 가져오겠다고 호언할 사람은 장내에 누구도 없었다.

혈마천주가 누군가. 당대 혈막의 막주 자리를 겸하고 있는 자가 바로 가충이다. 비왕진서가 탐이 난다고 해도 감히 드러내 놓고 그의 목을 취하겠노라고 말할 수 있는 사람은 아마도 없을 것이다. 물론 이런 반응은 몽후 마옥 역시 예상한 것이리라. 그래서인지 마옥은 싸늘한 장내의 반응에도 전혀 당황치 않는 모습이다.

"물론 혈마천주의 목을 가져오는 일이 쉬운 일은 아니지요. 그러나 그렇다고 불가능한 일 또한 아닐 거예요. 그의 무공이 절대의 경지에 이르렀다고는 하나 그에게도 약점이 없는 것은 아니에요."

"설마 혈마천주의 무공에 대한 부분을 내놓겠다는 말이오?"

천산일마 모마경이 탐욕스런 눈으로 물었다. 오늘날 혈막 내에서 천마성을 상대할 수 있는 곳은 혈마천이 유일하다. 아니, 오히려 혈마천의 세력은 천마성을 능가한다. 새로운 시대를 꿈꾸는 천마성에게 혈마천은 어떻게든 넘어야 할 산이다.

혈마천의 천주 가충의 무공은 전설의 신경인 혈사신경에 기반을 두고 있다. 혈마천의 천주들이 대대로 수련한 혈사신경은 그동안 강호에서 그 적수를 찾을 수 없었던 무공이다. 그런데 그 혈사신경에 대한 파훼법이 세상에 드러난다면 가충과 혈마천의 몰락은 한순간에 일어날 수도 있는 일이었다.

그런데 몽후 마옥은 모마경의 질문에 대답을 하는 대신 혈마천의 일천주 홀돈을 보며 경고하듯 말했다.

"닷새 뒤 혈마천주 가충은 물론 천의 주요 고수들의 무공 파훼법을 강호에 풀 거예요. 만약 이 일을 막고 싶다면 가충을 내 앞에 데려오세요. 가충이 이 근처에 와 있는 것을 알고 있어요. 그러니 결단의 시간은 충분하겠죠. 가충을 데려오면 혈마천의 다른 사람들은 안전할 거예요. 오직 희생되는 것은 가충 하나, 그대들은 선택이 기대되네요. 과연 가충을 택할지 아니면 혈마천의 존립을 택할지……."

"그게… 가능한 일이라고 보시오?"

홀돈이 불타는 노기를 담은 눈으로 마옥을 보며 물었다.

"가충을 데려오는 일이요? 아니면 제가 당신들 무공을 파훼법을 강호에 푸는 일이요? 어느 것이 불가능하다는 거죠?"

"둘 모두를 말아하는 것이오. 몽후 당신이 과연 닷새를 버틸 수 있겠소?"

홀돈의 물음에 마옥이 차가운 미소를 짓는다.

"글쎄요. 제가 과연 그 닷새를 버틸 수 있을지 없을지는 저도 궁금하네요. 아! 한 가지 사실을 더 말해둬야겠군요. 만약 닷새 뒤에 내가 살아 있지 않는다면 천하는 혈막오류의 무공을 속속들이 알게 될 거예요."

"그게 무슨 소리요?"

천산일마 모마경이 놀란 표정으로 물었다.

"설마 이런 일을 나 홀로 시작했을 거라 생각하는 것은 아니
겠지요? 급한 대로 어제 비왕진서의 사본을 하나 만들었어요.
그리고 지금쯤 여러 권의 사본이 만들어지고 있겠지요. 닷새
후에는 아마도 충분히 많은 양의 비왕진서가 탄생할 거예요.
그 진서의 사본들은 내가 죽는 순간 강호에 퍼질 거예요. 세상
의 권력에 욕심이 있는 자는 진서를 아끼겠지만 나와 같은 사
람이 진서를 아낄 이유가 없지요. 그러니… 혈막오류의 제 파
는 오히려 지금부터 날 보호해야 할 거예요."

몽후 마옥의 경고에 장내가 차갑게 식어갔다. 자칫하다가는
혈막오류가 공멸할 수도 있는 상황이었다. 그리고 그 해결책
은 단 두 가지 길뿐이다. 그녀의 요구대로 가충을 죽여 데려오
든지, 아니면 그녀와 그녀의 조력자들이 비왕진서를 세상에
뿌리기 전에 죽이든지. 그러나 그 어느 쪽도 거의 불가능한 일
이다.

"그럼 닷새 뒤에 보죠."

몽후 마옥이 혈막오류 고수들에게 당혹감을 안겨주고는 그
자리에서 사라졌다. 장내의 누구도 그녀를 쫓을 수 없었다. 물
론 그렇다고 그녀를 온전히 홀로 내버려 두는 것은 아니다. 아
마도 지금쯤 어둠속에서는 오류의 뛰어난 추적자들의 몽후 마
옥의 뒤를 따르고 있을 터였다. 그리고 그중에는 타유와 밀문

의 고수들도 포함되어 있었다.

"그가 왔는가?"

노인이 중년 사내에게 물었다. 그러자 사내가 고개를 숙이며 대답했다.

"그렇습니다."

"어디에 있는가?"

"몽후를 따르고 있습니다."

"음… 그가 비왕진서에 욕심을 내는 것 같던가?"

"아직은 모르겠습니다. 그러나 특별히 몽후를 만나려는 것 같지는 않았습니다."

"어쨌든 그를 만날 기회를 만들어보게."

"대인께서 직접 그를 만나실 필요야 있겠습니까?"

"모르는 소리. 그는 만만치가 않은 인물이야. 더군다나 내게 아주 중요한 사람이 될 수도 있어. 천살문주 홍암 따위와는 비교도 되지 않을 만큼. 참, 홍암 그의 행적은 여전히 찾지 못했나?"

노인이 살짝 아미를 모으며 물었다.

"필시 산서로 들어온 것은 확실한데 태원 인근에선 흔적이 없습니다."

"그는 반드시 이곳에 있다. 그에게 비왕진서는 이제 재기할 수 있는 단 하나의 패야. 그러니 이 기회에 그를 반드시 찾아야 해. 천살문주를 손에 넣을 수 있다면 그와의 이야기는 한결 수월해지겠지."

"최선을 다하겠습니다."

"좋아… 이번 일을 혼돈시만큼 중요하다. 혼돈시가 과실을 따는 일이라면 비왕진서의 일은 열매를 기르는 일이다. 그러니 천장들은 각별히 신경 쓰도록. 한 치의 실수가 있어서도 안 돼."

"명심하겠습니다."

노인의 주위에는 그와 대화를 주고받던 중년인만이 있는 것이 아니었다. 어둠속에서 낮고 음울한 목소리들이 조용히 노인의 명에 대답을 하고 있었다.

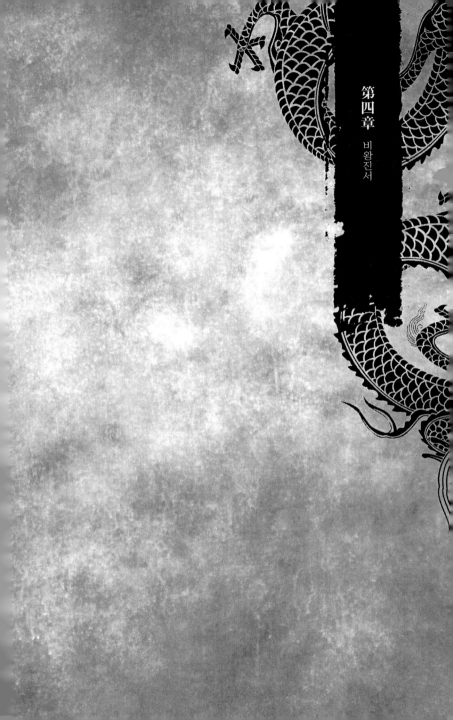

第四章 비왕진서

수선경

사실 타유에게 비왕진서는 크게 욕심나는 물건이 아니었다. 진서를 얻는다면 물론 혈막오류의 목숨 줄을 쥐는 것이지만 혈막을 이용해 천하를 장악할 마음이 있다면 모를까 그런 야망이 없는 타유로서는 오류의 다른 고수들에게 비해 진서에 대한 욕망이 그리 크지 않았다.

　그러나 단 하나의 이유로 타유도 비왕진서를 얻고 싶은 마음이 있었다. 그건 바로 천살문주 홍암 때문이었다. 홍암은 살막에서 축출된 후 자취를 감춘 지가 벌써 수개월째다. 밀문은 물론 상원의 정보력을 모두 동원하고도 그의 흔적을 강호 어디서도 찾을 수 없었다.

　사실 마음먹고 숨은 홍암을 찾는 것은 불가능한 일일 수도 있었다. 홍암이 누군가. 과거 홍암이 지배하던 천살문은 가히 살수문의 제왕이라고 해도 과언이 아니었다. 숫자가 많은 것은 아니지만 천살문에 속한 살수는 하나같이 절대의 살법을 수련한 자들이었다. 그런 살수들의 우두머리 홍암이 몸을 숨기려 마음먹는다면 천하의 그 누구도 그를 찾아낼 수 없을 것이다.

그러니 홍암을 찾는 가장 빠른 방법은 홍암 스스로 모습을 드러내게 하는 것이었다. 그리고 그를 강호에 끌어내는 방법으로 비왕진서만 한 것이 없다.

세상에 대한 욕망이 남아 있는 한 홍암은 절대 비왕진서를 모른 척할 수 없다. 그는 혈막의 힘을 누구보다 잘 아는 사람이었다. 그래서 천살문을 폐문하고 흑룡문에 몸을 의탁하지 않았던가.

아무리 흑룡문이 대단하다고 해도 한 무리의 우두머리가 자신을 굽히고 타문의 일개 수하로 들어가는 것은 쉬운 일이 아니다. 홍암이 그런 결정을 내린 이유는 그가 혈막의 거대한 힘을 알았기 때문이었고, 그 힘으로 자신이 천하의 주인이 될 수 있다는 야망을 가졌기 때문이었다.

그러니 혈막에서 모든 기반을 잃은 홍암이 비왕진서를 외면할 리 없었다. 비왕진서만 얻는다면 그는 자신이 잃은 혈막에서의 힘을 한순간에 복구함은 물론 혈막오류의 수장들조차도 두려워하는 존재가 될 수 있었다.

'그러니 그는 오겠지. 아니, 어쩌면 이미 와 있는지도 몰라.

그보다 먼저 비왕진서를 손에 넣는다면 난 앉아서 그를 기다릴 수 있다. 물론… 진서가 진품이라면.'

타유는 사실 비왕진서의 진위 여부를 확신하지 못하고 있었다. 물론 진서의 쟁탈 과정에서 몇 개의 증거가 나와 진서가 진품임을 증명했지만 사실 그런 단편적인 증거들은 누군가가 만들어낼 수 있는 것이었다.

독곡의 흑목독 해약을 제조하는 비법이 누군가에 의해 우연히 흘러나왔을 수도 있고, 혈마천 삼천주 아술의 무공에 대한 파훼법 역시 진서가 아닌 다른 경로로 몽후 마옥의 손에 들어갔을 수도 있었다. 그러니 진서의 진위 여부는 진서 전체를 살펴보고 난 이후에나 확인할 수 있는 일이었다.

그러나 그야 어쨌든 일단은 몽후 마옥의 손에서 진서를 얻어내는 것이 먼저였다.

슉!

타유의 신형이 한순간 좌측으로 꺾였다. 그러자 폭 오 장여의 작은 개울이 모습을 드러냈다. 타유가 잠시 신형을 멈췄다. 그리고는 무심한 듯하면서도 세심하게 개울 주변을 살폈다. 그런 그의 모습을 이왕 여선과 오왕 탄미가 기이한 시선으로 바라보고 있었다.

사실 이곳까지 몽후 마옥의 흔적을 따라온 것은 모두 타유 덕분이었다. 타유는 모든 사람이 마옥의 흔적을 잃어버린 곳에서도 귀신처럼 그녀의 행로를 찾아냈다.

여선과 탄미는 포기하는 것이 나을 것이라 판단한 곳에서조차 타유를 따라 조금 더 이동하면 어김없이 마옥의 흔적이 다시 나타났다. 이제 타유가 과거 천살문의 살수였다는 사실은 밀문 내에서 비밀이랄 수 없는 일이지만, 그의 이 귀신같은 추적술은 여선과 탄미로 하여금 타유를 더욱 두렵게 만드는 것이었다.

"개울을 따라 올라갔소."

타유가 여선과 탄미를 보며 말했다.

"왜 그렇게 어려운 길을 간 걸까요?"

탄미가 고개를 갸웃하며 물었다. 그러자 타유가 대답했다.

"사람을 찾는 데 능숙한 자 대부분은 동물의 후각을 이용해 사람을 추격하는 방법을 자주 쓰오. 그런 추격을 피하려면 물가를 따라 이동하는 게 가장 좋은 방법이오."

"그렇군요."

탄미가 고개를 끄떡인다. 그러자 타유가 개울을 따라 북쪽으로 움직이기 시작했다. 그런 타유를 탄미와 여선이 따라붙었다.

개울을 따라 이동한 거리가 대략 십여 리가 되었을 때 문득 타유가 걸음을 멈췄다. 그리고는 고개를 들어 좌우로 높다랗게 펼쳐진 개울 양옆의 절벽을 살피다가 문득 오른쪽 절벽으로 다가갔다.

"그리로 움직였나요?"

탄미가 타유의 뒤로 다가서며 물었다. 그러자 타유가 대답을 않고 유심히 절벽을 살피다가 나직하게 중얼거렸다.

"무서운 자다."

"무슨 말인가요?"

타유의 중얼거림에 탄미가 의아한 표정으로 물었다. 몽후 마옥을 가리키는 말이라면 새삼스러운 일이다. 몽후 마옥의 명성이야 이미 널리 알려진 일이 아닌가.

"몽후를 말하는 것이오?"

이왕 여선 역시 궁금하기는 마찬가지인 모양이었다. 그가 다시 묻자 타유가 여선을 보며 말했다.

"몽후의 조력자는 무서운 자요."

뜬금없는 말이다. 물론 몽후 자신이 그녀에게 조력자가 있음을 말했지만 갑자기 절벽을 살피다가 그녀의 조력자를 거론하니 여선으로선 당황스럽지 않을 수 없었다.

"삼왕의 말을 이해하기 어렵구려."

여선의 말에 타유가 손으로 절벽 위쪽을 가리키며 말했다.

"절벽의 좌측면이 보이시오?"

"그렇소이다만……."

여선이 말꼬리를 흐렸다.

"환영이오."

"그게 무슨……?"

여선이 말도 되지 않는다는 듯 타유를 보며 되물었다. 그러자 타유가 손을 들어 해를 살폈다. 이미 해가 서쪽으로 지고 있어 절벽 아래쪽 개울은 어둠이 깃들고 있었다. 절벽 위쪽에도 길게 꼬리를 문 나무 그림자들이 절벽을 수놓듯 동쪽으로 기울어져 있었다. 잠시 그 그림자를 살핀 타유가 다시 손으로 절벽의 상층부 왼쪽을 가리켰다.

"보시오. 이상하지 않소?"

"뭐가 이상하다는 거요?"

여선이 여전히 알 수 없다는 표정으로 물었다.

"그림자의 모양을 보시오. 다른 곳과 다르지 않소?"

타유의 말에 그제야 여선과 탄미가 타유가 가리킨 곳의 그림자들이 뭔가 이상하다는 것을 깨달았다.

절벽에 드리워진 그림자들이 서쪽에서 동쪽으로 달리듯 길게 뻗어 있는 것과 달리 절벽 위쪽 왼쪽의 십여 장 정도 되는 공간의 그림자들은 마치 계단이라도 난 듯 굴곡지며 절벽 안쪽으로 파고들어 가고 있었다.

"기이한 일이군요. 어떻게 저런 일이… 절벽 안쪽이 비어 있지 않으면 어려운 일인데……."

탄미가 중얼거렸다. 그러자 타유가 말했다.

"절벽 안이 비어 있는 것이 맞소. 아니, 애초에 저곳은 절벽이 아닐 거요."

"그럼 뭐란 말이죠?"

"진이오."

"진이라고요?"

탄미가 놀란 듯 되물었다.

"그렇소. 환영진을 펼쳐 절벽이 이어진 것처럼 보이게 한 것이오. 아마도 그 안쪽에 사람이 있을 거요. 강호의 현자 중 이런 진을 펼칠 수 있는 자는 찾아보면 아주 없지야 않겠지만 그래도 절벽에 저렇게 진을 펼칠 수 있는 자가 있을 줄은 몰랐소. 만약 석양이 지는 시간이 아니었다면 나도 발견하지 못했을 것이오. 그림자의 길이가 짧으면 아무도 눈치채지 못할 절진이오."

"음… 저곳에 그녀가 있다고 생각하시오?"

여선이 타유에게 물었다. 그러자 타유가 고개를 끄떡였다.

"흔적이 그리로 이어지고 있소."

"도대체 무슨 흔적을 보는 건가요?"

줄곧 타유를 따라오면서도 탄미는 귀신같이 마옥의 자취를 찾아내는 타유의 추적술에 대한 의문을 이제야 입에 올렸다. 무공이야 흑룡문과의 싸움에서 이미 널리 드러난 것이지만 살수 출신이라 해도 마옥을 쫓는 타유의 추적술은 놀라운 것이었다.

"그저 본능이오."

타유는 청풍이 아닌 다른 사람에게 그가 겪었던 마곡에서의 그 처참한 살수 수련에 대해, 그가 행했던 그 격렬했던 살수행에 대해 이야기 하고 싶지 않았다. 아니, 이야기할 이유가 없었다. 여선도 탄미도 결국에는 자신의 적으로 돌아설 사람들이었다. 그런 그들과 한 올의 인연도 더 깊게 만들고 싶은 생각이 없는 타유였다.

차가운 타유의 반응에 탄미가 머쓱한 표정을 지었다. 밀문오왕 중에서도 탄미는 가장 성정이 도도한 편이라 밀황에게조차도 자신의 의사를 거리낌 없이 밝혔다. 그런데 그런 그녀조차도 최근 들어서는 타유의 이 차갑고 냉정한 기운에 당황할 때가 있었다. 물론 모두가 그 이유를 잘 알고 있었다. 그의 아들이 죽은 후 흑룡문과의 싸움을 통해 드러난 타유의 살기와 마성, 그 기운은 마인들이 득실대는 밀문에서도 쉽게 볼 수 없는 것이었다.

"바로 올라가겠소?"

여선이 타유에게 물었다. 그러자 타유가 잠시 환영진이 펼쳐진 절벽 위를 바라보다가 고개를 저었다.

"정면에서 올라가면 필시 기습을 당할 것이오."

"그럼 어떻게 하면 좋겠소?"

여선이 물었다. 마치 일행의 우두머리가 타유가 된 듯한 모습이다.

"이왕의 생각은 어떻소?"

타유가 되물었다. 그러자 여선이 퍼뜩 정신을 차렸다. 이 무리의 우두머리는 타유가 아니라 사실 여선 자신이다. 밀문 오왕은 명확히 서열이 정해진 것은 아니지만 그래도 강호의 행사에는 각 왕의 순서에 따라 체계를 정하기 때문이었다.

"음… 절벽 뒤쪽으로 돌아가면 좋겠소만……."

"같은 생각이오."

타유가 고개를 끄떡였다.

"그럼 좌측 봉우리를 넘읍시다."

여선이 말을 하고는 이젠 자신이 앞으로 나섰다.

"어찌할까요?"

몽후 마옥이 노인에게 물었다. 그러자 노인이 작은 모닥불에 손을 쬐다가 입을 열었다.

"그를 만나야겠네."

"그럼 데려올까요?"

"한 번 더 그의 실력이 보고 싶긴 하군."

노인이 말에 몽후 마옥이 고개를 숙여 보인다.

"알겠습니다. 그를 상대하지요."

"아니, 몽후가 나설 일은 아니네. 자네는 중요한 사람이야. 몸을 상하면 안 돼."

노인의 말에 마옥의 표정이 살짝 변한다.

"제가 그에게 미치지 못한다고 생각하시는 건가요?"

"물론 아닐 수도 있지. 그러나 난 항상 만에 하나를 생각하는 사람이네. 혹여라도 그의 검에 자네의 몸이 상하게 되면 나로선 여간 곤란한 게 아니거든. 물론 자네 역시 마찬가지지. 자넨… 가층의 얼굴을 봐야지 않나?"

"그렇군요. 대인의 말씀에 따르겠습니다."

"좋아. 막아와 망출, 망적은 나서라."

"명을 받습니다."

노인의 부름에 세 명의 중년인이 앞으로 나섰다. 모두가 움직임이 비상해 절정의 무공을 지닌 자들이 분명해 보였다.

"가서 그를 데려오라. 막아가 직접 그를 상대하고 망출과 망적은 다른 사람들의 출입을 막아라. 난 그만을 만나길 원한다."

"베어도 되옵니까?"

세 명의 중년인 중 쌍둥이처럼 생긴 두 명이 중년인이 있었는데, 아마도 망출과 망적이라는 이름을 쓰는 자들인 듯 보였다. 그중 한 명이 노인에게 물었다.

"능력이 있다면 그도 좋겠지. 그러나 상대는 밀문 오왕들이다. 무리할 것 없어. 셋을 흩어놓아 그가 날 만나는 것을 다른 자들이 눈치채지 못하게만 하면 돼."

"알겠습니다."

"막아!"

"하명하십시오."

"그를 상대함에 있어서 각별히 조심하라. 그는 살수였던 자야. 그대와는 상성이 좋지 않아."

"그를 두려워하지 않습니다."

"물론, 자네는 나조차도 두려워않지."

"그런 말이 아니오라……."

"됐어. 내 말은 자네나 그나 내게는 모두 필요한 사람이란 거지. 그러니… 물론 생각보다 약해 수월하게 죽일 수 있다면 죽여도 상관없네. 나약한 자가 필요한 것은 아니니까. 그러나 싸움이 극에 이르러 서로의 원기가 상하는 일은 피하게. 양패구상처럼 멍청한 싸움은 없는 거야."

"명심하겠습니다."

"좋아. 일단 싸워보고 승부가 어렵다고 생각되면 내 말을 전하게. 내가 그를 만나고 싶어 한다고. 그가 동의하면 변진(變陣)을 하고 물러나게. 음… 그가 날 만나는 것을 달가워하지 않으면 이유를 만들어주게. 미끼는 역시 흑룡문주가 좋겠군. 다시 한 번 명심들하게. 양패구상을 할 싸움이 아니야. 조심들하게. 나가보게."

노인의 말에 삼인의 중년인들이 그 자리서 자취를 감췄다. 그러나 몽후 마옥이 노인에게 물었다.

"제가 알고 있기로 대인을 따르는 팔방천장은 모두 혈막오류의 수장들에 육박하는 무공을 지니고 있다고 들었습니다."

"그들과 비교하는 것은 무리지."

노인이 고개를 저었다.

"그런가요?"

"셋이 모이면 하나는 상대해 낼 수 있겠지."

"그런 그들보다 그가 강하다고 보십니까?"

"음… 모후의 말인즉 팔방천장같은 고수들이 있는데 왜 굳이 이런 수고로운 일을 벌여 그를 끌어들이려 하느냐는 말이지?"

"그렇습니다."

몽후 마옥이 고개를 끄떡였다. 그러자 노인이 잠시 침묵을 지키다가 입을 열었다.

"그는… 아주 재미있는 자야. 그의 실력도 실력이지만 그의 운명이 날 흥분시켜."

"무슨 말씀이신지……?"

"내가 그를 언제부터 알고 있었는지 아시는가?"

"그가 밀문 삼왕이 된 이후에 아시게 된 것이 아닌가요?"

마옥의 질문에 노인이 고개를 저었다.

"아니야. 물론 본격적으로 그를 주목한 것은 그때부터지. 그러나 사실 그를 처음 본 것은 아주 오래전이라네. 벌써 이십 년도 훨씬 더 되었을 때지."

"아, 그렇게 오래전에……."

마옥이 조금 놀란 표정을 짓는다. 그러자 노인이 눈을 가늘게 뜨며 말했다.

"아주 오래전 내가 처음 천살문주 홍암과 인연을 맺을 때, 그때 그를 보았었네. 물론 천살문의 일개 살수를 기억할 정도로 내가 그들에게 관심이 큰 것은 아니었어. 그러나 그만은 달랐지."

"그때도 특별한 사람이었나요?"

"특별하다라… 생각해 보면 그랬던 것 같군. 그러나 내가 그를 기억하는 이유는 그게 아닐세."

"하면……?"

"그가 바로… 그분을 암습한 사람이기 때문이지. 물론 그 또한 나의 계획에 의한 것이기는 했지만……."

"그분이라면……?"

마옥이 의아한 표정으로 물었다. 그녀가 알기로 노인에게 그분이라는 존칭으로 불릴 사람은 천하에 없다. 노인은 스스로 천상천하유아독존의 존재로 자부하는 사람이다. 그런 그에게 그분이라는 존칭을 받는 자가 대체 누구란 말인가. 그러자 노인이 눈을 가늘게 뜨며 말했다.

"천하제일인, 아니, 고금제일인이라고 해야 할지도 모르지. 그러나 또한 한편으로는 매정한 아버지이며, 무기력한 능력자이기도 한 사람이지. 천하에서 나 왕함보를 두렵게 하는 유일한 사람……."

선승 묵철의 아들이며 신인 도명의 마지막 유진 묵공을 수련한 자. 혈막오류의 총사로서 세상의 주인을 꿈꾸는 자, 왕함보가 선승 묵철을 떠올리며 눈을 감았다. 몽후 마옥은 깨달았다. 더 이상 그에게 질문을 할 수 없음을.

눈앞에서 아지랑이가 일렁인다. 명백한 환영진의 흔적이다. 그런데도 그 안쪽의 광경이 너무 생생해서 진이라고 생각하기가 쉽지 않다. 타유를 비롯해 여선이나 탄미는 모두 밀문 최고의 고수임에도 대처가 쉽지 않다.

"이제 어떡하죠?"

진을 앞에 두고 일행은 전진도 혹은 후퇴도 할 수 없는 상황에 처했다. 전진을 하자니 진 안의 사정을 제대로 알 수 없어 극히 위험한 일이었고, 후퇴를 하자니 이곳까지 와서 몽후 마옥을 포기할 수도 없는 일이었다.

"진을 깨뜨리는 것밖에는 방법이 없소."

"진을 깬다고요?"

타유의 말에 탄미가 놀란 표정으로 타유를 바라봤다. 그러자 타유가 다시 말했다.

"이대로 진 안으로 들어갔다가는 필시 죽음을 면치 못할 거요. 이 진은… 보통 진이 아니오. 더군다나 몽후 한 사람이 펼칠 수 있는 진도 아니고……. 이미 오래전에 준비를 한 진이고 그녀를 돕는 자들이 있다면 진 안에서 기습을 할 거요. 그럼 버티기 쉽지 않소. 더군다나 수십 장 절벽 위니……."

타유의 말이 틀리지 않다는 것을 여선도 탄미도 알고 있었다. 위태로운 절벽 위에 펼쳐진 진이다. 그 안에서 기습을 받게 된다면 십중팔구는 절벽 아래로 떨어질 수밖에 없었다.

"어떻게 진을 깨죠?"

다시 탄미가 물었다. 그녀 스스로는 깨닫지 못하고 있지만 사실은 무척 기이한 일이었다. 그녀는 사실 타유보다도 나이가 많았다. 더군다나 밀문 오왕이 된 지도 십여 년이 훌쩍 넘은 그녀였으므로 노련하기로는 타유를 능가할 지도 몰랐다. 그런 그녀가 하나하나의 행보를 타유에게 묻고 있었으니 곰곰이 생각해 보면 누구라고 이상하게 생각할 일이었다.

그러나 또한 이상하게도 장내의 사람들은 탄미의 그런 행동을 무척 자연스럽게 받아들였다. 여선조차도 탄미의 행동을 의아해하기보다는 타유의 대답을 기다릴 뿐이었다.

"진이란 것은 결국 주변의 사물을 이용해 펼치오. 그러니 진을 이룬 그 물건들에 변화를 주게 되면 진도 틈을 보이게 마련이오."

"삼왕의 말이 맞소. 시간이 조금 걸릴지 모르겠지만 그게 가장 확실한 방법이지."

노련한 여선도 타유의 말에 동의한다. 그러자 타유가 망설이지 않고 검을 빼 들었다. 그러고는 아지랑이가 아른거리는 정면의 진을 향해 일검을 내리 그었다.

웅!

한순간에 단천마검에 검기가 생겨나더니 그 검기가 아지랑이를 뚫고 진 안으로 파고들었다. 그러자 그 순간 검기의 모습이 진세에 휘말려 사람들의 시선에서 사라졌다.

쿠앙!

검기가 무엇을 건드렸는지 강력한 충돌음이 일어났다. 그러자 아지랑이의 한 부분이 연기처럼 사라졌다. 그리고 그 넘어 두 동강이 난 커다란 바위가 보였다. 타유의 검기가 진 안의 커다란 바위를 반으로 가른 것이다.

그 강력한 검기의 위력에 여선과 탄미가 다시금 어두운 안색을 한다. 밀황의 명대로라면 결국 일이 끝나면 그들이 베어야 할 타유다. 그런데 두 사람의 눈에 계속 드러나는 타유의 무공은 하루가 다르게 예상을 벗어나고 있었다.

그러나 두 사람의 놀람이야 어쨌든 타유가 다시 검을 휘둘렀다.

웅!

이번에는 타유의 검을 벗어난 검기가 횡으로 움직였다. 그러자 부서진 바위 곁에 있던 어른 허벅지만 한 굵기의 나무 두 그루가 한순간에 잘려 넘어졌다.

쿠쿠쿵!

눈에 들어오는 시야가 십여 장으로 넓어졌다. 가파른 절벽
이 사라진 곳에 잔목이 우거진 숲이 나타났다. 타유의 예상대
로 절벽의 좌측 상층부는 진에 의해 만들어진 환영이었다.

"들어갑시다."

타유가 단천마검을 들고 무심하게 말한다. 안에 어떤 적이
기다리고 있을지 모르는 상황에서 타유의 행동은 지나치게 여
유 있다. 그 여유를 여선이 용납하지 않는다.

"잠시 기다립시다."

"......?"

타유가 여선을 바라봤다.

"안에 있는 자들이 어찌 나올지 그 반응을 보고 행동하는 것
이 좋겠소."

여선의 말에 타유가 별말이 없이 검을 검집에 꽂았다. 그러
자 여선이 고개를 돌려 밀문의 고수들을 보며 말했다.

"주변의 경계를 철저히 하라. 그리고 전서를 보내 뒤에 남아
있는 형제들을 이 근처로 이동시키라!"

"옛, 이왕!"

이전의 고수 한 명이 고개를 숙여 보이고는 빠르게 숲으로
사라졌다. 그러는 사이 깨진 진 안쪽에서 인기척이 느껴졌다.

"누가 나오는군요."

탄미가 긴장과 호기심이 섞인 표정으로 진 안쪽을 바라봤

다. 그러자 세 명의 중년 사내가 모습을 드러냈다. 앞서 왕함보의 명을 받은 자들이었다.

셋 중 둘은 쌍둥이처럼 닮아 있었고, 다른 하나는 칠흑처럼 어두운 자였다.

'위험한 자군.'

타유는 칠흑처럼 어두운 기색을 한 자가 자신과 같은 부류임을 본능적으로 알아챘다. 살수일지는 몰라도 적어도 살법을 수련한 자다. 동공에 살기가 도는 것으로 보아선 손에 묻힌 피도 적지 않은 것 같았다. 더군다나 그 기운이 무거우면서도 모호해 그 실체를 파악하기 어려우니 최고의 살수에 근접한 자라고 할 수 있었다.

"밀문 오왕의 능력이 혈막 내에서도 손에 꼽을 만하다더니 과연 그러하구려. 이곳까지 찾아왔으니 말이오."

진 안쪽에서 모습을 드러낸 자 중 쌍둥이처럼 닮아 있는 둘 중 하나가 입을 열었다.

"그대들은 누구인가? 몽후 마옥은 어디에 있는가?"

여선이 앞으로 나서며 물었다.

"몽후는 무슨 일로 찾소?"

사내가 물었다.

"몰라서 묻는 것은 아니겠지?"

"설마 그대들도 비왕진서를 원하는 것이오?"

쓸데없는 질문이다. 태원으로 몰려온 고수 중 비왕진서를 욕심내지 않는 사람이 있을 수 없다.

"몽후가 안에 있느냐?"

여선이 겁박하듯 물었다. 혈막의 고수라면 모를까, 그 외의 고수들은 눈에 차지 않은 여선이다.

"물론 진 안에서 쉬고 있소. 그러나 그녀를 만나려면 스스로 그 자격이 있는지를 증명해야 하오."

"무엇으로 증명하면 되겠는가?"

"혈마천의 천주 가충의 목을 가져오든지, 아니면… 날 꺾든지!"

사내가 한순간 강렬한 안광을 토해냈다. 순간 여선은 자신도 모르게 한 걸음 뒤로 물러났다. 그만큼 사내의 안광은 공격적이었다.

"너희는 누구냐?"

새삼스레 여선이 사내의 정체를 물었다.

"그것 역시 자격을 증명해야 들을 수 있소."

사내가 다시 심드렁하게 대답했다. 그러자 여선이 자신도 모르게 타유를 바라봤다. 이들과 일전을 벌일 것인지 아니면 다른 수단을 택할 것인지를 묻는 것이었다.

"싸우자면 싸울밖에! 그러나 싸움의 끝은 곧 죽음일 수도 있소."

타유가 건조한 목소리로 말했다. 그러자 사내가 타유를 잠시 바라보다 말했다.

"검을 든 자가 어찌 죽음을 두려워하겠소."

"그럼 시간 끌 일이 아니군."

타유가 성큼성큼 앞으로 걸어 들어가기 시작했다. 그러자 삼인 중 짙은 살기를 풍기는 자가 불쑥 앞으로 나와 타유를 막아섰다.

"그대는 내 몫이오."

사내가 말했다. 그러자 타유가 고개를 끄떡였다. 그리고는 불문곡직하고 사내를 향해 검을 뻗어냈다.

촤악!

타유의 검에서 일어난 검기가 사내를 쪼갤 듯 뻗어나갔다. 사내의 눈빛이 한 차례 흔들렸다. 그러더니 한순간에 사내의 신형이 자취를 감췄다. 그러자 타유가 허공에서 신형을 비틀어 재빨리 검을 우측 어깨 위로 휘둘렀다.

창!

허공에서 날카로운 충돌음이 일어났다. 어느새 타유의 오른쪽에서 날아내리던 사내의 검과 타유의 검이 허공에서 충돌한 것이다. 타유가 재빨리 사내의 검에서 검을 떼어내는가 싶더니 순식간에 세 번이나 검을 휘둘렀다.

촤아악!

타유의 검에서 생겨난 날카로운 검기가 사내의 머리와 심장 그리고 두 다리를 노렸다.

"음!"

사내의 입에서 나직한 침음성이 흘러나왔다. 타유의 검이 사내가 예상했던 것 이상으로 위력적인 모양이었다. 사내의 신형이 재빨리 뒤로 물러났다. 그러자 그의 신형이 진 안쪽 잡목 숲 안으로 깊이 들어갔다. 타유가 망설이지 않고 사내를 쫓아 진 안으로 들어갔다.

"위험하오!"

여선이 타유가 진 안으로 깊이 진입하자 경고성을 발하며 타유의 뒤를 쫓으려는데 갑자기 쌍둥이 중 한 명이 그의 앞을 막았다.

"당신은 내 몫이오."

"놈!"

여선이 차가운 노기를 흘리며 사내를 향해 검을 휘둘렀다. 그러자 사내가 망설이지 않고 여선의 검을 받았다. 그사이 다른 쪽에서도 오왕 탄미와 쌍둥이 중 다른 한 명의 사내가 싸움을 시작하고 있었다. 그 와중에도 여선이 후방에 남은 밀문 고수들을 향해 소리쳤다.

"이곳으로부터 진을 부숴라. 이미 한 곳이 허물어졌으니 어렵지 않으리라."

여선의 명에 밀문의 고수들이 재빨리 진의 경계로 뛰어들어 도검을 휘두르기 시작했다.

휘잉!

한줄기 바람이 불어와 타유의 옷자락을 날린다. 백척간두, 아득한 절벽 위에서 사내와 타유가 검을 겨누고 있었다. 사내의 옷자락 곳곳이 잘려 나가 있었는데 얼핏 그 안쪽으로 혈선이 보이기도 했다. 사내의 얼굴은 창백하게 굳어져 있었고, 반면 타유의 눈은 무심했다.

"정말 놀라운 실력이군. 설마 이 정도일 줄은 생각도 못했는데……."

"몽후는 어디 있지?"

타유의 말투가 변했다. 사내와 싸움을 벌이는 와중에 흉성이 크게 일은 탓이다.

"당신을 만나고 싶어 하는 분이 계시오."

사내가 말했다.

"몽후?"

"그녀는 아니오."

"하면?"

"그녀를 세상에 내보낸 분이오."

순간 타유가 무겁게 중얼거렸다.

'역시… 비왕진서는 거짓인가?'

몽후의 뒤에 다른 자가 있다면 몽후가 가진 비왕진서는 가짜다. 만약 그게 진품이었다면 세상 그 누구도 다른 사람에게 비왕진서를 넘겨 강호로 나가게 하지는 않았을 것이다. 몽후야 혈마천주에 대한 개인적인 복수를 위해 비왕진서를 사용할 수 있지만 그런 목적이 아니라면 그 누구도 비왕진서를 세상에 드러내지 않을 것이다. 대신 스스로 진서의 비결을 취해 혈막을 얻고 그 힘으로 강호를 도모했을 것이다. 비왕진서는 그저 하나의 미끼로 쓰기에는 지나치게 귀중한 물건이니까.

"만나겠소?"

사내가 물었다.

"그가 날 만나길 원하는가?"

"그렇소."

"그를 만나면 내게 어떤 이득이 있는지 단 하나만 그 이득을 말해보라."

타유의 말에 사내가 대답했다.

"그분께서는 밀문 삼왕 앞에 흑룡문주를 데려올 수 있소."

순간 타유의 눈이 거의 감기듯 가늘어졌다. 무엇인가 깊숙한 곳을 찔린 듯한 느낌이다. 물론 타유가 흑룡문주에게 원한을 가지고 있다는 사실은 혈막에 인연을 둔 자라면 누구나 알고 있는 사실이다. 그러나 그 사실을 이렇게 결정적인 순간에 타유를 끌어들이는 미끼로 쓸 사람은 그리 많지 않다. 타유를 알고, 타유를 이용할 자신이 있는 사람만이 이 순간에 흑룡문주 홍암을 거론할 수 있을 것이다.

그래서 타유는 칼을 맞은 것보다 더 강력한 경계심을 일으켰다. 본능이 위험을 경고하고 있었다. 그러면서도 타유는 이상하게도 묘한 흥분을 일으켰다. 자신의 아주 내밀한, 깊은 곳을 찔린 듯하면서도 또한 자신 역시 뭔가 아주 중요한 곳에 도달했다는 느낌을 받은 것이다.

그렇다면 위험을 회피할 타유가 아니다. 흑룡문주 홍암보다도 이자들을 보낸 자, 몽후를 강호에 내보낸 자를 만나는 것이 더 중요하게 느껴질 정도였다.

"어려울 것 없지."

"다른 사람은 안 되오."

사내가 진 안으로 십여 장이나 밀고 들어온 밀문 고수들을 보며 말했다.

"그건 곤란하군."

밀문 일왕과 오왕은 타유의 명에 움직이는 사람이 아니다. 그들의 공세를 멈추게 하려면 그만한 이유가 필요하다. 그리고 그 이유는 타유가 아니라 몽후를 세상에 내놓은 자들이 만들어야 한다.

"음… 과연 오늘은 쉽지 않겠구려. 좋소. 어르께 말씀드려 진을 버리고 물러나겠소. 하나 부탁이 있다면 삼왕께서 그 노련한 추적술을 잠시 거둬주시길 바랄 뿐이오."

순간 타유가 다시 한 번 상대에 대한 경계심을 일으켰다.

'간자가 있어……'

이들이 생각보다 훨씬 대단한 자들일 수도 있다는 생각이 들었다. 몽후의 추격에서 밀문이 타유의 추적술에 크게 의지한 것을 이미 알고 있다면 밀문도 중에 이들의 눈과 귀가 되어주는 사람이 있다는 의미다.

"한 시진의 시간을 주겠소."

"좋소이다."

사내가 대답을 하고는 갑자기 손을 입에 대고 묘한 소리를 냈다. 그러자 밀문도들과 치열한 싸움을 하고 있던 자들이 일제히 진 안으로 물러나기 시작했다. 그러자 기이하게도 진 안쪽에서 한 무더기의 안개가 흘러나오더니 이내 사람들의 시야를 가려 버렸다.

"참으로 위험한 자들이오."

밀문 일왕 여선이 안개에 휩싸이는 절벽을 보며 말했다.

"맞아요. 이런 기이한 진법은 처음이에요. 진이 허물어졌다
고 생각했었는데……."

탄미가 맞장구를 쳤다. 밀문도들에 의해 무너진 진은 어느
새 안개로 가득 차 다시 사람들이 함부로 들어갈 수 없는 땅으
로 변해 있었다. 타유는 여선과 탄미의 말을 흘려들으며 안개
에 휩싸이는 진을 차가운 눈으로 응시하고 있었다. 그런 타유
가 이상했는지 문득 탄미가 물었다.

"추격할 수 없나요?"

탄미의 물음에 타유가 시선을 돌리지 않고 대답했다.

"시간이 필요하오."

"그렇군요."

한편으로는 안심하는 듯한 탄미의 목소리다. 타유의 능력에
도 한계가 있다는 것을 확인한 것에 대한 안도감이다.

"얼마면 되겠소?"

여선이 타유에게 물었다.

"변진을 이룬 상태이니 진을 파훼하고 안으로 들어가는 것
은 어렵소이다."

"하면 어찌 저들을 추격하오?"

"그들은 필시 다른 곳으로 이동할 것이오. 이곳에 진이 있다

는 것이 알려졌으니 다른 사람들에게 알려지는 것도 한순간일 거라 생각할 거요. 그러니 자리를 옮길 수밖에 없을 것이오. 우린 그 흔적을 찾으면 되오. 단지 문제는… 이곳의 지형의 험해서 그들의 흔적을 찾는 것이 쉽지 않다는 것이오. 더군다나 우리 중 그들의 흔적을 찾을 눈을 가지고 있는 사람도 많지 않으니…….”

타유의 말에 여선이과 탄미가 고개를 끄떡였다. 이곳까지 온 것도 타유의 추적술 덕이었다. 그러니 지금 다시 그들의 흔적을 찾는 것 역시 타유에게 의지할 수밖에 없었다. 물론 여선이나 탄미도 날카로운 눈을 가지고 있으나 몽후를 세상에 내보낸 자들의 움직임을 찾아내는 것은 그리 녹록한 일이 아니었다.

“어차피 해야 할 일, 시작합시다.”

여선이 입을 열었다.

“난 동쪽을 맡지요.”

탄미가 말했다.

“그럼 난 남쪽으로 가겠소.”

여선이 가파른 절벽 아래를 바라보며 말했다. 그러면 자연히 타유의 길은 북쪽이 된다. 서쪽으로는 밀문도들이 있었으니 더 이상 살필 필요가 없는 방향이다.

“흔적을 찾으면 바로 연락을 하기로 합시다. 너희는 이곳에서 기다려라. 적은 위험한 자들이니 경계를 철저히 해야 할 게다.”

"옛, 이왕!"

밀문도들이 이왕 여선의 명에 급히 대답했다. 그러자 여선이 고개를 한 번 끄떡이고는 먼저 신형을 날렸다. 그가 수직으로 서 있는 절벽을 마치 평지 달리듯 달려 내려갔다.

"역시 이왕이시군요. 천하에 그 신법을 따를 자가 없을 거예요."

탄미가 절벽을 달려 내려가는 이왕 여선의 신법에 새삼스레 감탄한다. 그러나 타유는 그런 탄미의 말에 대꾸를 하는 대신 훌쩍 몸을 날려 북쪽을 향해 움직였다. 그리고는 순식간에 탄미의 눈앞에서 사라졌다.

"자신의 눈에는 차지 않는다는 건가?"

탄미가 타유를 향해 실소를 날리고는 그녀 역시 신형을 날렸다.

거친 숲이 타유의 앞을 막았으나 타유에게 숲은 아무런 장애가 되지 않았다. 타유는 길이 없는 숲을 짐승처럼 달려나갔다. 가끔은 나무 위쪽까지 날아올라 그 상투를 잡고 나무가 주는 반탄력을 이용해 한 번에 십여 장을 날아가기도 했다. 누가 보았다면 한 마리 새가 나는 듯한 신법이다.

그렇게 얼마나 달렸을까. 문득 타유가 움직임을 멈췄다. 그리고는 고꾸라지듯 나무 위에서 땅으로 떨어져 내렸다. 그의 코를 통해 희미하게 사람의 향이 들어온다.

"이곳으로 갔군."

타유가 주위를 둘러보며 중얼거렸다. 그리고는 다시 나무 위로 날아오른 후 좀 더 넓은 시야를 확보하고 주변을 살폈다. 그러다가 한순간 그의 눈이 번쩍였다. 그리고는 천천히 신형을 우측으로 돌렸다.

"역시… 삼왕이시오. 이렇게 쉽게 우릴 따르다니."

사내는 타유가 마주 보이는 소나무 위에 올라 있었다. 타유와 절벽 위에서 일검을 나눴던 자다.

"그는 어디 있나?"

타유가 물었다.

"그대를 기다리고 계시오."

"내겐 시간이 많지 않다."

"물론 잘 알고 있소."

"가지."

타유의 말에 사내가 빙그레 미소를 짓고는 앞장서서 신형을 날렸다.

두 사내가 흐릿한 달빛 아래 하늘을 날았다. 타유를 데리러 온 자, 왕함보가 막아라 불렀던 자는 마치 타유의 무공을 시험이라도 하려는 듯 줄곧 나무 위를 달렸다. 가느다란 가지에 체중을 실어 움직이는 그의 보법은 강호의 일류 고수라 해도 쉽게 따라할 수 없는 것이었다. 그러나 타유는 그런 그를 무던히 따라가고 있었다.

'성정은 도도하고 인심은 박하다. 재주를 앞세우니 상대하

기는 수월한 편이지.'

상대의 무공을 시험하려는 사내, 막아의 행동은 오히려 타유에게 그의 약점들을 여실히 드러내고 있었다.

어쨌거나 막아는 그렇게 일각여를 날아 산중턱에 위태롭게 올라앉은 커다란 바위 위에 내려섰다. 그곳에는 이미 한 명의 노인이 두 사람을 기다리고 있었는데 타유는 노인을 보는 순간 숨이 턱 막히는 듯한 충격에 빠졌다.

'선승이 어찌……?'

그러나 그는 선승 묵철이 아니다. 그를 닮은 다른 사람일 뿐이다. 첫눈에야 선승이라고 착각할 만큼 선승 묵철을 닮아 있었지만 자세히 보면 묵철보다 눈매가 날카롭고 기운이 승하다. 더군다나 타유가 선승 묵철을 암습하러 갔던 때는 이미 이십 년이 훨씬 지난 과거였다. 그러니 그때의 선승과 비슷하다는 것은 노인이 선승보다 적어도 그만큼은 나이를 덜 먹었다는 의미일 것이다. 그러니 노인은 선승이 아니다.

'무서운 자다.'

노인이 선승이 아님을 확신하면서도 타유의 가슴이 만근처럼 무거웠다. 노인이 풍기는 기도가 선승 묵철과 사뭇 닮아 있었다. 물론 차이도 분명했지만 같은 뿌리에서 나온 가지처럼 그렇게 선승 묵철과 노인의 기도는 여러모로 닮아 있었다.

"어서 오시게, 삼왕!"

노인이 마치 오랜 지기를 만난 것처럼 타유를 반겼다. 그러면서도 하대다. 타유와 자신을 결코 동등한 위치에 놓지 않겠다는 것이다. 그러자 타유가 적당한 거리를 유지한 채 대답했다.

"그대가 날 보자 했소?"

"그렇다네."

노인이 고개를 끄덕였다.

"내게 흑룡문주… 아니, 천살문주를 줄 수 있다고 했소?"

"어려운 일은 아니지."

"내게 원하는 것이 뭐요?"

세상에 대가 없는 거래는 없다. 홍암을 내어줄 정도라면 노인이 타유에게 바라는 바 또한 단순치 않을 터였다.

"생각보다 성미가 급하군."

"인연이 아니라면 길게 볼 필요가 없지 않겠소?"

"음… 그렇긴 하지."

노인이 고개를 끄덕인다. 그러다가 문득 타유를 보며 말했다.

"난, 그대가 홍암 그의 일을 대신 해주길 원하네."

순간 타유가 노인의 정체를 깨달았다. 너무 쉽다. 그의 말 한마디에서 타유는 분명히 그의 정체를 알아챘다.

"문주의 일이라… 노인장은 혹 왕씨 성을 쓰시오?"

과거 동정호에서 홍암이 말했었다. 천살문을 움직여 선승 묵철에게 보냈던 자, 타유에게 일어났던 모든 일의 근원에 있는 자가 왕씨 성을 쓴다고. 이름은 자신도 모른다고 했던 그자가 바로 이자일 것이다.

"역시 그는 버려야 할 인물이었군. 내 이야기를 그대에게 한 모양이지?"

홍암을 두고 한 말이다.

"당신이 날 해동으로 보낸 사람이오?"

"내가 보낸 것은 아니지. 천살문주가 데려간 것이지. 당시 그댄 나와 거래를 할 정도의 신분은 아니었어. 물론 지금은 그 자격이 충분하지만……."

타유의 추측은 정확했다. 노인이 바로 천살문의 살수들을 고려로 보내고, 또한 천살문주 홍암을 흑룡문주로 만든 사람 이다. 홍암은 그 스스로 흑룡문주가 되었다고 했지만 이 노인 이 없었다면 그는 결코 흑룡문에 터를 잡지 못했을 테니 결국 이 노인이 홍암을 흑룡문주로 만든 자다.

"원하는 것이 무엇이오?"

타유가 물었다. 어찌 보면 쉽지만 또 잠시 생각해 보면 쉽게 짐작할 수 없는 일이다. 이십여 년 전에 타유와 천살문의 살수 들을 선승 묵철에 보내 어떤 물건을 가져오게 했다는 것은 그 가 아주 오래전부터 무슨 일인가를 꾸미고 있었다는 말이 된 다.

그런데 당시의 그의 능력으로 보자면 이미 강호에 거대한 세력을 일으켜 혈막오류나 혹은 구대문파와 강호의 패권을 다 투고 있어야 했다. 그런데 노인의 이름은 여전히 강호에 알려 지지 않았다. 어쩌면 노인은 강호에 대한 야망이 아닌 다른 것 을 원하고 있을지도 모른다는 생각이 드는 타유다.

"세상을 원하지."

노인이 대답했다. 광오한 말이다. 강호의 권력을 원하는 자는 많다. 그러나 누구도 이렇게 쉽게 세상을 원한다고 말하는 사람은 없다. 그건 진정으로 세상을 가질 수 있는 능력이 스스로에게 있다고 믿는 사람만이 할 수 있는 대답이다. 그리고 그 대답으로 타유는 다시 한 가지 사실을 깨달았다.

'숨겨진 세력이 있다는 말이군.'

세상을 원한다면 앞서의 짐작대로 그는 천살문을 움직여 선승 묵철을 암습했던 그때부터 쉬지 않고 세상일에 관여해 왔을 것이다. 그리고 노인의 능력으로 볼 때 평범하지 않은 세력을 일궜을 것이다. 그것을 세상에 드러내지 않은 이유는 아마도 노인의 성정 때문이리라.

'완벽한 것을 쫓는 자이고…….'

완벽함을 추구하는 자들은 구 할의 승산이 있기 전에는 결코 세상에 자신의 마음을 드러내지 않는다. 노인은 아마도 그런 부류의 인물일 터였다.

그런데 노인의 목표와 그 성정을 읽고 나니 갑자기 타유의 마음이 편해졌다.

'세상에 완벽한 것은 없지. 사람이 하는 일이란 것은 그 무엇도 완벽한 것이 없어… 그래서 이런 자들은 항상 때를 놓치지. 때를 기다리는 것이 지나쳐 때를 놓치게 되는 자들… 천운이라는 것을 믿지 않는 자들에게 어찌 천명이 돌아갈까.'

타유 자신도 어쩌면 노인과 같은 성정을 가지고 있는지도 모른다. 그 또한 과거 살수 시절 청부를 나설 때면 살행의 계획을 수십 번 점검하곤 했었다. 그러나 그러면서 그가 깨달은 것은 모든 일이 계획대로 되는 것은 아니라는 것이었다.

가끔은 계획의 한 축이 빠져 있어도 검을 빼 들고 적을 쳐야 할 때가 있는 법이다. 그리고 그런 우연을 극복해야 일이 성사되곤 했었다. 그런 면에서 보자면 타유보다 노인이 훨씬 불리하긴 했다. 타유야 수십 번의 청부행 끝에 깨달은 것이지만 천하를 둔 도박은 오직 한 번밖에는 할 수 없는 것이기에 노인은 경험을 통해 우연을 두려워해서는 일을 성사시킬 수 없다는 깨달음을 얻을 기회가 없었을 것이다.

"내가 왜 흑룡문주를 원하는지 알고 있소?"

타유의 태도가 좀 더 여유로워졌다. 어쩌면 세상에서 가장 무서운 인물일 수도 있지만 그에게도 약점이 있다는 것을 알아챈 순간 타유에게 노인은 충분히 상대할 수 있는 인물이 되어버린 것이다.

타유의 질문에 노인이 눈빛이 살짝 변했다. 타유와 주고받은 말은 겨우 몇 마디에 지나지 않았다. 그런데 타유의 태도가 처음과는 완연하게 변해 있었다. 경계심이 느껴지던 타유의 눈빛에서 자신에 대한 두려움, 혹은 경계심이 사라진 것은 결코 좋은 일이 아니다.

"알고 있네."

노인 왕함보가 망설이지 않고 대답했다. 자신이 타유의 생각보다 많이 알고 있다는 것을 드러내고 싶은 듯 보였다.

"그럼 묻겠소. 그 일에 당신도 관여했소?"

청풍의 실종에 관여한 자는 모두 대가를 치러주겠다는 것이 지금 타유가 가지고 있는 유일한 삶의 목표다.

"글쎄… 직접적으로 관여한 바는 없지. 그 싸움을 지켜보고 있기는 했지만……."

대답을 하면서도 노인의 얼굴이 뭔가 마뜩찮은 표정이다. 마치 자신이 타유에게 변명을 하는 듯한 느낌이 싫은 모양이었다. 노인의 대답에 타유가 말없이 고개를 끄떡인다. 그러자 노인이 물었다.

"거래를 하겠나?"

"그를 데려온다면!"

타유가 짧게 대답했다. 그러자 노인의 얼굴에 희미한 미소가 지어진다. 상황이야 어찌 됐든 그의 목적은 타유를 자신의 일에 끌어들이는 것. 자신의 체면이 깎이는 것 정도는 큰일을 위해 충분히 감수할 수 있는 노인이었다.

"좋아. 그럼 거래가 성사된 것으로 알지."

그러자 타유가 고개를 젓는다.

"아니오. 거래의 성사는 그를 내 앞에 데려오는 그 순간이오. 그러니 지금은 그대와 난 아무런 일도 함께할 수 없소. 그러니 지금 이 순간에도 그대는 그대의 일을, 나는 나의 일을 해야 한단 말이오."

"무슨 말을 하고 싶은 건가?"

"약속한 한 시진이 다 지나고 있다는 말을 하고 있는 거요."

그제서야 노인은 자신의 수하 막아에게 들은 말을 기억났다. 타유가 밀문의 삼왕으로서 그들을 추격하지 않겠다고 약속한 시간은 한 시진, 그 한시진이 지나면 타유는 다시 밀문 삼왕으로서 몽후를 추격해야 한다. 타유가 노인에게 일깨워 준 것은 바로 그 사실이었고, 그건 곧 노인이 서둘러 장내를 벗어나야 한다는 의미기도 했다.

물론 노인이 타유를 베는 것도 한 방법일 수 있었다. 그러나 노인은 결코 타유를 벨 수 없다. 야심이 큰 사람일수록 사람 욕심이 많기 때문이다. 그는 타유를 욕심내고 있었다. 타유라면 천살문주가 해낼 일의 몇 배는 해낼 수 있을 것 같았다.

노인이 타유의 경고에도 빙그레 미소를 짓는다. 그리고는 훌쩍 신형을 날려 어둠 속으로 사라지면서 말했다.

"그대의 경고는 나에 대한 우정으로 받아들이지. 다시 만날 때에 우리는 서로가 원하는 것을 가질 수 있을 것이네."

"부디 그리되길 바라겠소!"

타유가 어둠속을 향해 말했다.

밀문이 고수들이 일제히 한 방향으로 이동했다. 가을날 우두머리를 앞세워 남쪽으로 이동하는 철새들처럼 그렇게 밀문의 고수들이 모여든 곳에는 타유가 기다리고 있었다.

"찾았소?"

역시 경공의 달인인 여선이 가장 먼저 타유 곁에 내려서며 물었다. 그러자 타유가 손을 들어 어둠에 잠긴 숲을 말없이 가리켰다.

"저곳으로 그들이 도주했다는 거요?"

여선이 재차 물었다. 그러자 타유가 입을 열었다.

"흔적은 저리로 이어졌소. 그러나 그들을 따라 잡을 수 있을 지는 모르겠소. 산 너머에 제법 큰 강이 있더구려."

"음… 강이라면……."

여선이 침음성을 흘린다. 그사이 어느새 오왕 탄미도 두 사람 곁에 내려섰다.

"어디 있나요?"

탄미가 벌써 몽후 일행을 발견한 것처럼 물었다. 그러자 여선이 고개를 저으며 대답했다.

"저 숲으로 도주한 것 같소. 그러나 산 너머가 강이니 그들을 따라잡기에는……."

타유가 한 말을 그대로 따라하는 여선이다.

"아! 이대로 놓치고 마는 것인가?"

탄미가 나직하게 탄식을 했다. 그러자 타유가 무심하게 입을 열었다.

"그들을 놓칠 걱정은 할 필요가 없소."

"그들을 추격할 수 있나요?"

탄미가 눈빛을 번쩍이며 물었다. 그러자 타유가 고개를 저었다.

"그건 아니오. 계곡이라면 모를까. 강을 타고 움직였다면 나도 불가능하오. 그러나… 몽후가 약속하지 않았소. 닷새 뒤에 다시 강호인들 앞에 모습을 나타내기로! 음, 이젠 나흘이 남았구려."

"그렇긴 하지요. 그러나……."

탄미가 말꼬리를 흐린다. 혈막은 물론 강호의 뭇고수가 모인 곳에서 몽후로부터 비왕진서를 취하는 일은 결코 쉬운 일이 아니다. 비왕진서가 진본이라면 더욱 그러했다. 그러니 진서를 취하려면 몽후 마옥이 약속한 날 이전에 그녀를 만나는 것이 상책이다. 그러나 타유마저 그들을 쫓을 수 없다면 닷새 안에 그녀를 만날 가능성은 거의 없었다.

"이젠 어쩌죠?"

탄미가 여선에게 물었다.

"삼왕의 생각은 어떻소?"

여선은 다시 타유에게 행보를 묻는다.

"물론 몽후를 찾기는 쉽지 않겠지만 일단 흩어져서 근방을 살펴봅시다. 약속한 날이 이제 나흘 남았으니 삼 일 뒤에 다시 모이는 것으로 하면 어떻겠소?"

타유의 말에 여선과 탄미의 눈가에 살짝 난감한 표정이 일어났다 사라졌다. 두 사람으로서는 밀황으로부터 타유를 살피라는 명을 받은 이후라 타유와 떨어지는 것은 바라는 바가 아니었다. 그러나 그렇다고 타유의 의견을 반박할 수도 없었다. 자신들이 타유의 동료가 아니라 감시자라는 사실을 노골적으로 드러낼 수는 없는 일이기 때문이었다.

"그렇게 합시다. 지금으로썬 그게 최선인 것 같소."

여선이 결국 고개를 끄떡여 타유의 의견을 받아들였다. 그러자 타유가 뒤쪽에 멀찍이 물러나 있던 왕사미를 불렀다.

"삼사자!"

"부르셨습니까. 삼왕!"

타유의 부름에 왕사미가 바람처럼 달려와 타유 앞에 다가선다.

"삼전은 산을 넘어 배를 타고 강을 건널 것이오. 그러니 준비를 하시오."

"강을 넘는단 말씀이십니까?"

왕사미가 조금 놀란 표정으로 되물었다. 그도 그럴 것이 강을 넘는다면 태원의 영역에서 너무 멀어진다. 물론 몽후 일행이 강을 넘어 도주했을 가능성이 없는 것은 아니지만 강호인들과의 만남을 약속한 몽후가 강을 넘었다고 생각하기에는 지나치게 먼 길이기에 그 가능성이 그리 많지는 않았다.

"강의 남단은 이왕과 오왕께서 동서로 맡아주시오. 난 강의 북변을 살피겠소."

타유의 말에 여선이 미심쩍은 표정을 하면서도 고개를 끄떡인다.

"강을 따리 도주했다면 그리해야겠지요. 알겠소."

여선의 승낙이 있자 타유가 다시 왕사미에게 명을 내린다.

"반 시진 안에 강에 배를 띄우시오."

급한 명이다. 그러나 타유의 명이 워낙 엄중해서 왕사미는 급히 고개를 숙이며 명을 받았다.

"준비하겠습니다."

타유의 명을 받은 왕사미가 일단의 삼전 고수를 이끌고 산을 넘기 시작했다. 그러자 타유가 여선과 탄미를 보며 말했다.

"흩어져 있지만 삼사자가 있으니 한곳에 있는 것이나 다름없을 것이오. 그럼 가겠소."

타유가 훌쩍 신형을 날렸다. 그러자 삽시간에 타유의 신형이 두 사람의 시야에서 사라졌다.

"하… 곤란하군요."

타유가 사라지자 탄미가 탄식을 흘렸다.

"그러게 말이오. 밀황께서 말씀하시기를 비왕진서도 중요하지만 삼왕을 감시하는 일 또한 그에 못지않게 중요하다하셨거늘… 그를 이리 놓아 보내서야."

"왜 사람을 나누자는 그의 의견을 받아들이신 거죠?"

탄미가 따지듯 물었다.

"음… 그의 의견을 반대하면 의심을 살 것이 분명했기 때문이오."

"그는 눈치가 빠른 사람이에요. 이미 우리가 단지 그를 돕기 위해서만 따라온 것이 아니라는 것을 알고 있을 거예요. 그런데 새삼스레 그의 의심을 꺼려할 이유는 없지 않나요?"

"그렇지가 않소. 물론 그도 우리가 그를 주시하고 있다는 것을 알고 있을 것이오. 그러나 그렇다 한들 설마 우리가 이 일이 끝나면 그의 목을 칠 거라고는 생각지 못할 거요. 그래서 난 그 정도의 방심은 유지하고 싶었소."

여선의 말에 탄미가 고개를 끄떡였다.

"듣고 보니 이왕님의 말이 맞군요. 적어도 그를 공격할 거란 생각은 하지 말게 해야겠지요."

"더군다나 삼전의 사자가 셋이나 있으니 그를 감시하는 일은 어렵지 않을 거요."

"그렇긴 하지요. 특히 왕 사자라면 우리보다 나으면 나았지 부족하지 않지요."

"그들은 모두 밀황님의 오랜 충복이니 그를 잘 감시할 거요. 더군다나 왕 사자의 전서구라면 무슨 일이 생기면 바로 연락이 올 테니 그들을 믿읍시다."

"지금으로썬 그럴 수밖에요. 그나저나 몽후를 먼저 찾아야 하는데……."

"그러게 말이오. 비왕진서 전체는 몰라도 우리 밀문에 관련된 부분은 반드시 회수해야 하오."

"서둘러야겠어요."

"그럽시다. 뒤에 남겨두었던 문도를 모두 투입합시다."

여선이 눈빛을 번쩍이며 말했다.

*   *   *

"그는 어디 있지?"

차가운 한기를 뿜어내는 눈이다. 원한이 가득해 천하의 사람 모두를 베어버릴 것 같은 눈이기도 했다.

"동쪽으로 십 리 지점에 작은 사당이 있는데 그곳에 있습니다."

"흐흐, 사당이라. 참으로 좋은 곳을 골랐군. 역시 영험한 사람이야. 자신이 이 숲에서 죽을 것이라는 걸 알고 있는 모양이군. 먼저 사당에서 자신의 제를 올리고 있는 것을 보면. 후후, 다른 사람은 몰라도 나만은 몽후의 뒤에 그가 있음을 알 수 있지. 왕함보… 당신은 스스로 무덤을 팠어."

노인은 검은 장포를 뒤집어쓰고 있었다. 장포 위쪽에는 두건이 달려 있었는데 그 두건으로 머리 위쪽을 가린 노인에게서 죽음의 냄새가 물씬 풍긴다.

"정말 그를 찾아가실 생각이세요?"

문득 노인의 앞에서 여인의 목소리가 들린다. 그러자 노인이 고개를 들어 여인을 바라봤다. 희미한 모닥불 아래 노인의 얼굴이 드러난다. 천살문주 홍암이다.

"그럼 달리 방법이 있느냐?"

홍암이 물었다. 그러자 맞은편에서 홍연이 대답했다.

"섶을 지고 불에 뛰어들겠다는 건가요?"

"후후후, 그렇지 않는다면 어찌 불 속에 있는 기보를 얻으랴."

"너무 위험한 일이에요."

홍연이 고개를 젓는다. 그러자 홍암이 고개를 끄떡였다.

"맞아. 너무 위험한 일이지. 일이 성공할 확률이 겨우 삼 할

도 되지 않아. 그러나 성공만 한다면 난 재기할 수 있다. 비왕
진서를 손에 넣는다면… 후후후, 혈막을 손에 넣을 수 있어. 혈
막을 얻으면 천하를 얻는다. 그리되면 왕함보 그도 내 앞에 무
릎을 꿇을 것이다."

홍암의 눈에서 줄기줄기 흘러나오는 광망에 홍연이 절망적
인 표정을 짓는다.

"도대체 그의 수중에서 어떻게 비왕진서를 빼앗는단 말이
에요?"

"후후후, 나에게 비장의 한 수가 있다."

홍암이 비릿한 웃음을 흘린다.

"도대체 며칠 전부터 말한 그 비장의 일수라는 것이 뭐에
요? 이젠 말해줄 때가 되었잖아요."

"오늘은 알게 될 게다. 음, 지금쯤이면 올 때가 되었는
데……."

그런데 그때였다 문득 홍암 일행이 모여 있는 작은 동굴 밖
에서 인기척이 느껴진다.

"문주, 대승입니다."

"왔는가? 들어오게."

홍암이 얼굴에 희색을 띄며 말했다. 그러자 과거 천살문 칠
객 중 일인이었던 추혈랑 대승이 동굴 안으로 들어왔다. 이젠
백발이 성성한 노인이 된 추혈랑 대승은 한 사내의 얼굴에 복
면을 씌워 끌고 들어왔는데 사내는 연신 복면 안에서 고개를
흔들고 있었다. 사내의 두 손은 등 뒤로 돌려 묶여 있었고 두

다리에는 강철로 만든 쇠사슬이 달려 있었다.

"아직도 기운이 살아 있군."

복면을 한 사내를 보며 홍암이 말했다.

"혈시의 주인 아닙니까?"

대승이 무심하게 말했다.

"그렇지. 그래도 혈시의 주인이 이 정도로 기가 죽어서야 안 되지. 복면을 벗기게."

홍암의 말에 대승이 사내의 복면을 벗겼다. 그러자 날카로운 인상의 중년 사내가 얼굴을 드러냈다. 그러나 홍연으로서는 모르는 얼굴이다.

"누구죠?"

홍연이 홍암에게 물었다. 그러자 홍암이 마치 귀한 보물을 보듯 사내를 보며 대답했다.

"그의 유일한 약점이랄 수 있지."

"그의 약점이라고요?"

홍연이 놀란 표정으로 홍암에게 되물었다.

"그렇단다. 그에게는 유일한 약점이고 내게는 다시 한 번 세상에 도전장을 낼 마지막 기회와 같은 자지."

"도대체 이자가 누구예요?"

홍연이 더 이상 참기 어렵다는 듯이 다그쳤다. 그러자 홍암이 한줄기 미소를 지으며 대답했다.

"이자의 이름은 왕묘운이다. 그동안 살막주 휘하의 일개 무사로 있었지. 그런데 우리 흑룡문이 곤궁에 처한 몇 개월 사이 아주 유명한 사람이 되었다."

"어째서죠?"

"그가 혈시를 얻었기 때문이다. 그것도 혈막오류의 모든 고수가 꺼려 하는 혈마구천의 부천주들인 음양쌍마에게서 혈시를 얻었다."

"아!"

홍연이 놀란 눈으로 사내를 바라본다. 사내의 눈에서 처절한 살기가 흐른다. 그 살기가 동굴 안에 피워놓은 모닥불을 단번에 얼려 버릴 것 같았다.

"그런데 이자가 어떻게 아버지께 비왕진서를 가져다준다는 거죠?"

홍연이 의혹 어린 표정으로 홍암에게 물었다. 그러자 홍암이 한줄기 미소를 지으며 대답했다.

"넌 내가 항상 최악의 상황을 대비해 놓는다는 것을 알고 있느냐?"

"물론이죠. 그것이 아버님이 지금까지 살아남으신 이유 아닌가요?"

"그래 맞다. 그런데 지난 세월 동안 단 한 명에 대해서는 최악의 순간을 대비해 놓을 수 없었다. 그는 정말 빈틈이 없는 사람이었으니까."

"왕 노사를 말하는 거군요."

"그래. 바로 그다. 그와 같은 자는 내 평생 만난 적이 없지. 두려움을 모르는 나조차도 그에게서 두려움을 느꼈으니까. 그럴수록 내게는 그의 약점이 필요했다. 최악의 순간 그에게서 나를 지켜줄 약점 말이다. 그러나 그에게선 어떤 약점도 찾을 수 없었지."

홍암이 손을 들어 머리에 깊게 눌러쓰고 있던 두건을 벗었다. 그러자 그의 노안이 드러난다. 그동안의 고초로 피폐한 듯 보이지만 그의 안광은 여전히 세상을 노리는 힘이 있어 보였다.

"그러난 난 제법 인내심이 강한 사람이지. 난 지난 수십 년 동안 그에게서 단 한 번도 시선을 떼지 않았다. 비록 그가 간혹 나의 시야에서 벗어난 적이 있었지만 그가 내 눈 안에 있을 때에는 차를 마시는 습관 하나까지 그 버릇을 빠짐없이 살폈다. 그렇게 기다리다 보니 과연 그에게도 약점이란 것이 있다는 걸 알게 되었다. 기다림은 항상 큰 선물을 주지."

"그 선물이 이자라는 건가요?"

"그렇다."

"도대체 이자는 누군가요?"

사내의 정체를 알면 모든 의문은 해소된다. 사실 많은 설명이 필요치 않은 일이다. 오직 그의 정체만 알면 그뿐이다.

"말했듯이 그의 이름은 왕묘운, 바로 왕 대인 그 늙은이의 아들이다!"

"아, 아들이요?"

"그래."

"어떻게……?"

홍연이 놀란 가슴을 진정시키지 못하고 자리에서 일어났다. 그러자 홍암이 말했다.

"아마도 그는 결국 살막에 욕심을 내고 있었던 모양이다. 살막을 장악한 후 그 힘으로 다른 오류를 제압할 생각이었던 것 같아. 그래서 자신의 유일한… 물론 다른 곳에 다른 아들을 숨겨두었을지도 모르지만 어쨌든 내가 알기로는 유일한 아들인 이자를 살막주 요불의 문하에 은밀히 넣어놓았던 거지. 그리고 혈시의 난이 시작되자 혈마구천의 부천주들인 음양쌍마를 공격해 혈시를 얻어내는 것으로 자신의 아들을 극적으로 전면에 등장시킨 것이다."

"정말… 그의 아들인가요?"

"확실하다."

홍암이 고개를 끄떡였다. 순간 대승에게 잡혀 있던 사내가 짐승 같은 소리를 토해냈다. 그러나 이미 아혈이 제압된 상태이기에 사람의 목소리가 흘러나오지는 않았다. 대승이 그런 그의 뒷덜미를 내려치려는데 홍암이 손을 들어 대승을 막았다.

"그냥 두게. 소리를 지를 형편이라도 돼야 숨을 쉬지. 그리고 사실 자신에게 무슨 일이 일어나고 있는지 그도 알아야 스스로 납득을 할 거야. 왕묘운!"

홍암 사내를 불렀다. 그러자 사내가 홍암을 죽일 듯이 노려봤다.

"매섭군. 역시 호부에 견자 없다더니 옛말은 그른 것이 없어. 그러나 그대가 아무리 용을 써봐도 이미 내게 들어온 이상 내 손을 벗어날 가능성은 없다. 있다면 두 가지 방책이 있는데 하나는 죽어서 나가는 것, 그리고 다른 하나는 그대의 아버지가 내 요구를 들어주는 것 이 두 가지 경우가 전부다."

"크으으!"

왕묘운이 다시금 짐승 소리를 내며 분노를 드러낸다. 그러자 홍암이 고개를 저으며 말했다.

"아니, 자넨 억울할 일이 없어. 사실 이 모든 것은 자네 아버지가 만든 일이네. 자네 아버지는 날 이십 년 동안 노예처럼 부려먹었지. 물론 내게 흑룡문이라는 제법 그럴 듯한 선물을 주기는 했지만 결국 마지막 순간에는 날 배신했단 말이야. 다른 노예를 얻기 위해서."

홍암이 자리에서 일어났다. 그리고는 왕묘운의 눈앞에 자신의 얼굴을 바싹 들이대고는 말을 이었다.

"자네도 내가 동정호에서 어떤 꼴을 당했는지 알고 있을 거야. 내 꼴을 봐. 이제 내 주위에 남은 사람이라고는 채 스물이 되지 않아. 흑룡문의 문도들은 메뚜기 떼처럼 사방으로 흩어졌고, 지금 날 따르는 사람은 과거 천살문에서 날 따르던 몇몇이 전부지. 아아… 그중에는 곧 나를 떠날 사람도 있어. 자넬 이곳으로 데려온 대승 이 사람도 곧 내게서 떠날 거야. 아니 그런가?"

"죄송합니다, 문주!"

왕묘운을 제압하고 있던 추혈랑 대승이 고개를 숙여 보인다.

"아닐세. 자넨 내게 충분히 할 만큼 했어. 이자를 잡아오는 것으로 자네는 나에게서 완전히 자유로워졌네."

"그 사람이 있는 곳을 이젠 말해주십시오."

대승이 말했다. 그러자 홍암이 고개를 저었다.

"아니, 내가 말을 잘못했군. 이자를 데려오는 것이 끝은 아니야. 내가 그를 만나 담판을 지을 때까지 기다려 줘야겠네."

"문주! 약속이 틀리십니다."

"맞아, 맞아. 내 사과하지. 그러나 어쩌겠나? 내겐 이제 쓸 만한 사람이 별로 없어. 아무튼 이번 일만 끝나면 공령이 있는 곳을 말해주겠네."

홍암의 말에 대승의 눈가에 살기가 돈다. 오래전부터 천살문 칠객 중 추혈랑 대승과 사후 공령은 줄곧 홍암을 떠나 자신만의 삶을 살기를 원했었다.

이십여 년 전 난주에서 그 두 사람이 타유를 함정에 빠뜨린 것도 자신들의 자유를 위한 어쩔 수 없는 선택이었다. 그런데 이십 년이 지난 지금도 두 사람은 여전히 홍암의 손아귀에서 벗어나지 못하고 있는 것이다.

"정말 약속하네. 이번 일이 끝나면 자네 둘은 자유야."

"문주, 우리 나이가 벌써 육십이 훨씬 넘었소이다."

"음… 안타까운 일이지. 그러니 이번이 마지막이라는 걸세. 자네들이 십 년만 더 젊었어도 결코 놓아주지 않았을 것이네."

홍암의 말에 대승이 할 말을 잃고 그저 홍암을 노려볼 뿐 입을 닫았다. 그러자 홍암이 다시 왕묘운에게 말했다.

"이보게, 묘운. 동정호에서 어떤 일이 있었는지 정확히 알고 있나? 자네 아비가 날 예전 내 사냥개 중 하나인 놈에게 먹이로 던져주려 했어. 이십 년 동안 자신을 위해 일해온 나를 말이야. 그래서 난 이제 자네의 아비에게 그 대가를 받아내려 하네. 바로 자네를 두고 거래를 하겠단 말이지."

"크으으!"

왕묘운이 다시 괴이한 소리를 흘려냈다. 그런데 그때 문득 홍연이 입을 열었다.

"그가 이 거래를 승낙할까요?"

"반반이다."

"그렇게 높게 보세요? 제가 보기에 그는 절대 이 거래를 승낙하지 않을 거예요. 그는 자식을 위해 자신의 야망을 포기할 사람이 결코 아니니까요."

홍연은 왕함보를 안다. 수십 년간 그의 일을 은밀히 처리하면서 왕함보라는 자의 독심이 부정(父情) 같은 것으로 허물어질 것이 아니라는 것을 잘 알고 있는 홍연이었다. 오히려 홍연에게는 그의 아들을 잡아 그와 거래를 하려는 홍암이 이상해 보였다. 왕함보에 대해선 그녀 자신보다 홍암이 더 잘 알고 있을 것이기 때문이었다.

"나도 의외긴 했지."

홍암이 홍연의 물음에 뜻 모를 대답을 한다.

"무슨 말씀이세요?"

"음, 나도 그에게 부정이란 것이 과연 있을까 하는 의구심을 가지고 있었다는 말이다. 그런데 그렇지가 않아. 내가 이 자의 존재를 안 이후 살펴본 바에 의하면 그는 자신의 아들에 대해 아주 각별한 정을 가지고 있었다. 그는 무슨 일이 있어도 일 년에 두 번은 이자를 만났다. 더군다나 과거 서너 번 자신의 아들이 위험에 빠진 적이 있었는데 그때마다 자신의 신분이 노출될 것을 감수하고 아들을 위험에서 구해냈지. 물론 그 때문에 내가 이자의 존재를 알게 되었지만 말이다."

"정말 그런 일이 있었어요?"

홍연이 믿을 수 없다는 듯 물었다.

"분명 그러했다. 그중 두어 번은 나도 이자를 돕는 일에 동원됐다. 사실 동정호에서 내가 몰락하기 전에는 그자에게 나만큼 믿을 만한 사람도 없었을 테니까."

"그렇긴 하죠."

홍연이 고개를 끄떡였다. 타유가 자신들의 일에 개입되기 전에는 왕함보에게 홍암은 가장 믿을 만한 수족이었다. 그러니 자신의 가장 은밀한 일을 처리하는 데 홍암을 동원하는 것은 당연한 일이었다. 더군다나 왕묘운은 살막주의 그늘에 있었으니 홍암을 이용해 그의 아들에게 닥친 어려움을 해결하는 것이 왕함보로서는 가장 쉬운 방책이었을 것이다.

그러나 왕함보도 실수를 한 것이 있으니 그건 홍암과 같은 사람은 자신이 하는 일의 원인과 결과를 반드시 확인한다는 것이었다. 그런 홍암의 철저함이 결국 그에게 왕함보의 아들을 알게 한 것이다. 그리고 그건 왕함보에게 예상치 못한 위협이 될 터였다.

"이상하군요. 그에게는 정이란 것이 없는 줄 알았는데."

홍연이 고개를 갸웃했다.

"나도 참 의외였다. 그런데 어떤 때 보면 그는 맹목적이다 싶을 정도로 자신의 아들을 챙겼지. 그래서… 나도 일말의 기대를 걸어보는 거다."

"만약 그가 이 거래를 응하지 않으면요?"

"내가 죽을 수도 있겠지. 음… 한 가지 확실한 것은 그 경우에도 이자 역시 죽는다는 거다. 그는 소중한 아들을 잃게 되는 것이지. 그건 내가 장담할 수 있어."

홍암의 눈에서 한줄기 살기가 흐른다. 그를 노려보고 있던 왕묘운의 눈에 은은한 두려움이 깃들었다. 그러자 홍암이 손을 들어 왕묘운의 볼을 툭 치며 말했다.

"네 목숨은 오직 네 아비의 선택에 달렸다. 자업자득! 애초에 그가 날 배신했으니 나 또한 널 베는 데 망설일 이유가 없다. 그러니… 넌 부디 네 아비가 널 위해 비왕진서를 내놓기를 바라야 할 거다."

쿵!

쩌적!

노인의 주먹에 커다란 바위가 반으로 쪼개진다. 노인의 눈에서 세상을 멸절시킬 것 같은 광망이 흐른다.

"묘운이?"

"그렇습니다."

그의 수하가 부르르 몸을 떨며 대답했다. 그러자 노인 왕함
보가 무거운 침묵을 지키다가 낙담하듯 말했다.

"실수를 했어. 그자를 너무 과소평가했다. 묘운을 위해 일
을 시키는 것은 한 번으로 족했어야 하는데 세 번이나 묘운의
일을 맡겼으니 눈치 빠른 그가 묘운의 존재를 모를 리 없지.
끙!"

노인이 앓는 소리를 내고는 자신이 갈라놓은 바위 한쪽에
엉덩이를 붙이고 앉았다.

"어찌하오리까?"

수하가 왕함보에게 물었다. 그러자 왕함보가 곰곰이 생각에
잠겼다가 대답했다.

"뭐… 아주 나쁜 것은 아니야."

그러자 그의 곁에 있던 그의 오랜 심복이자 그를 보필하는
팔방천장 중 우두머리인 감긍이 물었다.

"대책이 있으시군요."

"감긍, 그대가 나와 함께한 시간이 얼마지?"

"갑자기 그건 어인 일로……? 벌써 삼십여 년이 되었습니
다."

"오래되었군. 그런데도 날 모르는가? 세상일이란 건 그래.
위기는 그걸 어떻게 받아들이냐에 따라 기회가 되기도 하지."

"무슨 말씀이신지……?"

"밀문 삼왕이 무얼 원했지?"

"그야 당연히 흑룡문주의 목을 원했지요."

"그렇지. 그런데 사실 흑룡문주를 끌어내는 것은 생각보다 쉽지 않은 일이지. 자네도 알다시피 그는 천하제일의 살수니까. 한 번 숨으면 도저히 찾기가 힘들단 말이야. 그런데 그런 그가 직접 내게 거래를 하자고 모습을 드러냈으니 이게 반드시 나쁜 일만은 아니지 않은가?"

왕함보의 말에 그의 수하 감궁이 얼굴을 굳히며 말했다.

"하지만 그의 손에 소주께서……."

"음… 묘운이 그에게 잡힌 것은 사실 그 자체로는 문제가 아니야. 솔직히 그를 불러내자면 어쨌거나 그럴 듯한 미끼를 써야 했을 테니까. 그보다 더 심각한 문제는 그자가 묘운의 존재를 알고 있었다는 사실이지. 묘운과 나의 관계는 세상에 전혀 알려지지 않은 일이었지. 그런데 그자가 그걸 알아냈어……."

왕함보의 말에 감궁의 표정이 심각해졌다.

"생각해 보니 정말 그렇습니다."

"음… 한 사람이 안다는 것은 두 사람이 안다는 뜻이고, 두 사람이 안다는 것은 천하가 다 안다는 뜻이다. 결국 내가 더 이상 무림의 그늘 속에 남아 있기는 어렵게 되었다는 뜻이지."

"하면……."

"이번 일이 끝나면 내 이름도 세상에 알려질 게야. 그리고…

아쉽게도 혈막오류의 수장들이 날 경계하게 시작하겠지. 그동안 그들은 날 충실한 혈막의 총사로만 생각했지. 그러나 이젠 그걸 기대할 수 없을 것 같아."

"그들이… 대인을 총사의 직에서 폐하려 할까요?"

감긍의 물음에 왕함보가 고개를 저었다.

"그렇지는 않을 거야. 그들도 지금 내가 적으로 돌아선다면 혈막 자체가 흔들릴 거란 걸 알 테니까. 그러나… 견제는 하겠지. 아니, 그보다 은밀히 나를 죽이려 들 수도 있어. 오히려 그게 더 간단한 방법이니까. 혹은 혼돈시가 끝나자마자 공개적으로 날 죽일 수도 있지. 자신들의 권위에 도전한 자의 본보기로써 말이야."

"하면 어찌……?"

"뭐, 일은 그대로 진행한다. 결국 혼돈시에 들어가는 고수 중 그들을 따르는 숫자보다 날 따르는 자가 더 많으면 되는 일 아닌가?"

"그렇긴 하지요."

"조금만 더 모으면 돼. 그리고… 밀문 삼왕이 나의 사람이 된다면 더욱 수월하겠지. 후후후, 흑룡문주는 실수를 한 거야. 나로서야 비왕진서를 그에게 넘겨주지 않을 하등의 이유가 없다. 어차피 그건 진품이 아니니까. 그러나 홍암 그자에게는 그 가짜 비왕진서가 저주의 물건이 될 것이다. 그 대가로 밀문 삼왕을 만나게 될 테니까. 하하하!"

왕함보가 커다란 웃음을 흘렸다.

       *   *   *

타유는 물살을 가르며 전진하는 뱃전에 올라 다가오는 강의 북변을 응시하고 있었다. 몽후가 강호의 고수들에게 약속한 시간은 이제 삼 일, 그 안에 많은 일이 자신에게 닥쳐올 것이라는 것을 타유는 본능적으로 느끼고 있었다.

'그중 하나가 문주 당신을 만나는 일이길 바랄 뿐이오.'

타유에게 제일의 관심은 홍암을 만나는 일이었다. 어찌 되었든 그를 베어야 다른 일을 할 수 있을 것 같았다. 그를 베지 못한다면 타유는 그 어떤 일에도 전력을 기울일 수 없었다.

그러니 그, 왕씨 성을 쓰는 노인의 말을 믿을 수밖에 없는 상황이다. 진본이든 가짜이든 비왕진서가 그의 수중에 있으니 결국 홍암을 끌어들일 수 있는 사람은 바로 그밖에 없었다.

"배를 대라!"

타유가 명을 내렸다. 그러자 노를 젓고 있던 삼전의 무사가 배를 강변으로 몰아갔다.

"무슨 일이신지요?"

삼전 육사자 갈목생이 뒤에서 물었다.

"그녀를 찾아봐야지."

그동안 타유는 낮에는 배를 타고 강으로 나와 멀리서 북변

의 숲을 살피고, 밤에는 강의 북변에 내려 육지에서 몽후의 흔
적을 찾는 일을 반복했다. 그런데 오늘은 미처 날이 저물기도
전에 배를 뭍에 대고 있었다.

"날이 저물려면 한 시진은 더 필요할 듯한데……."

다른 때와 다른 타유의 명에 갈목생이 의아한 표정으로 묻
는다.

"오늘은 저 산엘 좀 올라야겠소. 산 위에서 멀리 살피자면
아무래도 날이 밝을 때가 좋겠지."

타유가 강의 북쪽에 우뚝 솟아 있는 산봉우리 하나를 가리
켰다. 산봉우리에는 기이하게도 주변과 달리 나무가 하나도
없고 바위로만 이뤄져 있었는데 누구도 그곳에 몸을 숨기기에
는 너무 황량한 곳이었다.

"저런 곳에 그녀가 숨어 있을까요?"

이번에는 왕사미가 물었다.

"말했지 않소? 주변을 살피겠다고."

타유가 차갑게 대답했다. 그러자 왕사미가 흠칫하며 고개를
숙인다.

"명대로 따르겠습니다."

왕사미가 조심하며 대답했다. 밀문이란 곳이 강자존의 세계
라 심성이 변한 타유가 언제라도 자신들의 목을 칠 수도 있다
고 생각하고 있는 그녀였다

그리고 다행스럽게도 그런 그들의 경계심이 타유에게는 많
은 자유를 주고 있었다. 그의 명이 흑룡문과의 싸움이 이전보

다 훨씬 빠르고 정확하게 시행되기 때문이었고, 또한 그를 감시하는 삼전 사자들의 눈도 무척 조심스러워졌기 때문이었다.

쿵!

한순간 배가 가볍게 울리며 땅에 닿았다. 그러자 타유가 흔들리는 배 위에서 훌쩍 몸을 날려 땅 위로 내려섰다. 그리고는 미처 다른 자들이 배에서 내리기도 전에 숲을 향해 걷기 시작했다.

"어서 갑시다."

오사자 유창이 먼저 배에서 내려 왕사미와 갈목생을 재촉한다. 그러자 갈목생이 투덜거렸다.

"원 참, 사람이 변해도 저렇게 변하나? 그래도 예전에는 이렇게 안하무인은 아니었는데……."

"자신에게 가장 소중한 것을 잃었으니 변할밖에요."

왕사미가 대답했다.

"휴… 아무튼 조심합시다. 무슨 사단이 날 것 같아 늘 마음이 조마조마하오."

유창의 말에 왕사미와 갈목생이 고개를 끄떡이고는 신형을 날려 타유의 뒤를 따르기 시작했다.

휘이잉!

타유가 봉우리에 올라서자 강 쪽에서 바람이 불어와 매섭게 그의 옷자락을 날렸다. 산은 그리 높지 않았다. 더군다나 공력을 지닌 고수들에게는 반 시진이 채 걸리는 않는 높이였다. 그러나 석산의 높이에 상관없이 험하고 위험한 곳이라 산의 위용이 제법 위압스러웠다. 길이 험해서일까, 그를 따르는 왕사미 등 삼전의 사자들과의 거리도 제법 벌어져 있었다.

타유가 왕사미 등과의 거리를 확인하고 고개를 돌려 갑자기 아무도 없는 바위를 향해 입을 열었다.

"무슨 일로 보자고 했는가?"

순간 아무런 인기척도 없던 바위의 한 부분이 흐릿해지는가 싶더니 이내 한 사람이 모습을 나타냈다. 지난번 그와 살검을 겨뤘던 왕함보의 수하 막아다.

바위에 자신의 모습을 숨길 수 있는 자는 흔치 않다. 그건 오직 환술의 대가, 혹은 극도의 은신술을 수련한 살수들이나 가능한 일이다. 이미 일검을 겨루어봐서 알고 있는 일이지만 눈앞의 사내가 무척 위험한 살수임을 다시 한 번 깨닫는 타유다.

"대인의 말씀을 전하겠소."

막아의 말에 타유가 가볍게 고개를 끄떡였다.

"대인께서 이리 말씀하셨소. 물고기를 그물 안에 끌어들이는 것은 대인이시지만 고기를 잡는 것은 그대의 몫이라고."

막아의 말에 타유가 고개를 끄떡인다.

"장소는?"

어느새 밀문 삼전 고수들의 기척이 느껴진다.

"내일 자시, 이 산 아래 계곡에 그가 올 거요."

"좋소."

"그를 제거하고 나면 그때 다시 대인께서 그대를 부르실 거요."

그러자 타유가 고개를 저었다.

"아니, 내가 필요하면 그가 날 찾아와야 한다."

순간 막아의 눈에서 차가운 살광이 흘러나온다. 그가 서늘한 경고를 했다.

"대인께서는 그대를 중시하나 우린 아니오. 그러니… 대인께 예를 갖추시오. 아니면……."

그러자 타유가 무심한 눈으로 막아를 보며 말했다.

"나도 한 가지 경고하지. 그대의 주인을 보아 그대를 살려준 거야. 내 검은… 그러니 조심해. 주인을 보아 사정을 보아주는 것도 한 번이 끝이야. 더군다나 그는 그대의 주인이지 나의 주인이 아니다. 설혹 내가 그와 거래를 한다 해도 그대를 베는 것을 망설일 내가 아니니까."

하대를 해대는 타유를 막아가 당장에라도 벨 듯이 노려본다. 그러나 그로서는 자신의 주인 왕함보의 뜻을 거스를 수 없다. 그러니 이제 물러갈 수밖에 없었다.

"언젠가는… 정말 그대의 실력을 시험하겠다."

말이 채 끝나기도 전에 막아의 신형이 장내에서 사라졌다. 그러나 타유는 마치 그가 그곳에 있는 것처럼 중얼거렸다.

"그러면 그대는 죽겠지."

투투툭!

타유의 말이 끝나자마자 등 뒤에서 어지러운 발소리들이 일어나더니 왕사미 등이 장내에 날아내렸다.

"누구와 말씀을 나누고 계셨던 겁니까?"

왕사미가 타유의 곁에 내려서자마자 물었다.

"무슨 소리오?"

타유가 무심히 왕사미를 보며 되물었다.

"방금 전 누군가의 목소리가 들린 듯하여……."

왕사미의 얼굴에 의심이 가득하다.

"삼사자도 지친 듯하군. 헛소리를 듣다니. 힘에 부치면 물러나 좀 쉬도록 하시오."

순간 왕사미의 급히 고개를 저었다.

"아닙니다. 제가 착각을 한 듯하군요."

"하긴 이곳은 바람이 성하니 환청을 들을 수도 있겠군. 아무튼 주변을 샅샅이 살피시오. 그녀가 몸을 숨길 만한 장소를 발견하면 바로 알리고."

"명대로 하겠습니다."

왕사미가 대답하자 타유가 훌쩍 바위로 날아올라 석산 아래 먼 숲들을 찬찬히 살피기 시작했다. 그러자 왕사미가 그런 타유에게 의심스런 눈길을 한 번 주고는 삼전의 고수들에게 명을 내렸다.

"봉우리 주변을 샅샅이 뒤져라. 그리고 눈이 밝은 자들은 먼 산의 지형을 살펴 사람이 은신할 만한 곳을 찾으라!"

"옛!"

삼전의 무사들이 쩌렁하게 대답을 하고는 사방으로 흩어

졌다.

타유의 시선은 석산의 동쪽 하단에 있는 작은 계곡을 바라보고 있었다.

산의 중턱에서 발원한 물길이 북쪽으로 흘러내려 다시 동쪽으로 그 방향을 꺾으며 생겨난 계곡은 그리 험해 보이지는 않았다. 사방으로 서너 개의 산이 계곡을 감싸고 있어 아늑하기는 했지만 만약 타유 자신이 도망자라면 절대 들어가지 않을 계곡이기도 했다.

'앞뒤를 막으면 도주할 곳은 양쪽의 산비탈밖에 없는데 그역시 거칠고 가파르니 쉽지 않다. 그가 제대로 자리를 깔아주는군. 그런데 이상한 일이야. 왜 직접 문주를 제압하지 않는 것일까.'

문득 오랜 세월 홍암을 움직여 왔던 노인에 대한 의심이 떠오른다. 물론 그의 의도를 모르는 것은 아니었다. 그는 자신이 홍암을 대신해 주길 바라고 있다. 그래서인지 타유 자신을 대하는 그의 눈빛은 과거 홍암이 천살문의 문주였던 시기 타유를 대할 때의 눈빛과 같았다.

그러니 그런 자를 믿을 수는 없다. 그러나 또한 기이하게도 그의 힘을 빌며 쉽게 혈막을 무너뜨릴 수 있을 것 같단 생각이 들기도 하는 타유였다.

'혹은 영원히 그의 손을 벗어나지 못할 수도 있지.'

갑작스런 두려움이 일어난다. 이 역시 기이한 일이었다. 타유는 청풍이 실종된 이후 세상 그 어떤 존재에게도 두려움을 느끼지 않았다. 죽음조차도 청풍이 없는 세상에서는 행복한 선물일 수도 있었다.

그런데 그자, 왕 대인이라는 자를 생각하니 불쑥 불안감이 드는 것이었다. 원인을 알 수 없는 불안감, 그래서 쉽게 그로 하여금 그의 손을 잡을 수 없게 하는 마음에 타유가 잠시 어두워지다가 이내 실소를 흘리며 중얼거렸다.

"무슨 상관인가. 일단 문주에게 먼저 빚을 갚는다. 이후의 일은 그 이후에 생각하자!"

"삼왕, 기이한 일이 일어났습니다."

석산에서 몽후의 흔적을 찾는 일에 별반 소득을 보지 못한 밀문 삼전의 고수들이 산을 내려오고 있는데 문득 앞서 산 아래 내려와 있던 유창이 빠르게 다가들며 타유를 찾았다.

"무슨 일이오?"

타유가 물었다.

"정체를 알 수 없는 자들이 강을 건너 동쪽 계곡으로 향하고 있습니다."

"그런데 그게 뭐가 이상하다는 것이오?"

"그런 그중 아무래도 흑룡문주가 섞여 있는 듯 보입니다."

"지금 흑룡문주라고 했소?"

타유가 차가운 얼굴로 물었다.

"그렇습니다. 더불어 적지 않은 수의 고수가 강을 넘었습니다. 그들의 행동으로 보아서는 아무래도 몽후의 행방이 발견

된 듯싶습니다만……."

"음……."

타유가 나직하게 침음성을 흘려냈다. 왕씨 성을 쓰는 노인
이 제대로 판을 벌이려는 것이 분명했다.

'비왕진서가 가짜라면 아쉬울 것도 없겠지.'

애초부터 비왕진서의 진위 여부에 의심을 품고 있었던 타유
였다. 그러니 만약 그 비왕진서가 진품이 아니라면 그를 이용
해 홍암을 끌어들여 강호인들의 손에 던져주는 것은 어려운
일도 아닐 터였다.

'잔인한 방법이긴 하지만 가장 확실한 방법이지. 그런데…
어째서 문주가 이렇게 쉽게 그의 술책에 넘어가는 것일까. 문
주 역시 비왕진서의 진위 여부에 의심을 품고 있을 텐데. 더
군다나 오랫동안 그를 알아왔으니 그가 위험한 계책을 쓸 수
있다는 것도 알 것이고… 내가 모르는 뭔가가 있는 모양이
군.'

타유가 고개를 들었다.

"흑룡문주에게로 간다."

순간 왕사미가 타유의 옆에서 급히 입을 열었다.

"삼왕, 사사로운 감정으로 움직일 상황이 아닙니다."

"그게 무슨 소리요?"

타유가 왕사미를 보며 차갑게 물었다. 서늘한 살기가 느껴
지는 눈길이다. 그러자 왕사미가 침을 한 번 삼키고는 얼른 변
명하듯 말했다.

"물론 삼왕께서 흑룡문주에게 원한이 깊다는 것을 알고 있습니다. 그러나 이번 태원 행은 그를 잡기 위함이 아니라 비왕진서를 얻기 위한 것입니다. 자칫 그와의 은원을 풀려 하다가 비왕진서를 놓치는 우를 범할까 염려가 되옵니다. 그리된다면 밀황께서도 크게 분노하실 것입니다."

왕사미로서는 대단한 용기를 낸 행동이었다. 자칫 타유가 분노를 한다면 목숨을 걸어야 하는 말이다. 그러나 그럼에도 그녀가 타유의 행동에 반대를 한 것은 밀황에 대한 그녀의 충성심 때문이리라. 더불어 그녀와 동행하고 있는 삼전의 다른 사자들, 유창과 갈목생의 존재도 그녀가 용기를 낼 수 있는 이유기도 했다.

왕사미의 말을 들은 타유가 걸음을 멈췄다. 그리고는 물끄러미 왕사미를 바라봤다. 그러자 그의 뒤를 따르던 갈목생과 유창이 긴장하기 시작했다. 그들의 손이 자신도 모르게 허리춤의 칼을 잡아갔다. 당장에라도 타유가 검을 들어 왕사미의 목을 칠 것 같은 불안감이 두 사람에게 도발적인 자세를 취하게 한 것이다.

타유는 이 모든 것을 보고 있었다. 그러면서 내심 갈등하고 있었다.

'지금 벨까?'

왕사미를 벨 명분은 충분하다. 최근 들어 감히 그의 행동에 이의를 제기하는 자가 없었는데 왕사미가 자신의 명에 반하는 말을 했으니 그가 지금 왕사미를 베는 것은 전혀 이상할 것이 없는 행동이었다.

물론 그녀를 베면 유창과 갈목생이 반발을 할 것은 분명했다. 그러나 그들이 검을 든다 한들 일단 왕사미를 벤 이후에는 두 사람을 제압할 자신이 있는 타유였다.

분명한 이유를 가지고 왕사미를 베면 다른 밀문도들은 삼왕인 타유의 명에 복종할 것도 분명했다. 밀황의 은밀한 심복은 육사자들이지 다른 사람들은 아니기 때문이었다.

팟!

타유의 검이 움직였다. 순간 왕사미의 신형이 본능적으로 뒤로 물러났다.

스스스!

차가운 강바람이 불어오자 뒤로 묶어 놓았던 왕사미의 머리카락이 산발하며 사방으로 휘날렸다. 만약 타유가 조금이라도 독하게 검을 썼다면 왕사미는 반항할 틈도 없이 목이 떨어지고 말았을 것이다.

"삼사자!"

타유가 뒤로 물러나 급히 검을 잡는 왕사미를 나직하게 불렀다. 그러자 왕사미가 잠시 망설이는 듯한 표정을 짓다가 이내 검을 놓고 고개를 숙였다.

"말씀하십시오."

타유가 자신의 목을 벨 생각이었다면 벌써 베었을 거란 걸 알아차린 왕사미의 행동은 그녀를 위해서도 혹은 그녀의 뒤에서 있는 유창과 갈목생을 위해서도 현명한 행동이었다.

"그가 왜 강을 건넜을 것 같소?"

"……?"

"흑룡문주 말이오. 그가 왜 강을 건넜을 것 같소?"

"그야… 당연히… 아……!"

"그 간단한 이치를 잊고서 내게 반발을 하다니 삼사자의 목은 한 서너 개쯤 되는 모양이군. 아니면… 다른 믿는 구석이 있는 것이오?"

"감히 삼왕님께 무례를 범한 벌을 받겠습니다."

왕사미가 그 자리에 무릎을 꿇는다. 그러자 타유가 그녀를 바라보며 다시 입을 열었다.

"난 흑룡문주를 아주 잘 아오. 그는 특별한 이유가 아니라면 절대 사람들 앞에 모습을 드러낼 자가 아니오. 그런 그가 사람들의 시선을 감수하고 강을 건넜다는 것은 곧 비왕진서의 행방을 찾았다는 것이오."

"제 생각이 짧았습니다."

왕사미가 다시 머리를 숙인다.

"그를 쫓는 것은 곧 비왕진서를 쫓는 것, 그러니 나의 목적과 밀황의 목적이 다르지 않소."

"……"

왕사미가 대답을 하지 못하고 고개만 주억거린다. 사실 평소라면 이런 간단한 이치를 놓칠 왕사미가 아니었다. 그러나 타유에 대한 억눌린 불안감이 그녀의 마음을 조급하게 만들었기에 평소에는 생각지도 못한 실수를 한 것이다.

"더 할 말이 있소?"

"아닙니다."

왕사미가 얼른 고개를 조아린다. 그러자 타유가 차가운 미소를 짓는다.

"과연 그대들은 밀문의 충실한 문도요. 아마 밀황께서도 그대들의 충성심을 아신다면 크게 기뻐할 거요. 물론 우리 손에 비왕진서가 들어오면 더욱 좋아하실 것이고 말이오. 그러니 서두시오. 아, 한 가지 더 말해둘 게 있소."

타유가 왕사미와 유창 그리고 갈목생을 바라봤다.

"하명하십시오."

왕사미가 세 사람을 대신해 대답했다.

"그대들이 말했듯이 우리가 이 태원에 온 것은 모두 비왕진서 때문이오. 그리고 진서를 얻는 것이 제일목적인 것 또한 분명하오. 그러나… 사람이란 본시 감정의 동물이라 흑룡문주가 눈앞에 있다면 나도 내가 어찌 행동할지 알 수 없소. 그러니… 만약 내가 이성을 잃고 그를 쫓게 된다면 그대들만이라도 날 대신해 비왕진서를 취하기 바라오."

"그, 그것은……."

"날 지키는 것보다 비왕진서를 취하는 일이 그대들에게 더 중요하니 하는 말이오."

타유가 짧게 말을 하고는 훌쩍 신형을 날려 산의 동쪽 계곡을 향해 달리기 시작했다.

"그는 알고 있소!"

타유를 따라 달리면서 유창이 걱정스럽게 말했다.

"확실히 그렇구려."

갈목생 역시 고개를 끄떡인다.

"내가 실수를 했어요."

왕사미가 자책하듯 말했다. 그러자 유창이 고개를 젓는다.

"삼사자의 실수가 아니오. 그는 이미 오래전부터 우릴 의심하고 있었을 거요. 이제 생각하니 그래서 다른 세 사람을 상원에 남긴 것 같구려."

"우리 여섯 사람을 떼어놓으려 했다는 건가요?"

왕사미가 살짝 아미를 모으며 물었다.

"그런 것 같소. 여섯보다야 셋을 상대하는 것이 수월하니까."

"곤란하게 되었군요."

왕사미가 고개를 젓는다. 그러자 갈목생이 말했다.

"서둘러 이왕과 오왕께 전서를 보내시구려. 두 분이 오신다면야 아무리 그라 한들 우리 손을 벗어날 수 있겠소?"

"그렇군요. 그 두 분이 필요할 때군요."

왕사미가 고개를 끄떡이고는 그 자리에 멈춰 섰다. 유창과 갈목생이 뒤에 왕사미를 남겨두고 서둘러 타유를 따라붙기 시작했다.

*　　　*　　　*

기이한 숲이었다. 나무가 바위틈에서 자라나 뱀처럼 바위를 휘어감으며 하늘로 솟구쳐 오르고 있었다. 나무들의 두께가 모두 장정 서넛이 손을 잡고 감싸야 할 만큼 거대했다.

주변의 다른 숲과는 확연히 다른 수목인데, 그 이름조차 알 수 없는 나무들이었다. 북방에 치우친 태원 땅에서는 자랄 수 없는 나무들임이 분명한데도 이 기이한 나무들은 작은 계곡을 가득 채우고 있었다.

그 기이한 계곡으로 일단의 사람이 들어섰다. 대략 십여 명의 정도의 숫자였는데 머리에 깊이 두건을 눌러써서 그 얼굴을 확인할 수가 없었다.

그들은 계곡의 깊은 곳까지 들어오더니 문득 계곡 물과 숲 사이에 형성된 십여 장의 공터에서 걸음을 멈췄다. 그리고는 그중 한 명이 주위를 둘러보다 큰 목소리로 소리쳤다.

"대인! 홍 모가 왔습니다. 존안을 뵙고 싶군요."

차갑고 날카로운 음성이다. 말투는 존칭이지만 그 안에서 느껴지는 도발적인 기운은 숨길 수가 없다. 더불어 숲을 향해 고개를 드니 그의 얼굴이 달빛에 드러났다. 흑룡문주 홍암이다.

그 순간 갑자기 계곡을 가득 메운 나무 중 한 그루가 흔들거리더니 한순간 나무 위에서 세 사람이 땅으로 떨어져 내렸다. 그러자 세 사람을 본 홍암의 입가에 한줄기 미소가 감돈다.

"오랜만이오, 세 분!"

홍암이 차가운 웃음으로 세 사람을 맞이한다. 그러자 나무 위에서 내려온 삼 인 중 초로의 노인이 입을 열었다.

"그대는 참으로 대범하군."

"이제 아셨소? 일천장!"

"그래도 감히 대인의 혈육을 범한 것은 너무한 일이야. 죽음으로도 갚지 못할 죄지."

노인은 말에 홍암이 나직한 웃음을 흘린다.

"후후, 죽음으로도 갚지 못할 죄라… 궁금하군. 어떤 벌을 받아야 하는지? 하지만 그것보다도 더 궁금한 것이 있소."

"그게 무엇인가?"

노인이 물었다. 그러자 홍암이 뒤를 돌아보며 명을 내린다.

"데려오라!"

홍암의 명에 천살칠객의 살아 있는 사 인 중 하나인 손망인이 머리를 가린 사내 하나를 끌고 나왔다.

"꿇려라."

홍암이 다시 명을 내렸다. 그러자 손망인이 복면인의 오금을 차 홍암 앞에 무릎을 꿇렸다.

"내가 궁금한 것은 이거요. 그의 혈육을 범한 죄가 죽음으로도 갚지 못할 죄라면 과연 그 혈육을 죽인 죄는 무엇으로 갚아야 하는가 하는 것이지. 죽여라!"

홍암의 명에 손망인이 흠칫 놀란 표정을 짓다가 이내 입술을 굳게 물며 검을 뽑아 들었다. 순간 홍암과 언쟁을 하던 노인이 경색을 하며 소리쳤다.

"무슨 짓을 하는 것이냐?"

"말하지 않았소? 어차피 죽음으로도 갚지 못할 죄를 지었으니 이 자를 죽인들 더 이상 무슨 벌을 더 받겠소? 왕 노사가 직접 오지 않고 그대들을 보낸 것은 이 거래에 제대로 응하지 않겠다는 의미이니 이미 거래는 틀어진 것일 테고, 이제 그대들은 날 죽이려 할 테니 나로서야 손해만 볼 수만은 없는 처지. 이자라도 죽여야 내 분이 풀리지 않겠소? 솔직히 말해 먼저 배신한 것은 내가 아니라 바로 그니까. 그렇다고 배신을 탓할 생각은 없소. 강호의 인연이란 게 다 그러하니. 그러니 내가 이 자를 죽이는 것은 그의 배신 때문이 아니라 우리의 거래가 틀어졌기 때문이오."

홍암의 말에 복면을 쓴 자가 부들부들 몸을 떤다. 그러자 홍암이 피식 실소를 흘린다.

"호부에 견자 없다더니 그 말도 틀린 모양이군. 그의 아들이 이렇게 겁이 많아서야. 이러다가는 오줌이라도 지릴 것 같아. 뭐… 그래도 내가 따르던 사람의 아들이니 예의는 갖춰야겠지. 주게. 내가 하지."

홍암이 손망인에게 손을 내밀었다. 그러자 손망인이 홍암의 손에 검을 넘겼다. 홍암이 검을 건네받자 망설이지 않고 머리 위로 치켜들었다. 그리고는 검을 든 손에 힘을 줘 단번에 복면을 한 자의 머리를 치려는데 갑자기 오른쪽 나무 위에서 한마디 목소리가 흘러나왔다.

"그만하게!"

순간 복면인을 향해 떨어지려던 홍암의 검이 복면인의 머리 바로 위에서 멈췄다. 홍암의 입가에 다시 한줄기 미소가 깃든다.

"내가 이해할 수 없는 일이 하나 있습니다, 왕 노사!"

"뭔가?"

나무 위에서 다시 목소리가 들린다.

"왕 노사께서는 내가 아는 천하의 인물 중 가장 냉혹한 분이지요. 그런 분께서 자식의 일에는 어찌하여 이렇게 냉정함을 잃는 것인지 모르겠습니다. 나조차도 대업을 위해선 자식을 희생할 수 있는데… 네겐 미안하구나."

홍암이 홍연을 바라보며 말했다. 그러자 홍연이 대답했다.

"모르고 있던 일도 아니에요."

"음… 그래도 미안하구나. 노사, 내 궁금함을 풀어주실 수 있겠습니까? 어째서 노사께는 이 친구가 그렇게 귀중한 것입니까?"

홍암은 비록 왕함보의 아들을 이용해 그와 거래를 하려하고 있지만 그럼에도 불구하고 왕함보와 같은 사람이 혈육의 목숨에 연연하는 것을 이해할 수 없었다. 그가 아는 왕함보는 결코 혈육의 정에 이끌려 대업을 그르칠 사람이 아니기 때문이었다.

"사람마다 아픈 곳이 있는 법이지."

나무 위에서 왕함보가 대답했다. 그러자 홍암이 살짝 고개를 갸웃하다가 이내 고개를 끄떡였다.

"노사의 사정이야 내가 알 바 아니고… 물건은 가지고 오셨습니까?"

"허허, 참 곤혹스런 일이군. 자네에게 협박을 받는 꼴이라니……."

"저 또한 황송하군요. 감히 노사와 흥정하게 되어서… 애초에 노사께서 절 버리지만 않았다면 이런 일이 일어나지 않았을 겁니다."

"그러게 말이야. 그런들 어떡하겠는가? 그대의 가치는 소용을 다했고, 나에겐 새로운 사람이 필요했던 것을……."

"그래서 그 아이가 노사의 손을 잡던가요?"

"보통 까다로운 사람이 아니더군."

타유를 두고 하는 말이다. 멀리서 타유 역시 두 사람의 대화를 듣고 있었다. 그런데 아직 왕함보가 타유를 얻지 못했음을 안 홍암의 눈빛이 한순간 번뜩였다.

"노사, 그 아이는 결코 노사의 사람이 될 수 없는 아입니다. 그러니 그 아이에 대한 미련은 버리시는 것이 좋을 겁니다. 오히려 나와 같은 사람은 여전히 노사에게 쓸모가 있지요."

"배신을 당하고도 다시 나의 일을 돕겠다?"

왕함보가 의외라는 듯 물었다. 그러자 홍암이 빙그레 미소를 지으며 대답했다.

"대저 우리와 같은 사람은 과거의 원한쯤 큰일을 위해선 언제든 씻어낼 수 있지요. 대신 과거와는 다른 관계로 일을 하게 되겠지요."

"후후… 흥미가 당기는 제안이군. 그런 의미에서 일단 그 아이를 풀어주게."

"그건 다른 문제지요. 노사와 다시 일을 하는 것은 오늘의 거래가 잘 마무리된 후의 문제입니다. 먼저 물건을 주십시오."

홍암이 진서를 요구했다. 그러자 나무 위에서 잠시 침묵이 이어지던 이내 금보에 쌓인 물건이 홍암의 발아래로 떨어져 내렸다.

툭!

땅에 떨어진 금보에 홍암의 눈빛이 흔들린다. 숨길 수 없는 욕망의 빛이 그의 눈에 가득했다. 홍암이 떨리는 손으로 금보를 잡아 들었다. 그리고는 재빨리 금보의 틈을 제쳤다. 그러자 그 안에서 두 권의 서책이 모습을 드러낸다.

"두 권이라… 네 권이 부족하군요."

홍암이 차가운 얼굴로 다시 검을 들어 복면인의 머리를 겨눴다. 그러자 나무 위에서 왕함보의 목소리가 들렸다.

"그 아이를 건네면 다시 한 권을 주지. 그 이상은 바라지 말게."

"전 진서의 전부를 원합니다."

홍암이 단호하게 말했다. 그러자 왕함보가 한숨을 쉬며 대답했다.

"이보게, 흑룡문주. 날 너무 몰아세우지 말게. 욕심도 지나치면 결국 화가 되는 법이야. 나로서도 진서 세 권을 내어놓는 것은 매우 큰 손해를 보는 걸세. 내가 아무리 그 아이의 안위를 걱정한다 한들 모든 진서를 포기하겠는가? 자네가 이거래에 응하지 않아 어쩔 수 없이 그 아이를 벤다면 나로서는 다른 방법으로 그 아이를 위로할 수밖에 없겠지. 그게 어떤 방법인지는 자네도 잘 알 걸세. 그러니 이제 선택은 자네가 하게."

왕함보의 조용한 말에 홍암이 살짝 몸을 떤다. 왕함보가 더 이상 그 무엇도 양보하지 않을 것이란 것은 확실했다. 이 이상 욕심을 내거나 혹은 그의 아들을 죽인다면 필시 왕함보는 천하의 대사를 포기하고 홍암 자신에게 아들의 복수를 하기 위해 모든 것을 걸 것이다. 그런 왕함보를 상대할 자신이 홍암에게는 없었다.

"좋습니다. 이쯤에서 거래를 끝내지요. 가시오!"

홍암이 불쑥 손을 내밀어 복면을 한 자를 일으켜 세웠다. 그리고는 그를 왕함보를 따르는 일천장 감궁에게 밀었다. 그러자 복면한 자가 고개를 돌려 복면 속에서 홍암을 노려보며 말했다.

"반드시 이 빚을 갚고 말겠다."

"부디 원한을 쌓아두지 마시오. 우리가 다시 친구가 될 기회는 얼마든지 있으니까."

홍암이 유들거리며 말하자 복면을 한 자가 잠시 홍암을 노려보다 이내 걸음을 옮겨 감궁에게로 다가갔다. 순간 갑자기 나무 위에서 한 사람의 마의 노인이 장내로 날아내렸다. 노인은 얼굴에 은빛이 번쩍이는 면구를 써 사람들에게 그 정체를 드러내지 않았지만 홍암은 그가 누구인지 너무도 잘 알고 있었다.

"인사가 늦었습니다, 노사!"

홍암이 짐짓 포권을 해 보인다. 그러자 얼굴을 가린 왕함보가 홍암을 보며 말했다.

"나를 보고도 도주를 하지 않다니 어디서 그런 자신감이 나오는 거지? 지금이라도 내가 손을 쓰면 자네 목숨을 거둘 수 있어."

"물론 그러실 수도 있겠지요. 그러나 그 순간 저 역시 노사의 이름과 정체를 세상에 알릴 겁니다. 그렇게 되면 노사의 그 큰 야망도 끝이지요."

"후후… 내 정체가 드러난다 해도 이젠 크게 상관없네. 쌀은 익어서 이미 밥이 되어가고 있어."

"그러나 다 된 밥에 재를 뿌려놓으면 누구도 그 밥을 먹을 수 없지요."

홍암의 대답에 왕함보가 절래절래 고개를 젓는다.

"휴, 자넨 참으로 대단한 사람이야. 아까워."

"지금이라도 늦지 않았지요. 진서를 통달하게 된 후 다시 찾아뵙지요. 그때 다시 절 쓰시든지……."

"자네에게 그럴 기회가 있을까?"

"정말 절 죽이실 생각이십니까?"

홍암이 약간의 경계심을 드러냈다. 그가 아는 왕함보라면 그럴 수도 있을 거란 생각이 들었다. 그러나 왕함보는 고개를 저었다.

"나는 그럴 생각이 없네. 그러나… 이곳에 모인 자들은 다른 생각일 걸세. 자네… 날 상대할 것을 대비해 많은 고수를 끌고 왔군. 그런데 이젠 그자들이 자네의 목숨을 노릴 걸세. 진서의 절반이 자네에게 있으니. 감당할 수 있겠나?"

"살수란 자는 항상 살길을 준비해 두는 법이지요. 일단 약속하신 한 권을 마저 주시지요."

홍암의 요구에 왕함보가 미련 없이 품속에서 진서 한 권을 꺼내 홍암에게 던졌다. 그러자 홍암이 허공을 격하고 날아온 진서를 독수리처럼 낚아채더니 한순간에 그 자리에서 사라졌다.

"노사, 그럼 다음에 뵙겠습니다. 그때는 천하를 둔 거래를 하지요. 하하하!"

광소와 함께 홍암의 사라지자 홍연을 비롯한 그의 수하들 역시 한순간에 장내에서 자취를 감췄다. 그 모습을 보고 있던 면구를 한 왕함보가 숲을 향해 소리쳤다.

"난 약속을 지켰네. 이제 그를 상대하는 것은 자네 몫이야!"

타유를 향한 외침이다.

그런데 왕함보의 말에 반응한 것은 타유만이 아니었다. 계곡에 몰려와 있던 무림의 고수들이 일제히 숲에서 움직이기 시작했다. 그들이 썰물처럼 계곡을 빠져나가기 시작했다. 비왕진서를 취한 홍암의 뒤를 쫓기 시작한 것이다.

그런데 진서를 노리는 자 모두가 홍암을 쫓는 것은 아니었다. 숲 속에 모습을 감추고 있는 고수들은 은빛 면구의 노인에게도 세 권의 진서가 있음을 알고 있었다. 그러니 도주에 능한 홍암보다야 눈앞에 있는 노인을 상대하는 것이 훨씬 수월하다고 생각하는 자가 여럿이었다.

물론 두 사람의 대화에서 노인의 무공이 홍암을 능가함이 드러났으나 장내에 남은 자들은 자신의 무공에 자부심이 있는 자들이었다. 이유는 그들이 대부분 혈막오류의 고수이기 때문이었다.

"우리도 그만 가세."

왕함보가 감궁에게 말을 하고 걸음을 옮겨놓으려는데 갑자기 한 무리의 불청객이 왕함보의 앞을 막아섰다.

"그대는 잠시 기다려야겠소."

순간 왕함보가 귀찮은 듯 말했다.

"오늘은 내 기분이 썩 좋지가 않아. 그러니 날 귀찮게 하지 말라. 손을 쓰게 되면 반드시 죽음이 뒤따를 테니."

왕함보의 경고에 그의 앞을 막아선 자 중 독사 같은 눈을 한 자가 앞으로 나섰다.

"비왕진서를 내어놓는다면 길을 열어주겠다."

"그대는 혈마천의 탁준이군."

순간 왕함보를 가로막았던 자가 흠칫 놀라며 왕함보를 노려봤다.

"넌 대체 누구냐?"

탁준은 오류의 고수라면 그 이름을 모를 수 없는 고수다. 혈마천을 떠받치는 아홉 개의 하늘, 혈마구천 중 육천의 천주로서도 그러하거니와 한 명의 무인으로서도 혈막에서 손꼽히는 고수기 때문이었다.

그러니 사실 혈막의 고수라면 그를 알아보는 것이 그리 놀라운 일도 아니었지만 그럼에도 불구하고 탁준은 왕함보가 자신을 알아본 것에 놀랄 수밖에 없었다.

이 정체불명의 면구 주인이 자신을 알아본다는 것은 이 자가 혈막의 인물일 가능성이 많다는 것이고 비왕진서를 가진 자가 혈막 안에 있다는 것은 곧 혈막이 이자의 손에 떨어질 수 있다는 의미기 때문이었다.

"가끔은 어쩔 수 없이 독수를 써야 할 때가 있지. 오늘이 바로 그런 날이고. 그런 면에서 탁준 그대는 무척 운이 나쁘다고 할 수 있군. 하필이면 이럴 때 내 앞에 나타났단 말인가. 그대를 죽이지 않는다면 날파리들이 날 귀찮게 할 테니 어쩔 수 없이 그대를 죽여 날파리들을 쫓아버려야겠어. 미안하이!"

왕함보가 마치 친구에게 말하듯 중얼거렸다. 혈마천 육천주 탁준의 입장에서 보자면 가소로운 경고일 수도 있었으나 탁준은 왕함보의 경고에 자신도 모르게 온몸이 긴장됐다. 왕함보의 여유로운 말투, 면구 뒤에서 흘러나오는 안광이 자신을 호랑이 앞에 선 사슴처럼 느껴지게 만들었던 것이다.

"얼굴을 보겠다!"

사람이란 스스로 약함을 느꼈을 때 더 강한 반발을 하게 마련이다. 특히나 탁준처럼 세상에 두려울 것 없이 살아온 사람이라면 더더욱 그러했다.

탁준이 왕함보를 향해 늑대처럼 뛰어들었다. 그의 검이 이마에서 약간 위쪽으로 들려졌다. 쾌검의 검식으로 가장 빠르게 적을 찌를 수 있는 자세다.

팟!

탁준의 검이 한순간 앞으로 뻗어나갔다. 그러자 그의 검에 붉은 검기가 어른거리다니 이내 반 장 이상 검기가 늘어나면서 왕함보의 심장을 찔렀다.

그런데 그때였다. 갑자기 왕함보가 두 손을 들어 올리더니 마치 땅을 내리누르듯 두 손을 아래로 내렸다. 그러자 놀라운 일이 벌어졌다.

"웃!"

왕함보의 심장을 찌를 것 같던 탁준의 검기가 씻은 듯이 사라지더니 이내 그의 검이 왕함보를 벗어나 땅에 처박혔다.

푹!

탁준의 검은 거의 손잡이까지 땅속으로 파고들었다. 탁준이 힘을 모아 검을 다시 회수하려 했으나 산 같은 힘이 그의 어깨를 누르고 있어 검을 회수하기는커녕 허리도 펴지 못했다.

그런 탁준의 어깨로부터 한 뼘 위에 왕함보의 두 손이 있었는데 왕함보는 작은 공간을 격하고 진기로써 탁준의 몸을 완벽하게 제압하고 있었던 것이다.

"으음!"

탁준의 입에서 나직한 신음성이 흘러나온다. 절망보다는 도저히 자신의 상황을 이해할 수 없다는 표정이다.

"혈마천의 육천주라면 나도 최선을 다해야지. 그대는 기쁘게 생각해야 할 거야. 왜냐하면 그대는 내가 강호에서 처음으로 전력을 다해 무공을 쓴 상대니까. 말이야."

"누… 누구냐? 너는……."

"알고 싶나? 그럼 말해주지. 어차피 죽을 사람……."

왕함보가 허리를 숙여 탁준의 귀에 입을 가져다 댔다. 그리고는 무슨 말인가를 나직하게 중얼거렸다. 순간 탁준의 눈이 찢어질 듯 커졌다.

"다, 당신이… 악!"

탁준이 미처 속에 있는 말을 다하기도 전에 그의 입에서 처절한 비명 소리가 흘러나왔다. 그의 입에서는 말 대신 피가 터져 나왔고, 탁준은 그 자리에 허물어졌다. 그리고 땅에 쓰러진 탁준은 단번에 절명했다. 그의 몸은 작은 움직임도 보이지 않았다.

탁준의 죽음으로 장내의 상황이 급변했다. 홍암에게 내어준 세 권의 비왕진서 말고도 왕함보에게는 다른 세 권의 비왕진서가 남아 있었다. 그래서 주변에 숨어 있던 강호의 고수들은 사라진 홍암을 쫓는 자들과 왕함보에게 남아 있을 세 권의 비왕진서를 노리는 자들로 양분되었는데 혈마천의 육천주 탁준을 병기도 들지 않고 일수에 제거한 왕함보의 무공에 놀란 자들이 급히 목표를 바꿔 홍암을 쫓는 쪽으로 합류한 것이다.

숲의 고수들이 썰물처럼 밀려나갔다. 고수들의 뜨거운 열기로 가득하던 계곡이 순식간에 조용해졌다.

"모두 간 듯합니다."

왕함보의 옆에서 감궁이 말했다. 그러자 왕함보가 고개를 저었다.

"아니, 진짜 고수들은 남았지."

"어찌할까요?"

"원하던 바가 아닌가? 이곳이 남은 자들이라면 필시 혈시를 가지고 있을 거야. 애초에 비왕진서로 세상을 흔든 것은 단번에 혈시를 다량으로 취할 목적으로 만든 책략. 이제야말로 제대로 이득을 얻을 때가 된 거야."

"하면······?"

"천천히 북쪽으로 가세. 천장들이 완벽한 진을 펼치고 있을 거야."

"알겠습니다."

감궁이 고개를 숙여보이고는 길을 열기 시작했다.

＊　　　＊　　　＊

기이한 일이었다. 비왕진서가 오히려 도주하는 홍암을 보호하고 있었다. 진서를 노리는 자들은 홍암을 직접 공격해 진서를 취하는 대신 누군가 홍암을 공격하면 그를 먼저 막았다.

어찌 보면 홍암 정도는 언제라도 벨 수 있다는 자신감들이 있는 것 같기도 했고, 또 어찌 보면 홍암이 교묘하게 추격자들의 싸움을 부추기고 있는 듯도 보였다.

홍암은 사람들의 시야에서 모습을 감추었다가 불쑥 다시 나타내곤 하면서 무리를 동쪽으로 이끌고 있었다.

"얼추 보아도 일백은 될 듯합니다."

어느새 따라 붙은 갈목생이 타유에게 말했다. 비왕진서를 노리고 홍암을 쫓는 자들을 헤아린 숫자였다.

"조금 늦었군."

"그 면구의 인물 쪽으로 갔던 자들이 대거 이쪽으로 돌아왔습니다."

갈목생의 말에 타유가 고개를 끄덕였다. 그러면 충분히 그럴 만한 능력이 있다는 생각이 들었다. 그가 제대로 무공을 시전했다면 아마도 그를 쫓을 용기를 낼 사람은 많지 않을 것이다.

"그나저나 이래서는 저자를 잡기가 어렵겠어요."

좌측에서 타유를 따르고 있던 왕사미가 말했다. 홍암 주위를 호위하듯 에워싼 추적자들을 두고 하는 말이었다. 밀문의 고수들로서도 그 추적자들을 파고들어 홍암에게 다가갈 수가 없는 지경이었다.

"시간이 흐르면 자연히 뒤처지는 자들이 나올 것이오. 하면 그를 만날 수 있겠지. 모든 것은 시간이 결정할 거요."

타유가 말했다. 그러자 왕사미 등 삼 인의 눈빛이 흔들린다. 타유의 행보는 그들의 예상과는 사뭇 달랐다. 애초에 왕사미 등은 타유가 홍암을 발견하는 즉시 검을 들고 그를 공격할 거라고 생각했었다. 그런데 의외로 타유는 일정한 거리를 두고 홍암을 추격할 뿐 서둘러 그를 공격하지 않았다.

물론 홍암의 주위를 에워싼 다른 추격자들 때문일 수도 있으나 타유의 능력으로 볼 때 그들을 비집고 들어가는 것이 불가능한 일은 아니었다. 그럼에도 타유는 침착하게 무리의 뒤를 따를 뿐 단 한 번도 홍암에게 접근하려는 시도를 하지 않았다.

타유는 자신이 말했듯이 추격자들이 스스로 지쳐 떨어져 나갈 때를 기다리고 있었는데 그 침착한 인내심이 왕사미 등을 오히려 불안하게 만들었던 것이다.

생사의 원한을 진 사람을 앞에 두고 인내할 수 있는 사람은 흔치 않다. 그런 자는 차가운 얼음의 심장을 가진 자라 할 수 있는데 강호에서 가장 두려운 자가 바로 그런 차가운 심장을 가진 자들이었다.

당연히 그런 타유를 결국 언젠가는 상대해 내야 하는 왕사미 등으로서는 마음이 무거워질 수밖에 없는 일이었다.

그러나 타유를 상대하는 일은 지금 걱정할 일이 아니다. 지금은 홍암의 품에 있는 비왕진서를 손에 넣는 것이 우선이었다. 그리고 그러기 위해서는 타유의 판단이 옳다는 것을 왕사미 등도 알고 있었다. 공력이 떨어지는 자들이 스스로 이 추격전에서 물러날 때까지 놓치지 않고 홍암을 쫓는 것이 지금으로썬 가장 중요했다.

기이한 추격전이 두어 시진 이어졌다. 그러자 이제 홍암을 쫓는 자의 숫자가 삼십여 명 정도로 줄어들었다. 그러나 사람의 숫자가 줄어들었음에도 추격자들의 기세는 더욱 살벌했다. 사람이 줄었다는 것은 그만큼 비왕진서를 손에 넣을 가능성이 커졌다는 것을 의미하기 때문이었다.

그리고 그 즈음 갑자기 홍암이 도주를 멈췄다. 그로서도 이대로 도주만 해서는 도저히 추격자들을 벗어날 수 없을 거라 생각한 모양이었다.

홍암이 걸음을 멈추자 그를 추격하던 자들이 홍암을 둥글게 둘러쌌다. 홍암이 멈춰 선 뒤쪽으로는 폭이 십여 장 되는 작은 강이 가로막고 있어서 홍암의 발걸음을 막고 있기도 했다.

"흑룡문주, 이젠 그만 단념하시오. 그리고 그 물건을 넘기시오. 그러면 막주께서도 과거의 죄를 덮고 다시 살막의 형제로 받아주실 거요."

홍암 앞으로 나선 자는 보통 사람보다 키가 한 뼘은 큰 거대한 체구를 지닌 자였다. 그런데 그를 본 홍암의 얼굴에 차가운 실소가 흐른다.

"과거의 죄라… 무슨 죄를 말하는 것인가? 죄라면 외려 날 배신한 살막주가 받아야지."

"말을 삼가시오. 감히 막주를 모욕하고도……."

"그만! 여수! 그대와 난 과거 제법 친분이 있었지. 그러나 이미 내가 살막의 사람이 아님은 그대도 인정할 터! 그러니 더 이상 과거의 인연으로 날 설득하려 하지 말라!"

홍암을 설득하려 했던 사내 여수는 살막주 요불의 심복인 사혈불 중 일인으로 북불로 불리는 자다. 과거 홍암이 흑룡문의 문주로 있을 때는 그와 제법 친분을 쌓았던 사이였다.

"정녕 막주와 뜻을 달리하겠다는 것이오?"

여수가 무거운 안색으로 물었다.

"다시 함께 일을 한다 해도 과거와 같은 사이가 될 수는 없겠지. 내게 비왕의 진서가 있는 이상은… 음… 넌?"

한순간 북불 여수와 언쟁을 하던 홍암이 갑자기 놀란 표정을 지었다. 그러자 북불 여수가 의아한 표정으로 고개를 돌렸다. 그러자 그의 눈에 중년의 사내 한 명이 사람들의 뒤쪽에서 다가오는 것이 보였다.

"밀문 삼왕!"

여수는 과거 살막주 요불이 타유와 홍암을 버리고 싸움을 중지하는 거래를 할 때 타유를 본 적 있었다. 그리고 타유의 무서움을 누구보다 잘 알고 있는 사람이었다.

"타유! 과연 자네가 왔군!"

홍암이 마치 기다리고 있던 사람처럼 타유에게 말했다.

"몸은 괜찮소?"

불쑥 타유가 묻는다.

"흐흐 날 걱정해 주는 거냐?"

"성치 않은 문주를 베는 것은 의미 없는 일이지 않겠소?"

"하하하! 날 벨 수 있을 것 같으냐?"

"오늘은… 절대 내 검을 피하지 못할 거요!"

말을 하면서 타유가 검을 뽑았다. 그의 손에서 단천마검이 맹렬하게 요동친다. 그러나 그 강렬한 기운은 밖으로 흐르지 않고 검을 잡은 손을 통해 타유의 내부로 들어와 타유의 기운과 어울렸다.

"후후, 타유! 넌 아직 멀었다. 내가 네가 올 것을 예상하지 못했겠느냐? 이곳은 내가 아니라 네 무덤이 될 것이다."

홍암이 득의한 표정으로 말했다.

"그럴 수도 있을 거요. 본래 세상의 모든 일은 불확실하지. 특히 강호의 대결이란… 그러나 또한 한 가지는 확실하오. 문주와 나 둘 중 하나는 오늘 반드시 죽는다는 것!"

"좋아. 나도 너를 살려두고는 대업을 도모할 수 없음을 알고 있다. 세상에는 오직 두 가지 선택이 가능한 사람이 있지. 얻거나 혹은 베어야 할 사람. 바로 네가 내게는 그런 존재다. 모두 들으시오!"

갑자기 홍암이 자신을 포위하고 있는 강호의 고수들을 둘러보며 소리쳤다. 사람들의 시선에 일제히 홍암에게로 향했다. 그러자 홍암이 품속에서 비왕진서 한 권을 꺼내 들고 말했다.

"누구라도 밀문 삼왕을 베는 사람에게 진서 한 권을 주겠소. 그의 목을 가져오시오. 하면 진서를 얻을 것이오!"

흑룡문주의 선언에 장내의 고수들이 일순간 술렁였다. 그사이 홍연을 비롯한 홍암의 수하들이 단단하게 홍암을 에워쌌다. 그리고는 각자의 품속에서 암기들을 꺼내 들었는데 녹빛이 흘러나오는 암기에는 독이 묻어 있음이 분명했다.

장내의 고수들이 망설이기 시작했다. 무공으로 보자면 이미 동정호의 싸움에서 밀문 삼왕의 무공이 흑룡문주를 능가함이 드러났다. 그러나 강호의 싸움은 무공의 고하로만 승부가 결정되는 것이 아니다. 특히나 암기를 든 살수들을 상대하는 것은 강호의 절대고수를 상대하는 것만큼 어려운 일이다.

더군다나 홍암이 위치한 곳은 그가 왕함보를 만나러 가기전에 미리 보아두었던 장소라 배후는 강이요 좌우는 굵은 수목이 우거져 몸을 지키며 적을 방비하는 데에 적격인 장소였다. 그러니 어쩌면 홍암을 공격하느니 밀문 삼왕을 상대하는 것이 나을지도 모른다는 생각을 하는 자들이 생겨날 수밖에 없었다.

'문주 당신의 그 심기는 정말 감탄할 수밖에 없구려. 자신의 손에 든 기보를 지키면서 내 머리를 오히려 사람들의 눈에 기보로 보이게 만들다니……'

타유가 홍연 등에게 에워싸여 있는 홍암을 보며 내심 감탄했다. 오늘 이 상황은 아마도 홍암이 사람들로부터 비왕진서를 지키고자 즉흥적으로 만들어낸 것이 아닐 터였다. 그는 처음부터 타유가 자신을 노리고 있었음을 짐작하고 있었던 것이 분명했다. 비왕진서를 얻고 그것을 이용해 타유를 제거하는 일석이조의 효과를 노린 홍암의 계책은 과연 그가 천하를 노릴 만한 자격이 있음을 증명하고 있었다.

'그러나……! 문주 당신은 한 가지는 생각하지 못했소. 그건 바로 오늘 내가 죽을 각오로 문주를 상대할 거란 것이오. 하지만 날 막으려는 자들은 그렇지 않지. 그들이 날 상대하려고 목숨을 걸지는 않을 테니까. 그러니 문주… 당신은 스스로 사지에 들어간 거요!'

슉!

타유가 한순간 앞으로 걸음을 옮겼다. 그는 마치 앞에 아무도 없는 것처럼 홍암을 향해 걸어가기 시작했다. 그 기세에 타유를 공격하려던 몇몇 고수가 뒤로 물러났다. 그러나 개중에는 타유의 명성을 믿지 않는 자도 있었다.

"그대의 목에 진서가 걸렸으니 날 원망치 마라!"

갑자기 타유의 좌측에서 한 자루 도가 떨어져 내렸다. 산을 가를 듯한 기세가 담긴 도가 광풍을 일으킨다.

쿠우우!

도에 실린 공력의 힘만으로도 도의 주인이 절대의 공력을 지닌 고수란 것이 느껴졌다.

콱!

타유가 손에 든 단천마검을 힘주어 잡아갔다. 오늘만큼은 검을 아끼지 않기로 결심한 타유다. 거기에 단천마검이 그의 손에 있으니 오늘 타유는 살귀로 화할 것이다.

팟!

타유의 단천마검이 자신의 목으로 떨어지는 도를 향해 전광석화의 속도로 움직였다.

창!

사람들의 혼을 깨우는 충돌음이 일어났다. 그리고 다음 순간 놀라운 일이 벌어졌다.

서걱!

소름끼치는 절단음이 일어나며 타유를 공격했던 중년 고수의 가슴이 크게 베어지더니 금세 피가 솟구쳤다.

"악!"

가슴을 베인 자가 비명을 지르며 뒤로 날아갔다. 그리고는 고목이 쓰러지듯 땅에 나뒹굴다가 이내 피를 토하며 숨을 거뒀다. 그러자 타유가 음울한 소리로 외쳤다.

"앞을 막는 자는 죽는다!"

타유의 낮고 서늘한 경고에 다시 몇 명의 고수가 몸을 떨며 뒤로 물러났다. 그러나 여전히 타유를 두려워하지 않는 고수들이 남아 있었다.

"과연 밀문 삼왕, 명불허전이오. 나 감홍이 삼왕의 검을 받아보겠소!"

감홍이라는 이름을 들은 장내의 고수들이 재차 뒤로 물러난

다. 감홍이라면 타유도 알고 있는 이름이다. 그는 저 유명한
천산구마 중 오마다. 평상시라면 절대 상대치 않을 자다. 그러
나 지금은 눈앞에 홍암이 있으니 천마성의 성주 마제 구륜이
라도 상대할 타유다.

"경고는 한 번으로 족하다!"

타유가 감홍을 향해 뛰어들었다. 타유가 야천구검의 유일한
중검(重劍)의 초식 제팔초를 펼쳤다.

쿠웅!

태산 같은 검기가 천산오마 감홍의 머리로 떨어져 내렸다.
그러자 감홍이 두 다리를 어깨 넓이로 벌려 석주처럼 단단히
몸을 받친 후 길게 휘어진 면이 넓은 도를 옆으로 뉘어 타유의
검을 받았다. 본신의 공력으로 타유의 검을 막아내겠다는 의
미였다. 무인의 호기가 흘러넘치는 행동이다.

타유 역시 그런 감홍에게 변초를 쓸 생각이 없었다. 홍암에
게 다가가기 위해서 어떤 것도 망설일 이유가 없었다. 더군다
나 홍암 같은 인물을 쫓는 데는 시간이 중요했다. 일촌의 여유
를 주어도 특별한 수단을 강구해 내는 홍암이기 때문이었다.

캉!

타유의 검과 감홍의 도가 정면으로 격돌했다. 태양이 터지
듯 두 병기가 충돌한 곳에서 눈부신 섬광이 번뜩였다. 그러나
그런 요란한 충돌과는 달리 승부는 단번이 났다.

"컥!"

나직한 비명이 흘러나왔다. 그리고 감홍이 그대로 그 자리

에 주저앉았다. 잠시 후 두 고수의 충돌이 만들어낸 눈부신 섬광에서 자유로워진 장내의 고수들이 감홍의 상태를 살폈다. 그리고는 이내 경악에 빠졌다.

감홍은 왼쪽 어깨에서부터 오른쪽 옆구리까지 길게 검상을 입고 쓰러져 있었다. 상처에서 붉은 피가 흐르고 있었는데 이미 절명한 듯 보이는 그의 손에는 반으로 잘린 도가 여전히 굳게 쥐어져 있었다.

"앞을 막는 자, 모두 죽는다!"

다시 타유의 차가운 음성이 장내에 깔렸다. 목청을 높이지 않았음에게 그 음성에 깃든 차가운 기운이 사람들을 얼음처럼 만들었다. 더군다나 단 일검에 천산오마 감홍을 벤 고수다. 당금 무림에 누가 있어 감히 천산오마 감홍을 일 초에 벨 수 있단 말인가.

고수 중 일부가 다시 뒤로 물러났다. 그러자 이제 타유의 앞을 막아선 자는 단 두 명만 남았다.

"놀랍군. 정말 놀라워! 밀문 삼왕의 무공이 대단하다고 듣긴 했어도 이 정도일 줄은 몰랐어!"

타유의 앞을 가로막은 둘 중 초로의 노인이 중얼거렸다. 그는 비록 타유의 무공에 놀란 듯 보이지만 두려워하지는 않는 것 같았다.

"비켜라!"

타유의 눈에는 이미 살광이 가득했다. 두 번에 걸쳐 절대의 경지에 오른 고수를 벤 터라 그의 투기는 이미 충천한 상태였다.

"아니… 물러날 수 없지. 비왕의 진서가 탐나서는 아니야. 진서가 아니더라도 그대와 같은 고수와의 대결을 어찌 회피할까. 나 상검이 아주 오랜만에 제대로 된 적수를 만났어."

징!

상검이라 이름을 밝힌 노고수가 손에 든 검에 진기를 주입하자 검이 진기를 이기지 못하고 부르르 몸을 떨며 청명한 울음을 운다. 타유의 앞을 막은 상검 역시 장내의 고수 중에서는 손꼽히는 자였다.

혈마천을 떠받치는 혈마구천 중 팔천의 천주로서 혈막 내에서는 쾌검의 달인으로 알려진 자였다.

그러나 지금의 타유로선 상대가 누군지는 중요치 않았다. 그에게 중요한 사람은 상검의 어깨 저 너머에 있는 홍암이었다.

"그럼 죽을밖에!"

타유가 망설이지 않고 상검을 향해 달려들었다. 그러자 상검 역시 망설이지 않고 타유를 향해 검을 휘둘렀다.

파아아아!

두 사람의 검에서 흘러나온 검기들이 순식간에 하늘을 수놓았다. 두 사람 모두 절대의 쾌검을 시전했다. 한 번의 초식에 십여 개의 검기가 팔방으로 뿌려졌고, 곳곳에서 검기와 검기가 충돌했다.

차차차창!

어지러운 검의 충돌음이 장내를 가득 메웠다. 타유가 아닌 홍암을 목표로 달려들던 고수들도, 그리고 타유의 기세에 밀려 한참 뒤로 물러나 있던 자들도 모두 황홀한 검기의 향연에 꿈꾸듯 빠져들었다.

타유는 자신을 향해 빗살처럼 날아드는 상검의 검기들을 하나도 빠짐없이 걷어냈다. 단 한 번의 실수만 있어도 치명적인 부상을 당할 상검의 검기들이 타유를 그물처럼 옭아맸지만 그 중 어느 것도 타유의 몸에 상처를 내지 못했다.

그럴수록 상검의 검은 빨라졌다. 급기야 뿌연 검기의 막이 타유를 에워싼 듯 보였다. 승세가 서서히 상검에게로 넘어가는 듯 보이던 그 순간 갑자기 지금까지와는 전혀 다른 빛이 상검이 만들어낸 검기 속에서 번뜩였다.

화선지에 그어지는 한 줄의 먹물처럼, 격류를 헤쳐 나가는 한 마리 물고기처럼, 그렇게 검은 물체가 눈부신 검기의 막을 뚫고 상검에게로 날아갔다.

"억!"

뒤이어 상검의 입에서 나직한 비명이 흘러나왔다. 동시에 거짓말처럼 장내를 황홀하게 물들이던 검기들이 사라졌다. 축축하고 무거우면서 어두운 죽음의 기운이 순식간에 장내를 장악했다. 그리고 그 속에서 상검이 심장에 비도를 꽂고 무너져 내렸다.

"다… 당신……!"

상검이 심장에 꽂힌 비도를 부여잡고 타유에게 무슨 말인가를 하려다 말고 그대로 절명했다.

그런데 그때였다. 이 갑작스런 싸움의 종결에 사람들이 당혹해하고 있는 그때, 한 자루 검이 빠르게 타유의 옆구리를 파고들었다. 강적을 베고 방심했을 타유의 빈틈을 노린 악랄한 일 초였다.

그런데 꼼짝없이 기습에 당할 것 같던 타유가 갑자기 들고 있던 단천마검을 빛처럼 빠른 속도로 휘둘렀다.

서걱!

서늘한 파열음이 일어났다.

"악!"

다시 처절한 비명이 이어졌다. 동시에 타유의 발아래 한 명의 중년인이 나뒹굴었다. 장내의 고수들이 일제히 사내에게로 시선을 돌렸다. 그리고는 나직이 탄성을 흘렸다.

"아……!"

"여수군!"

타유를 기습했던 자는 앞서 홍암과 진서를 놓고 말씨름을 했던 살막의 북불 여수였다. 그 역시 혈막의 내로라하는 고수인데 그 죽음은 믿기 힘들 만큼 허무했다.

세 명의 절대고수가 타유의 검에 단숨에 죽어나가자 이제 타유의 앞을 막아서는 자는 아무도 없었다. 그러자 타유가 성큼성큼 홍암을 향해 다가가기 시작했다. 그러자 홍연 등 홍암의 수하들이 홍암의 앞을 가로막았다.

"비켜줘라!"

홍암이 손을 들어 좌우로 흔들며 수하들을 뒤로 물렀다. 그러자 그의 수하들이 망설이는 듯하면서도 결국 뒤로 물러나 타유에게 길을 열어줬다. 타유는 어느새 홍암의 면전에 이르고 있었다. 그런 타유를 보며 홍암이 웃음을 터뜨리며 입을 열었다.

"하하! 역시 내가 사람 하나는 잘 키웠어. 혈막의 절대고수들을 이렇게 간단히 베어버리다니. 타유 자네야말로 천살문이 만들어낸 최고의 살수야. 자네 아들의 일은 참으로 미안하게 됐네. 그러나 그건 내가 의도치 않았던 일이네. 그건 그저 불행하게 일어난 우연이었어. 그러니 우리 다시 한 번 거래를 해보세. 자네의 무공과 나의 지모라면 우린 천하를 함께…컥!"

한순간 타유에게 미소를 지으며 설득하던 홍암의 입에서 억눌린 신음이 흘러나왔다. 어느새 타유의 검, 만인의 피를 머금었다는 단천마검의 그의 복부를 관통했던 것이다.

"너… 너……?"

홍암이 타유를 부둥켜안고는 원한 가득한 눈으로, 혹은 자신이 예상치 못했던 너무도 급작스런 자신의 종말에 놀란 듯 타유를 불렀다. 그러자 타유가 그런 홍암의 귀에 대고 무심하게 말했다.

"문주 당신 같은 사람을 상대하는 법을 나는 알고 있소. 당신 같은 사람에겐 시간을 주면 안 돼. 말을 할 시간, 손을 쓸 시간, 간교한 계략을 부릴 시간… 그 시간을 빼앗으면 당신 같은 사람은 아무것도 할 수 없지. 문주… 당신은 이제 이 세상에서 아무것도 할 수 없어. 잘 가시구려."

그날 이후 타유에게 다시 새로운 별호가 생겼다. 사람들은 그를 밀문 삼왕으로 부르기보다는 절대의 무공을 지닌 검마. 절대마검이라고 부르기 시작했다.

『수선경』 9권에 계속…

마 in 화산

FANTASTIC ORIENTAL HEROES

용훈 新무협 판타지 소설

무림공적, 천살마군 염세악!
검신 한호에게 잡혀 화산에 갇힌 지 백 년.

와신상담… 절치부심… 복수무한…

세월은 이 모든 것을 잊게 하고
세상마저 그를 잊게 만들었다.
하지만.

"허면 어르신 함자가 어찌 되시는지……"
우연한 만남, 자신도 모르게 튀어나온 원수의 이름.
"그게… 한, 한호일세."

허무함의 끝에서 예기치 않게 꼬인 행로.
화산파 안[in]의 절세마인, 염세악의 선택!

FUSION FANTASTIC STORY
천성민 장편 소설

짐승의 규칙

『무결도왕』 『다크로드 블리츠』
천성민 작가의 신간!

『짐승의 규칙』

살아야만 했다.
나를 위해 희생당한 부모님을 위해.
복수를 위해.

죽여야만 했다.
내가 살기 위해 타인의 목숨을.

그렇게……
나는 짐승이 되었다.

Book Publishing CHUNGEORAM

유행이 아닌 자유추구 -
WWW.chungeoram.com